講談社文庫

霧の橋

乙川優三郎

講談社

目次

香魚(あゆ) ……… 7
白い闇 ……… 53
顔触れ ……… 90
末摘花(すえつむはな) ……… 138
波紋 ……… 181
取引 ……… 225
霧の橋 ……… 273

解説 北上次郎 ……… 325

霧の橋

香魚

一

　耳を澄ますと、微かなせせらぎが聞こえてくる。
　ここ八瀬の泉水は、庭先を五間ほど流れて再び地中へ沈み、やがて生垣の外を流れる小川へと注いでいる。葦戸越しに聞こえる涼しげな音は、日中は蜩や夏鳥の声に搔き消されてしまうが、それまで容赦なく照りつけていた日が沈めばこれといって遮るものはない。
「どうだ、聞こえるだろう」
　酒肴を運んできた女中が去るのを待って、江坂惣兵衛は連れの男へ酒をすすめた。
　いま二人のいる六畳の間には、上座の片隅に白い忍冬の花が生けてあるほかは、目を楽しませるような彩りは何もない。が、そうした閑寂こそがこの店の売りものであり、それを心地よく思うのは何よりも二人が重ねてきた齢のせいだろう。数寄屋のような静けさに心が

安らぐせいか、ときおり葦戸の隙間から入り込んでくる夜気もひとしお涼しく感じられる。

男は林房之助といった。ともに陸奥国田村家(一関藩三万石)の勘定組頭で、齢は惣兵衛が四十五と五つ年嵩だが、役高はもちろん、家格もほぼ等しいと言ってよい。組頭に昇ったのが同時ということもあるが、以来親しくしてきたのは、同役である以上に気が合うところがあったからだろう。もっとも、これまで林房之助に八瀬を教えなかったのは惣兵衛の勿体で、何となしに女将の紗綾を独り占めにしておきたかったからである。

紗綾はすでに三十を越した大年増だが、身のこなしといい物言いといい、どこかに武家の血を匂わせる清楚な女で、妻に先立たれて久しい惣兵衛は、はじめて会ったときから後添いをもらうのならこういう女がいいかも知れぬと感じていた。むろん亡妻とは親の用意した縁組で結ばれ、それなりに情も生まれたが、互いに心のどこかで愛し切れぬところがあって、目に見えぬ溝を絶えず意識しながら暮らさなければならなかった。そうしたものを克服する前に、妻女は二男を産んで間もなく早世してしまい、なぜか惣兵衛は済まぬことをしたような気がしたものである。

(せめて好きな男の元へ嫁していたら……)

同じ数年でも違っていただろうと思う。一度そう思うと、自分も再婚するのなら惚れた女子としたいものだと思うようになった。それが相手の女子にとっても幸福と言えるのではないだろうか。

八瀬へ通うにつれて、そうした思いは着実に惣兵衛の心に根付いたらしく、若いころに戻って恋をしているような気分だった。もっとも、そんなふうに感じているのは惣兵衛ひとりかも知れず、二人はいまもって女将と客の間柄でしかない。

その夜、紗綾はまだ惣兵衛らの前に顔を見せていなかった。

女将と板前のほかに、ひとりしかいないお園という働きものの女中が、

「今日は板さんが寝込んでしまい、いましばらくはかかるだろう。それにしても、いつもは紗綾に任せきりの有も、二人きりでいると心地よい閑寂も、今日はどことなく味気ない気がするのは、まだその笑顔を一目も見ていないせいかも知れなかった。

湯掻いて冷やした三葉芹と白魚の和え物を摘まみながら、ところで、と惣兵衛は房之助を見た。

「話というのはむつかしいことか」

紗綾が来る前に相談事とやらを聞いてしまおうと思っていた。珍しく房之助が折り入って話があるというので思い切って八瀬へ連れてきたのだが、ひとつには紗綾の人となりを見定めてもらうという算段があった。そしてもしも房之助の見立てが同じであれば、今度こそはっきりと胸の内を紗綾に打ち明けてみようかと考えていたのである。

「いや、むつかしいというわけではない」

房之助は盃を置くと、改まって惣兵衛を見た。精悍な容貌の房之助に比べて、小太りの惣兵衛は顔も丸く色白であったが、しかと眼と眼を合わせたときの威圧感は常に惣兵衛が勝っていると言ってよい。そのせいかどうか、房之助は惣兵衛に対しては伏し目がちに話すことが多く、たまに視線を合わせても長くは続かなかった。
「その、次男の与惣次どのだが、末のことは何か決まっているのか」
「いいや」
 惣兵衛のひとことで房之助はほっとしたらしく、それまで固まっていた顔を崩しながら、実はな、と切り出した。
「わしの縁者に、といっても妻方のほうだが、与田源右衛門というものがおるのだが、存じておるか」
「いや、知らぬな」
「普請組でな、もう五十一になるのだが、晩婚だったうえに先年独り子を病で亡くしてしまい跡取りが絶えてしまった、そこで養子にきてくれるものはないかと相談されてな、どうであろう、与惣次どのならよい縁組と思うたのだが……」
「何だ、めでたい話ではないか」
 惣兵衛が言うと、房之助はますます気が楽になったのだろう、
「実はそうなのだ、与田源右衛門も妻女も人柄は極めてよい」

と言って、身を乗り出した。
「ならば、なおさらけっこうではないか」
「ただ家禄が二十石でな……それがすすめる側としてはいささか心苦しい」
「家禄など問題ではない、増やすも減らすも跡目の精進しだい、そうであろうが」
「いや、実にそうなのだが……」
　惣兵衛の嫡男は主一郎といって、すでに妻帯し一児を儲け、勘定方見習いを務めていたから跡目の心配はまるでなかった。けれども子供のころに半月も高熱が続いたことがあり、以来片足が不自由になっていたから、万一を考えて与惣次を手放さぬのではないかと房之助は考えていたらしい。
　ただし、と惣兵衛は言った。
「与惣次は剣術で身を立てる腹やも知れぬぞ」
「剣術？」
「うむ、家中にはあまり知られてはおらぬが、これがなかなか遣う、いまではわしもとんとかなわぬほどだ」
「さほどにか？」
　房之助はかなり驚いたようだった。惣兵衛も剣では名を知られた男で、かつては城下の一刀流・正木道場の師範代の座を争ったほどの腕を持つ。その惣兵衛が言うのだからたしかな

話だった。
「そうか、剣か……」
　房之助は呟くと、密かに溜息をついた。僅かな算勘の才だけを頼りに、一介の勘定人からどうにか組頭まで這い上がったものの、惣兵衛の、穏やかな容貌と違い、これまで武術や学問に励むということをせずに生きてきた。惣兵衛のあまり武士として大切なものを切り捨てて生きてきたかのように感じるのも、役目大事のあまり武士として大切なものを切り捨てて生きてきたかのように思われてならない。が、だからといっていまさら町道場へ通い、若いものにいいようにあしらわれるのも組頭としての自尊心が許さぬのである。
「しかし、そうなると養子縁組などは却って迷惑ということも……」
「迷惑なことがあるものか、剣で食えると決まったわけでもなし、継ぐ家ができるだけでも幸運というものだ、次男、三男とはそういうものだろう」
　惣兵衛はあっさりと言い退けて、盃を干した。ほかならぬ房之助も林家へ養子に入った口であったから多少の気遣いもあった。だが当の房之助は自身が苦労してきただけに、むしろ慎重に事を運びたいらしかった。
「一度それとなく与田の暮らし振りなりと見てみぬか、仲立ちのわしは正直に話しているつもりでも、聞くと見るとでは違うということもある」
「………」

「話をすすめるのは、それからでも遅くはあるまい、与惣次どののことも、実はまだ与田へは話しておらぬのだ」
「そうか……」
ではそうするか、と惣兵衛は言った。
「面倒をかけるが、よろしく頼む」
「いや、それはあべこべだ、こちらが頭を下げるのが筋だろう」
房之助は少し狼狽したようだった。しかも慌てて惣兵衛に酌をしようとして銚子を摑み損ね、折敷に酒を零す始末だった。
「おい、おい、もう酔うたのか」
微笑みながら、惣兵衛は逆に銚子を傾けて言った。
「どうだ、あとで鮎でも食わんか、好物だろう、ここの塩焼きはまた格別でな、少々酒を垂らしてもうまいかも知れんぞ」
「あ、いや、いいな、そうしよう……しかし何となくほっとしたよ、どうもわしはこういう話が苦手で、算勘のように頭の中で正誤の区別がはっきりつかぬ」
「わしだってそうさ、いや、誰しもそうだろう、てきぱきと片付ける奴に限って相手の気持ちも考えぬ、考えたならそうはできんさ」
「そうだな」

「そうだとも、さ、今宵は存分にやってくれ、じきに女将も来るだろう」

惣兵衛は機嫌よく言った。

二

しかし、それから半刻（約一時間）しても、女将の紗綾は現われなかった。いつもなら出迎えはもちろん、座敷で挨拶をし、それから料理の指図に取りかかるのだが、

「なんとも今日は手が足りませんで……」

その間、女中のお園が一度差し替えの銚子と蕗の煮付けを運んできたきり、未だに鮎の焼ける匂いすらしないのである。よほど立て込んでいるらしく、廊下を小走りに行き来するお園の足音はするのだが、僅か五間の小料理屋にしては忙しすぎるようにも思われた。

（誰ぞ、大事な客でもおるのだろうか……）

惣兵衛は溜息と交互に盃を重ねた。夜が蒸してきたのか、喉を通る酒もしだいに温かく感じられた。

「それにしても、ご家老のなさることは極端だ、倹約はかねてより勘定方が口を酸っぱくして進言してきたが、何も刀の拵えまで定めることはあるまい」

房之助ひとりが饒舌だった。顔もいくらか赤味を帯びて、酒がすすむといつもそうなるよ

うに意味のない微笑を浮かべている。
「父祖伝来のものは言うに及ばず、生涯、腰に帯びるものを時節に合わせて替えていては倹約どころか費えがかさむ、そうではないか」
「まあ、それはそうだ」
　惣兵衛は気のない返事を繰り返した。房之助の話が藩政に及んでからは答えるのすら億劫だった。いつもなら論議もいとわぬところだが、この夜はそうした堅苦しい話をする気にはなれなかったし、できればそのことに房之助も気付いてくれて、女房の惣気話か愚痴でも聞かせてくれるほうがよほど楽しい酒になるはずだった。そしてそろそろ後添いをもらったらどうだなどと言ってくれれば、話はすぐにでも紗綾のことに及んでいただろう。
　実際のところ、いつもならこちらのそういう思いに気付く男だった。だいいち、そろそろ後添いをとかは一度も言わず、かわりにべらべらと話し続けている。
（どうかしてるぞ）
　惣兵衛は内心苛立ちながら付き合っていたが、ようやく房之助が一息ついたところで、さっと話題を切り替えた。
「ところで、しばらく無沙汰いたしておるが、美津どのは達者か」
　美津は房之助の妻女で、年に幾度かは江坂家へも顔を出すが、今年は年賀に訪れて以来、

会う機会のないままに夏を迎えていた。

「相変わらず、倅の教育に夢中か」

「うむ、まあ、相変わらずだ」

と房之助は急に力のない声で答えた。答えながら、その顔から笑みが消えてゆくのがはっきりと分かった。

「どうした？」

「いや、別に何でもない、それより鮎は遅いな、いつもこうなのか」

「いや、滅多にないことだ」

おかしいとは思ったが、惣兵衛もそれ以上は訊ねなかった。何かあったとしても、房之助の中ではよく言いたくないという気持ちのほうが強そうだった。夫婦喧嘩でもしてそれで気がむしゃくしゃしているのかも知れない、言いたくなれば言うだろうとも思った。

房之助と美津の間には一男一女があり、跡目の嘉之助の勉学に美津が夢中であることは勘定方ではよく知られている。嘉之助を藩校ではなく私塾へ入れたのも、ほかでもない美津の意志であったらしい。塾長の神崎甫斎は久しく伊達家の儒官を務めていたとかで、先年致仕して故郷の一関に戻ってからは藩から五人扶持を賜り、家中の子弟の中でも優れたものを集めて教授しているという。

そこへ入れたのはよいのだが、美津がことさら嘉之助に学問を学ばせる理由が、

「父上のようにはなりたくはないでしょう」
ということだった。いつだったか惣兵衛も美津と行き来のある嫁の幸枝からそう聞いたこともあり、ひたすら精励恪勤し勘定組頭となった夫に、美津は未だに満足できぬらしかった。が、だからといって夫婦仲が悪いというのでもなく、ときおり城下を連れ立って歩く姿などは傍目にも微笑ましいほどだった。
(喧嘩相手がいるだけでもましだろう)
それでなくとも独り身の惣兵衛には、夫婦の愚痴や悩みといったものは惣気に聞こえることが多い。原因も聞いてみれば決まってたわいもないことで、今夜の房之助にしろ、そんなところだろうと思った。
ところが、ややあって房之助はなにやら深刻な眼差しを向けてきた。
「人間、親を亡くしたら、この世で頼りになるのは自分ひとりだ、そうは思わぬか」
惣兵衛が訊ねると、
「何かあったのか」
笑って聞き流すには妙に重い口調で、
「何というほどのことではないが、近ごろそんな気がしてならぬのだ」
と房之助は吐息まじりに言った。
「おぬしには分からんだろうが、わしのような凡人が武士として生きてゆくには心の底から

「頼れるものがいる」
「つまり家族や友ではないのか」
「そうだ」
「それなら、おぬしに限ったことではないぞ」
「いや、違う、おぬしはひとりでも十分にやってゆける、眼を見れば分かる」
「眼?」
「ああ、わしと違い、強い眼をしている、少々のことには挫けぬ眼だ、その証に妻女を亡くしてから今日までりっぱに二人の息子を育て、尊敬もされている、わしとは違う」
「果たしてりっぱに育てたかどうかは分からぬが、そうせざるを得なかったからで、とりわけ強かったわけではない、いずれにしても、おぬしには美津どのがおるではないか」
「だからだ……だから、おぬしには分からぬと言ったのだ」
房之助は珍しく吐き捨てるように言った。
「今日のおぬしはどうかしているぞ」
「そうかも知れぬ、気に障ったら許してくれ、だがな、惣兵衛、わしはそうやっていつも人の機嫌をとり続けてきたような気がする、それが弱い自分を守る手段だった、そして本当に弱くなってしまったらしい」
「何を言うか、決してそんなことはない、おぬしはよくやってきたではないか、周りを見て

みろ、世辞のひとつも言えずに困っているものもおる、人それぞれだ」
「……」
「さあ、飲め、飲んで忘れてしまえ」
房之助へ酌をしようとして、惣兵衛は銚子が軽いのに気付いた。
「もう少し冷えたのをもらおうか」
「うん」
ちょうど手水に立とうと思っていたところだ、ついでに鮎のことも訊いてこよう」
そう言って惣兵衛が腰を浮かせたのと、ひときわ澄んだ女の声がしたのが、ほとんど同時だった。
「遅くなり申しわけございません、鮎が焼けましたが、お運びしてもよろしゅうございますか」
「待ちかねたぞ、入ってくれ」
惣兵衛は一瞬何もかも忘れて破顔すると、房之助を振り向き、
「ここの女将だ」
と言った。

       三

「本当にお待たせしてしまって……」
 何とも香ばしい鮎の香りとともに、花明かりにも似た笑みを運んでくると、
「これはほんのお詫びのしるしでございます」
と言って、紗綾は泉水で冷やした銚子を二本、白い手で二人の膳に添えた。いくらか肉置(にくお)きがよく、とりわけ佳人というのでもないが、色白のふっくらとした顔立ちと齢ならではのしなやかな物腰に独特の色香を漂わせている。そのまま家政を任せてもよいような落ち着きも、惣兵衛の心を動かしたもののひとつだろう。
「林房之助といってな、わしと同じ組頭を務めておる」
 さっそく惣兵衛が紹介すると、
「紗綾と申します、ごらんの通りの小商いで十分なお持て成しもできませんが、末長くごひいきくださいまし」
 紗綾はまず房之助へ酌をしてから、
「さ、江坂さまもどうぞ……」
 惣兵衛の傍らに腰を据えた。 房之助はさりげなく紗綾を見つめていたが、惣兵衛が酌を受

けるのを待ちかねて言った。
「どこぞでお会いしたかな」
「は？」
「いや、そんな気がしたのだが……」
しかし紗綾に見つめ返されると、さっと顔を赤らめて視線を外した。以前に会ったことがあるような気がしたのは、一目見て元は武家ではないかという疑念が湧いたからかも知れない。が、衝撃は微かでも記憶の底に小石を落とされたような混濁は、房之助の中で波紋のように広がっていた。
「きっと林さまは女子のお知り合いが多いのでございましょう、その中のどなたかに似ているのかも知れませんわ」
「や、そのようなことは……」
「ほんとうに……」
「そうかも知れんな、房之助はわしと違って男前だ」
「おい、おい、それはないだろう、世辞でもそんなことはございませんとか言ってほしいものだ」
すると紗綾はくすりと笑って言った。
「江坂さまはお腹が男前でございますわ」

「なに、腹が?」
「はい、その大きなお腹の中には煩わしいものが何もなくて、とてもさっぱりしていらっしゃいます、そこが男前でございます」
「さようか、ではその腹へ褒美にたんと酒をくれてやろう」
　惣兵衛は機嫌よく盃を干した。そこに紗綾がいるだけで酒がうまくなったような気がするから不思議だった。小振りだが身の締まった鮎もうまそうだし、見れば房之助も平素の顔色に戻っていた。
「ところで、林さまと何か大切なお話があったのではありませんか」
　紗綾はにこやかに言ってから、ちらりと房之助のほうを見た。
「いや、話は済んだ、のう、房之助」
「うむ」
「話といえば紗綾どのこそ何も語ってくれぬではないか、仙台の生まれとは聞いたが、その後のことも聞かせてもらいたいものだ」
　惣兵衛が何気なく仙台と口にしたとき、房之助は鮎の身をほぐしていた箸を止め、改めて紗綾の顔を眺めた。
「いつかお話しさせていただきますわ、でも、きっとつまらなくて退屈なされます」
　そう言った顔は歳月を経てふくよかにはなったが、どことなく勝気な切れ長の眼も薄い唇

の形も、やはり見覚えのあるものだった。
（間違いない……）
奥津の娘だ、と房之助は思った。

奥津ふみは、元一関藩普請奉行・奥津佐久次郎の一女で、十四年前に城の外堀工事に関わる不正を働いた父に伴い領外追放となっている。十四年前といえば、房之助は美津と結婚して間もない二十六で、ふみは十七かそこらであったろう。当時勘定吟味方であった房之助は、上役の命で奥津佐久次郎の不正に関わる金の流れを調べ、大目付へ証拠として提出している。

が、そのときは、むろんふみの存在など気にもかけなかった。ふみをはじめて見たのは領外追放となった日の早朝で、たまさか役目で城に泊まり下城してきた道で、役人に付き添われて城下を出てゆく佐久次郎とふみを見かけた。朝露に濡れ生き生きとした新緑とは対照的に、無紋の羽織をまとい肩を窄めて歩く佐久次郎は無腰で、ふみは小さな風呂敷包みひとつを抱えていた。

擦れ違ったときに佐久次郎は小さく辞儀をしてきたが、ふみは毅然として房之助を見返してきた。それが脳裏に焼き付いたのだろう、まるで仇でも見るかのような鋭い視線で、自分は何も悪いことはしていない、頭を下げる理由などないとでも言っているようだった。

それから二人の後ろ姿を見送りながら、房之助は仙台へ向かうのだろうと思った。方角も

そうだが、奥津佐久次郎に限らず、家中には父祖が伊達家に仕えていたものが多く、こうした場合、まずは縁者を頼るよりほか当座を凌ぐ術はない。果たして数年後、奥津佐久次郎が仙台で死去したと風の便りに聞いた覚えがある。

（だが……）

なぜいまになり一関へ戻ったのだろうかと思った。不吉な予感とともに、房之助は十四年も経てふみの酌を受けていることに暗い因縁を感じずにはいられなかった。そして、もしかすると今も自分のことを覚えているのではないだろうかとも思った。

「ところで、おぬし、手水はよいのか」

しばらくして房之助が言ったとき、惣兵衛はせっかくの鮎に箸もつけぬまま紗綾と話し込んでいた。

「おお、そうであった、立ちかけたときに紗綾どのが来て、うっかりしていた」

「それは申しわけございませんでした」

「あ、いや、すぐに戻るゆえ、房之助の相手をしていてくれ」

惣兵衛が手水に立つと、膝をすすめた紗綾が酌をし、房之助は正面からその顔をとくと眺めた。

「いやですわ、そのように見つめないでくださいまし」

紗綾が頬に紅葉を散らすのに、房之助はにこりともせずに言った。

「ここはいつからやっている」
「二年前の春からですが……」
「その前は何処におられた?」
「仙台にございます」
「ご尊父は亡くなられたそうだな」
「………」
「奥津佐久次郎どのだ」
「いったい何のことでございましょう」
紗綾は小首をかしげたが、房之助はかまわずに続けた。
「十四年前、わしは勘定吟味方であった、この顔にも名にも覚えはないと申すか」
「いいえ、ございません」
「別に目付へ届け出るつもりはない、正直に話してくれればそれでよいのだ、あの日、城下の寺町でわしを睨めつけたではないか」
「お言葉ですが、おっしゃることがわたくしにはよく分かりません」
「ふみどの……」
「え?」
「奥津ふみどのであろう」

「いいえ、違います」

紗綾は頭を振ると、房之助の眼からゆっくりと視線を膳の辺りへ落とした。着物の上から胸乳の張りを見立てているような目付きが恐ろしくなったのである。が、その目の前で、房之助は鮎の目をくりぬき、まるで豆でも食べるように舌の上へ運んだ。

「あの日のことはいまでも覚えているぞ」

そう言って房之助が紗綾を無遠慮に凝視したころ、惣兵衛は手水場で用を足しながら不意に思い出したことがあった。

もう七年も前になるだろうか、江戸表で祐筆の与田某なにがしかが上意書の文面を書き誤り、藩主の逆鱗に触れるという事件があった。たしか、そのとき与田はただちに帰国、謹慎を命ぜられ、のちに減石のうえ普請組に役替えとなったはずだった。房之助が惣兵衛の次男の養子先としてすすめた与田源右衛門とは、もしやその与田ではないかとそんな気がしたのである。

万一そうだとしても、納得尽くで縁談がすすむのであれば何の問題もないのだが、ひょっとして房之助はそのことを故意に隠したのではないかと思った。だが、仮にあの与田だとしたら調べればすぐに分かることである。

（まさか房之助に限って……）

そんなはずはないだろうと、結局、惣兵衛は思い直して手水場を出た。ようやく紗綾どの

が来たのだ、楽しくやろうと思っていた。
ところが座敷へ戻ってみると、紗綾の姿はなく、房之助がひとりで鮎をつついていた。しかも尾の辺りの身がうまく剝がれず、少し苛ついているようだった。
「紗綾どのは?」
「ほかの座敷を見てくると言って出ていった、会わなかったか」
「いいや」
「しかし、だいぶご執心のようだな」
「いやあ」
照れ隠しに微笑した惣兵衛へ、
「だが、あの女はよしたほうがいいぞ」
房之助はいつになくきっぱりと言った。

　　　　　四

「まさか後添いになどと考えておるのではないだろうな」
「⋯⋯」
「そうなのか」

「いかぬか」
「いかぬも何も相手は町人ではないか」
と房之助は言った。言いながら大切なものでも扱うように鮎を裏返すと、鮎はまるで一口も食べていないような姿になった。
「いや、どうみても武家の出だ、事情は知らぬが間違いあるまい」
「そうだとしても、よしたほうがいい」
「なぜだ？　齢、物言い、立ち居振舞い、どれをとってもわしには申し分ない、いったい紗綾どののどこがいかぬ」
「勘だ」
「勘？」
「ああ、おぬしには似わぬ、だいいち男がいぬと分かっておるのか、小料理屋とはいえ、これだけの店を本当に女手ひとつで切り盛りしていると思うか」
「ああ思う、それくらいの才覚はあるし、わしの知る限り男などおらぬ」
惣兵衛は憮然とした。いずれ帰りしなにでもそれとなく紗綾の印象を訊ねるつもりでいたのに、房之助の言い草は唐突なうえにどこか挑発的に聞こえた。
「そもそもそういう見方は無礼だろう、武家の女が三十路を越して小料理屋をはじめるからには、それだけのわけがあったのだろう、いまでもおいそれとは言えぬ事情があるのかも知

「れぬ、しかし、だからといってはじめから汚らわしい見方をするな」

「そうではない」

そうではないがと言ったところで、房之助は下を向き鮎だけを見ていた。

「おぬしがどうあがいたところで、あの女を娶ることはできぬということだ」

「なぜだ」

「諦めろ、それがおぬしのためだ」

「わけを言え、勘などと言われて納得できるか、友ならばはっきりと申せ、卑怯だぞ」

「ならば言うが……」

すると房之助は箸を休めて惣兵衛を見た。

「うむ」

「あれは、奥津ふみだ」

「誰だと？」

「十四年前、不正を働き領外追放となった普請奉行・奥津佐久次郎の娘だ、どうして戻ってきたのかは知らぬが、素性が知れねば一関には住めぬだろう、ましてや家中へ嫁すことなどできぬ、分かったか」

惣兵衛は混乱した。房之助の言う十四年前の事件は覚えていたし、紗綾が奥津佐久次郎の娘だと聞いて頭に血が上ってくるのも分かったが、なぜ房之助がふみを知っているのかは見

当もつかなかった。もしも紗綾が奥津ふみだとしたらと思うと絶望が押し寄せてくる一方で、しかしそれならそれでという気もした。紗綾が奥津ふみであろうとなかろうと慕う気持ちに変わりはない。あるいは房之助の見間違いかも知れまい。

「おぬし、まこと奥津ふみを存じておるのか」

「十四年前に会うたことがある」

「十四年も経てば人の顔は変わるぞ」

惣兵衛の期待を、房之助はしかし無言で否定した。

「分かった」

ややあって、惣兵衛は自分で紗綾に確かめると言った。思いも寄らぬ事態に戸惑いはしたが、疑念と絶望を引き摺ったまま帰る気にはなれなかった。

「どうするかは、それからだ」

「訊ねても、そうだとは言うまい」

「訊ねたのか」

房之助はまた鮎をつつきながらうなずいた。

「それで?」

「むろん、違うと申した」

「まことかも知れぬではないか、世の中には顔形の似た女子などいくらでもおる」

だが房之助は小さく首を振ると、
「本当に似ているのは顔じゃあない」
と言った。
「あの眼だよ、優しげに見えて実は男を見下している冷めた眼だ、おぬしには分かるまいが、美津もときおりああいう眼をする」
「美津どのが？」
「ああ、女はみんなそうだ」
房之助の口振りは、ややもすると美津と紗綾を混同しているかのようで、やはり美津と何かあったに違いないと惣兵衛は思った。考えてみれば今夜の房之助ははじめから様子がおかしかった。混乱しているのは、むしろ房之助のほうかも知れぬだろう。
「おぬし、やはり美津どのと……？」
房之助はそれには答えず、薄笑いを浮かべて不意に立ち上がった。
「案ずるな、おのれの女房と他人の区別くらいはつく」
「待て、どこへゆく」
「手水だ、ついでに少し風に当たってくる」
房之助が去って間もなく、惣兵衛は手を鳴らして人を呼んだ。じきに現われたお園へ何事もなかったように酒を頼み、それから紗綾はどうしているかと訊ねた。

「お客さまにご挨拶をしたり、板場へ入ったりで……」
とお園は言った。
「呼んでまいりましょうか」
「いや」
と言って、惣兵衛は笑顔を作った。
「商いの邪魔をしては悪い、それでなくとも今夜は忙しいようだ」
しかしお園が去ると、惣兵衛はこれからどうしたものかと考えあぐねた。紗綾にやましいところがなければよいが、奥津ふみだとしたら帰国した目的は何だろうかと思った。小料理屋を営むだけであれば仙台でもよかったはずで、わざわざ危険を冒してまで一関へ戻ることはない。父御に関わることだろうかとも思ったが、それも十四年もむかしのことである。
ただひとつはっきりとしているのは、どうにかして紗綾と暮らしたいという自分の気持ちだけだった。たとえ紗綾が奥津ふみであろうと、すでに二年もの間、堂々と暮らしてこられたのだから、妻にする手段もあるのではないか。そうと気付いた房之助が例外で、案外誰にも分からぬのではないだろうかとも思った。房之助さえ説得すれば何とかなる、いざとなれば隠居して紗綾と二人ひっそりと暮らすこともできるのではないかとまで惣兵衛は考えた。
「あのう、江坂さま……」
「む？」

気が付くとお園が葦戸越しにこちらの様子を窺っていい、惣兵衛は咄嗟に何だと言った。
「すいません、ご返事がないのでどうかなされたのかと……その、お酒をお運びしてもよろしゅうございますか」
「おお、それはすまなかった、ちと考え事をしていたものでな」
「さようでございましたか」
声音を直し、酒を運んできたお園は、少しは店が落ち着いたのか惣兵衛に酌をした。
「それはそうと、お連れさまは？」
「手水だが……」
と言ったあとで、惣兵衛はそういえば遅いなと思った。風に当たるといっても、まさか店の外へ出たわけではあるまい。
「手水場にはどなたもおられませんでしたが、ご気分でも悪くなされたのでしょうか」
「そんなこともあるまい、ああ見えて酒はわしより強いくらいだ」
「そうですか、それならじきにお戻りになられるでしょう」
とお園が言うそばから、静かに葦戸が開いて房之助がぬっと顔を出した。
「どうであった、少しは凉めたようか」
惣兵衛は機嫌を直してくれればと思い明るい声で言ったが、房之助は黙って座に戻ると、まるで湯上がりのように上気した顔で、ひとこと、ここも蒸してきたなと言った。

五

「たとえ紗綾どのが奥津ふみだとしても、わしは一向にかまわぬ、おぬしさえ目をつぶってくれれば何とかなるだろう、友を助けると思って見逃してくれぬか」

長い沈黙のあとで惣兵衛が口火を切ると、房之助は顔も上げずに正気かと呟いた。いつの間にか青白くなった顔にはせせら笑いを浮かべ、手はまた鮎をつついている。鮎はもうほとんど骨と皮に見えたが、それでもつつくうちに白い小さな塊が現われ、それを房之助は小まめに拾っては舐めていた。

「もちろん、正気だ」

と惣兵衛は言った。

「決しておぬしに迷惑はかけぬ」

「わしのことなどどうでもよい、それより本気であの女を信じているのか」

「むろんだ、素性はどうあれ実によくできた女子だろう、わしには勿体ないくらいだ」

惣兵衛ははっきりと言った。自分の齢を考えても、再び紗綾のような女と巡り合えるかどうかは怪しい。紗綾が少なからず好意を抱いてくれていることは分かっていたし、ここで諦めては、このさきそんなことは二度と起こらぬように思われた。

「しかし、だ」
と房之助は卒然と声を荒らげた。
「仮にわしが目をつぶり、首尾よく妻に迎えたとしても、いつ誰が気付かぬとも限るまい、そのときはどうする」
「どうもせん、奥津家はとうに絶えているし、いまさら証すほうがよほどむつかしい、そうではないか」
「そうかも知れぬ、だがひとつ間違えば江坂家を潰すことにもなろう、それほど値打ちのある女かどうか、とくと考えてみることだ」
「考えたさ、わしの一生もせいぜいあと十五年かそこらだろう、しかしひとりで暮らすには長すぎる、それに最期はやはり嫁にではなく妻に看取ってもらいたい、それが紗綾どのであれば何も言うことはない」
「家を潰してもか」
「主一郎に家督を譲る日もそう遠くはないだろう、必要とあらばいますぐ隠居してもよい」
「たかが女ひとりのために隠居するのか、それが武士のすることか」
房之助は吐き捨てるように言って盃を呼った。うつむき加減の眼が、心なしかぎらぎらとしている。しかも惣兵衛が一口摘まんだきり箸をつけずにいる鮎が気になるのか、ときおりちらちらと瞳を動かした。

「妻のいるおぬしには分かるまいが……」

惣兵衛は努めて静かな口調で言った。

「たしかに子は支えにはなるが、妻のように心を許して寄りかかることはできぬ、久しくひとりでいるとそのことが身に沁みて分かるようになる」

「おらぬほうが幸せということもある」

「たしかにそういうこともあるだろう、しかし、いまのわしには……」

「女房が欲しいのなら、何もあの女でなくともよかろう」

言いながら、房之助は上目遣いにちらりと惣兵衛を見た。が、すぐに視線を鮎へ戻して言った。

「おぬしは見かけに騙されているのだ、あの女の本性はそんな生温いものではないぞ」

「なぜ今日会うたばかりのおぬしにそんなことが分かる、わしはこの二年の間、じっくりと見てきた、酒席とはいえ人を見誤るとは思えぬ」

「忘れてもらっては困る、わしは十四年も前に会っている、あの女がどんな思いで国を出たかを考えてみろ、一関へ戻ったのにはそれだけのわけがあるはずだ、少なくとも小料理屋の女将になるためではあるまい」

「生まれ育った国が忘れられぬ、齢を重ねれば誰しも思うことだ」

「あまいぞ、惣兵衛、女を見くびるな」

「見くびってなどおらぬ、愛しいだけだ」
そう口に出して笑うかも知れぬが、惣兵衛の想いはいっそうはっきりとした。
「いい歳をしてと笑うかも知れぬが、実際こんなことははじめてだ、しかし悪いこととは思わぬ、つぎに妻を娶るときには惚れた女子にしようと決めていたし、それがわしの妻となる女子への礼でもある、見くびるとか見くびらぬとか、そういうことではない」
「惚れた欲目だ」
頭を冷やせ、と房之助は苦い顔をした。
「どの道、大目付へ届け出るよりあるまい」
「何だと……」
「泥沼と思うのはおぬしの勝手だ、いや、その通りかも知れぬ、しかしだ、このまま安穏に暮らして、いったいわしに何が残るというのだ、たとえそこが泥沼でも足を踏み入れてみたい、そういう気持ちが分からぬのか」
「分からぬではない、だが実際に泥沼にいるものから見れば、おぬしの言うことは馬鹿げている、泥沼だよ、あの女は……」
(美津どののことではないのか)
惣兵衛は胸の中で呟きながら、まだ鮎をつついている房之助を見た。いかに好物とはい

え、そこまで熱心につつく房之助は見たことがなかった。
「どうあっても見逃してくれぬか」
「見逃せることではない、御家を裏切ることにもなるのだぞ」
「ならば申すが……」
と惣兵衛は言った。
「先刻、おぬしが与惣次の養子先にとすすめた与田源右衛門とは、かつて祐筆を務めた与田のことではないのか、たしか七年ほど前に殿のご勘気をこうむり、謹慎のうえ減石となった、あの与田家ではないのか」
「……」
「どうした、答えぬか」
果たして房之助はひどく狼狽した。見る見るうちに汗をかき、忙（せわ）しなく瞳を動かし、そしてようやく口にした言いわけもしどろもどろだった。
「か、隠すつもりはなかったのだ、いずれ折を見て打ち明けるつもりだった……」
「それはまた随分と虫のよい話よのう、房之助、一方では養子の来手もない、言わば零（れい）落（らく）した家へ子を出せとすすめておきながら、一方では父が犯した罪のためにやむなく国を追われた女が、武家を捨てるとどうにか這い上がってきたというのに密告するという、それが同じ人間に対して、友であるこのわしに向かって言うことか、恥ずかしいとは思わぬのか」

「……」
「友が幸せになるのがそれほど憎いか、妬んでいるとしか思えぬぞ」
「違う、決して妬んだりしているのではない、このまま見逃せば、あの女はいつか必ず恐ろしいことをしでかす、わしにはよく分かるのだ、正直に与田のことを言わなかったのはわしが悪い、しかしそれとこれとは話が別だ」
「何が別なものか、卑怯だぞ」
「……」
「そんなふうだから女房にまで見下されるのだ、人のことを案ずる前におのれの性根を直すがいい」
「何だと……」
「それほどあの女が大事なら、いっそこのわしを斬ればいい、おぬしの腕なら造作もあるまい」
「……」

そう言い返すと、房之助は恨めしげに惣兵衛を凝視し、わなわなと身を震わせた。
「ただしこれだけは覚えておけ、奥津佐久次郎が切腹を免れたのは、おそらく当時の執政と取引をしたからだ、横領した金子は普請奉行ひとりの仕業にしては多すぎたし、しかも奥津家からは百両と出てこなかった、その後、奥津は仙台で死んだらしいが、果たして病死かど

うかは怪しいだろう、その娘が名を変えて一関へ戻ってきたのだ、寡婦の里帰りとはわけが違うぞ」
「……」
「どうした、ここまで言って分からぬのなら、このわしを斬ってみろ」
房之助が言って身構えるのに、惣兵衛は黙って銚子へ手を伸ばした。盃を満たし、ゆっくりと口へ運びながら、そこへ紗綾を呼び問い質すべきかどうか迷っていた。仮に紗綾が正直に素性を語ったところで事を丸く治める手段があるわけではない。
いずれにしても、まずしなければならぬのは、いったん房之助を落ち着かせることだった。たまさか房之助が自分とは逆に大刀を左脇に置いていたこともあるが、ひとたび刀を抜かせたら仕舞いだろう。まさかに斬り付けて来はしまいとは思うものの、房之助は妙に腹を据えてしまったようだった。

（本気だろうか……）

惣兵衛は静かに盃を置くと、再び銚子へ手を伸ばした。そのいちいちを、房之助はじっと出方をさぐるような眼で見ていた。酒を注ぐ音が耳障りなほど夜はひっそりと沈んでいたが、なぜか二人の耳に泉水のせせらぎは全く聞こえなかった。

六

その日の夕刻に、たまさか城下で美津を見かけなければ、房之助もそこまで意地を張ることはなかったかも知れない。

小川町から神崎甫斎の私塾へ向かう林道を、この暑さに御高祖頭巾をつけた美津とともに歩いていたのは、甫斎の片腕で伊舟新三郎という若い助教だった。林道の途中には、馬鹿高い汁粉代を取り座敷を使わせる茶屋もあれば祠や空家もある。人目を忍びながら二人が茶屋の方角へ折れてゆくのを、房之助は木陰から茫然として見送った。

今日が日まで美津は息子の教育に夢中なのだと信じていたのである。頻繁に外出するのも熱心のあまり塾へ息子の勉学振りを見にゆくか、あるいは塾生の母親らと会い、遊学の話などをしているものとばかり思っていた。

だが、噂は事実だった。

「美津さまは伊舟先生とお親しいのでよろしゅうございますわ、うちなどは何の伝もなくて……」

いつだったか来客のひとりが帰りしなにそんなことを言っていたような気がする。その後も伊舟新三郎の名は幾度となく耳にしてきた。美津の口からも聞いたし、朋輩の口からであ

ったかも知れない。が、しかとは覚えていないほど関心がなかった。
はじめて新三郎に会ったのは一月ほど前のことで、美津が家に招き、酒まで酌み交わした。かなり優れた助教だというので頭勝ちの青瓢箪かと思っていたら、体軀も物言いも堂々としているうえ、ひどく朗らかで、学者に対する心象が変わったほどだった。もっとも伊舟のほうは、間抜けな亭主を相手に端から愉悦に浸っていたに違いない。
そこまで愚弄されながら、
（どこまでわしは人がよいのだ……）
二人が茶屋へ入るのを見届け、斬り捨てることもできたであろうに、房之助には跡をつけることすらできなかった。そんな光景を見たくはなかったし、嘉之助やまだ幼い娘のことを思うと美津を斬る自信もなかったのである。そして何よりも、こののち妻に不義密通をはたらかれた男として世間の嘲笑を浴びるであろう自分が哀れだった。
もしも八瀬が別の場所にあり小川町を通らずに行けたならば、二人を見ることもなかったであろう。惣兵衛と約束をしなければ、あるいは惣兵衛の家で会っていたなら無事に過ぎた一日である。

（忘れよう……）

やがて何事もなかったように再び八瀬へ向かいながら、房之助はしかし、いつか伊舟新三郎だけは斬らねばなるまいと考えた。けれども美津をどうしたものか、結局、判断がつかな

かった。今宵、帰宅してその顔を見たとき、自分はいったいどうすればよいのか。気持ちの整理がつかぬまま、房之助は惣兵衛に会い、紗綾に会った。

紗綾は奥津ふみに見え、美津がそうであるように惣兵衛を欺いているに違いないと思った。そのせいか紗綾を問いつめるのは存外気分がよかった。問いつめながら白状すれば許してやろうとも思った。

が、果たして紗綾は違うと言い張り、

「これまで奥津さまという名を聞いたこともございません、きっと何かのお間違いでございましょう」

そう言って出ていった。その言いようが落ち着き払い丁重であればあるほど、房之助は小馬鹿にされたような気がした。そして、つまるところ女はみな同じだと思った。

「それとも、わしが奥津ふみを斬ろうか」

やがて房之助が笑いながらそう言ったとき、惣兵衛ははじめてその眼に狂気を見たような気がした。いつの間にか房之助はまた鮎をつついていたが、もうどこをどう探しても食べられる身はなく、いまではただ執拗に箸の先で残骸を押し潰している。砕けた頭蓋や鰭が放つ異臭もまるで感じぬらしく、ときおり惣兵衛を見る眼にも生気は見当たらなかった。

「どの道、おぬしには斬れまい」

「どういう意味だ」
「意味?」
「ああ」
　惣兵衛が見つめると、房之助は鼻先で笑った。
「こうまで愚弄されたからには武士として斬らねばなるまい、それともおのれを偽り許すつもりか」
「…………」
「許したところであの女は変わらぬ、そんなことは分かり切っているではないか」
「それは……それはそうかも知れぬな、たしかにおぬしの言う通りかも知れぬ」
　惣兵衛は咄嗟に口先を合わせた。もはやまともな論議のできる状態ではない。あとはうまく誤魔化すよりほかあるまいと思った。
「しかし、いまがいまというわけにもゆくまい、斬るにしても手筈というものがある」
「いまさら何を言うか、いくら考えても迷うだけだ、ここでけりを付けよう」
「…………」
「やはり、できぬか」
「いや、そうではない、同じ斬るならこの手で斬りたい」
　惣兵衛はさりげなく大刀を摑むと、ゆっくりと左の脇へ移して言った。

「ただし苦しませぬようにな、それがせめてもの情けだろう」

すると驚いたことに、房之助は惣兵衛の動きに気を取られたふうもなく、こっくりとうなずいた。やはり妻女と何かあったらしいと思う一方で、惣兵衛はしめたと思った。

「となると、やはりここではまずい、明日にでもおぬしの家へ参るゆえ、あとのことはそのおりじっくりと話そうではないか」

「うむ、そうしてくれるか」

と房之助は素直に応じた。うまくすればこのまま連れ出せるかも知れない。紗綾のことは、まず房之助を家まで送り、それから引き返して本人に訊ねてみるしかないだろう。

「では、そろそろゆくか」

惣兵衛が促すと、果たして房之助は子供のようにうなずき、持っていた箸を膳に置こうとした。

が、そのとき、

「失礼いたします」

と女の声がしたのである。声の主は紗綾だった。見ると房之助は毅然とし、きっと廊下のほうを睨みつけていた。

「一口(ひとくち)(澄まし汁)をお持ちいたしましたが、お運びしてもよろしゅうございますか」

「せっかくだが、下げてくれ、今夜はこれで帰る」

すかさず惣兵衛は言ったが、房之助はさらに大きな声で、かまわぬ、入れと言った。その気合いが紗綾を引き止めたのが分かった。
「入れと申しておる」
「かしこまりました」
紗綾が静かに葦戸を開けたときには、房之助は鮎の皿に箸を突き立てていて、千切れた小骨や皮が畳にまで飛び散っていた。
「椀はいらぬ、中へ入って戸を閉めろ」
房之助は今度は低い声で言った。
（逆らうな……）
惣兵衛が小さくうなずくのを見て、紗綾は房之助の言う通りにした。葦戸を閉めて惣兵衛の傍らに腰を下ろすと、房之助はにやりと笑い、唇を舐めた。それから恐ろしく優しい声で言った。
「黒江屋はどうした」
眼は紗綾を見ながら、もう無意識にだろう、握り締めた箸でまるで水車小屋の打ち杵（きね）のように空の角皿を突いている。
「さきほどお帰りになられました」
紗綾は案外に落ち着いた声で答えた。腐った瓜（うり）と膠（にかわ）を混ぜたような腥気（せいき）が鼻を突いたが、

口元には精一杯の笑みを湛え、眼はまっすぐに房之助を見ている。上客の黒江屋が来ていたのも、少し前に帰ったのも事実だった。

「それはまた忙しない、で、話はついたか」

房之助は優しい声で続けた。

「何のことでございましょう」

「奥津ふみと材木問屋が、ただの世間話をしていたわけではあるまい」

「お言葉ながら、お訊ねの意味がよく分かりません、林さまは先刻から何か勘違いをなされておられます、わたくしは奥津ふみなどという御方は存じませぬし、ましてやわたくしがその御方であろうはずがございませぬ」

「聞いたか、惣兵衛、まだ白を切るつもりらしい」

房之助は自信満々といった笑みを浮べて惣兵衛を見た。飛び散った鮎のかけらが頬に張り付いていたが、却って気味が悪く、しかも不意に薄笑いをやめると、じろりと紗綾へ視線を戻した。

「待て、房之助」

と惣兵衛は言った。

「このことは明日、わしから大目付へ届け出よう、紗綾どのが奥津ふみかどうか、詮議を待とうではないか、わしらの役目はそれで十分に果たせる」

だが房之助は首を横に振った。
「明日では遅い、逐電されてしまう」
「ならば、わしがここで見張っていよう」
「いいや、おぬしは騙されておる、隙を見せたが最後、この女はおぬしの寝首を搔いてでも逃げる、そうなってからでは遅いと言っているのだ」
言い退けて、房之助はひとつ大きく息をついているが、異変が起きたのはその直後だった。
「や、待てよ」
房之助は急にそわそわとしだしたかと思うと、突然大刀を摑んで口走った。
「そうか、黒江屋は刺客を呼びに走ったのだ、こうしてはおれぬぞ」
「落ち着け、刺客など来ぬ」
惣兵衛が制すのも聞かず、房之助はさっと立ち上がるや、葦戸越しに庭の気配を窺いはじめた。
「刺客とか逐電とか、いったい何のことでございます、林さまはどうなされたのです」
声を震わせ、じっと見つめた紗綾へ、惣兵衛は隙をみて外へ逃げるように耳打ちした。
ところが、そのとき、不意に振り向いた房之助が、たまさか身を寄せ合っていた二人を見るなり、
「おのれ、牝狐（めぎつね）！」

凄まじい形相で斬り付けてきた。

「逃げろ！」

左手で紗綾を突き飛ばした惣兵衛は、その分だけ刀を取るのが遅れたが、房之助が大上段から振り下ろした刀を中腰の体勢から抜き打ちに跳ね返した。すると房之助はよろけて後退したが、惣兵衛も尻餅をついた。

「狂うたか、房之助！」

切羽に惣兵衛が叫ぶと、房之助は紗綾から惣兵衛のほうへ向き直った。構えは隙だらけだが、眼は狂気に溢れ血走っていた。

（斬るしかない）

惣兵衛が決断したのも一瞬だった。

「許せ！」

「うおう！」

叫声と殺気が交錯し、瞬息の間に房之助が惣兵衛を目掛けて斬り付けてきたとき、形勢はしかし一変した。

「江坂さま！」

そう叫びながら、あろうことか紗綾が惣兵衛にしがみついてきたのである。咄嗟に身を投げ出して庇おう餅をついていた惣兵衛が不利に見えたのは当然かも知れない。紗綾の眼に尻

（いかん！）

そのままでは紗綾が斬られるのは見えていと紗綾の胸倉を取った。考える間も迷う暇もなかっただろう。紗綾のはだけた襟元から覗いた白く滑らかな膨らみに、その指先が触れたのもほんの一瞬だった。さっと体を入れ替え、夢にまで見たふくよかな体へ覆い被さるのと同時に、房之助の振り下ろした剣が左の肩を掠め、そして次の瞬間、惣兵衛は背中に焼け火箸を突き立てられたような痛みを覚えた。

どうにか初太刀は躱したものの、もはや為す術もなく絡み合う二人を房之助が上から串刺しにしたのである。が、果たしてその剣先は小太りな惣兵衛の腹の皮一枚を残して止まり、そのままゆっくりと引き抜かれた。

「に、逃げろ……」

紗綾はしかし、動きたくとも動けぬようであったが、もはやおのれの顔を上げることすらならない。感じるものといえば紗綾の生暖かな頬とかぐわしい肌の香だけで、それもたちまち失せてしまうと、残されたのはまるで底無しの井戸のように深く冷やかな暗闇だった。

どれほどの時が過ぎただろうか、死を待つだけの惣兵衛にはひどく長い時のようにも思われたが、やがて女の叫声がして誰かが走り去ったようだった。

「ひ、人殺し！」

騒ぎを聞いて駆けつけたお園が叫び、我に返った房之助が飛び出したのだろう。

（房之助め……）

涅槃に入りかけた意識の底で、これからどうするのだろうかと惣兵衛は思った。まさかに房之助に斬られたことも、紗綾との末を失ったことも、果ての見えぬ暗黒の中では不思議と気にならなかった。やはり人の世とは違う世界へ入り込んだのだろう。恨みたくも泣きたくもなく、虚無なのか安穏なのか、動かしがたいものの狭間にいるらしかった。

むろん、いまでは紗綾の上にいるという感覚もない。だが、それでも生き続けているらしい心の端で、房之助の鮎のように朽ち果ててゆく自分をひとこと詫びておきたなりと子供らに会いたいと思った。会って、何も残せなかったことをひとこと詫びておきたい。仇討ちなど考えずに、自分の道を思うように生きろと言ってやりたい。父に心残りがあるとすれば、そのことをおまえたちに伝えられぬことだけなのだから。

（それにしても何と長閑なのだろう……）

とうに痛みの失せた体は、もうぴくりとも動かなかったが、いつしかその耳にはどこその川のせせらぎが聞こえていた。

これも瞼を閉じたままの紗綾へ、

「女将さん！　女将さん！」

現では、お園が泣きながら、まるで狂ったように叫び続けている。

白い闇

一

 朝方から降り続いていた雨が、重い雪に変わっている。しかも大降りである。にもかかわらず、永代嶋八幡宮の境内は参拝する人々で賑わっていた。江戸はどこもかしこも暗い鼠色に塗りつぶされて、まるで日の暮れのようだが、まだ昼下がりだった。
(何も深川くんだりまで……)
 二軒茶屋の前まで来ると、紅屋惣兵衛は傘の雪を落として松本と書かれたほうの暖簾をくぐった。
「まったくとんだ初雪だね、すまないが足洗いを使わせてくれないか」
 玄関の土間に居合わせた女中に言って、惣兵衛は上がり框に腰を下ろした。
「紅屋だが、勝田屋さんはもうお越しかえ」

「はい、小半刻ほど前にお見えでございます」
「そうですか、それはよかった、だいぶひどい降りになってきたからねえ」
 雪と泥で濡れた足袋を脱ぎ、足を濯ぎ、かねて用意の足袋に履き替えながら、惣兵衛はできるなら、このまま勝田屋善蔵には会わずに帰りたいと思っていた。
 勝田屋は日本橋北の室町一丁目に店を構える小間物問屋で、主人の善蔵は前々から紅屋の紅に眼を付けていたらしく、今年の秋口になり、まとめて仕入れたいのだがと密かに商談を持ちかけてきた。これで会うのは五度目になるだろうか、またぞろ同じ遣り取りを繰り返すのかと思うだけで惣兵衛は憂鬱だった。
 紅屋は小僧を入れても数人の奉公人を抱えるだけの小店で、とても問屋に卸すような大商いはできないと惣兵衛は考えている。ましてや問屋へ卸せば紅屋の紅がどこででも手に入ることになり、店売りにも大きく響くだろう。それでなくとも紅屋は白粉も髪油も売らずに紅だけでやってきた店である。むかしからの付き合いで二、三の小間物売りや紅売りに分けてはいるが、嵩は知れたもので、相手が問屋となると話はまるで違う。一度卸せば手は引けぬだろうし、そうなると紅屋は否応なしに勝田屋の傘下に入り、勝田屋なしでは商売が成り立たなくなる。一見うまそうな話だが、下手をすると丸ごと乗っ取られることにもなりかねない。
（別に頭を下げる……）

義理はないとは思うものの、日本橋の大店を相手に邪険に袂を振り払うというのも、同じ品を扱う商人として決して得にはならぬだろう。
惣兵衛は重い腰を上げて女中に案内を頼んだ。暮れも押し詰まったというのに、松本の中は騒客で溢れていた。
「紅葉のあとは初雪を賞でる会ですか」
いい気なもんだと言ったつもりだったが、女中は聞いていないようだった。勝田屋の待つ座敷は廊下を三度も曲がった奥にあり、そこだけ箱庭のような小さな庭には、雪をいただき震える蘇鉄が大小二つ並んでいた。
「紅屋さんがお見えになりました」
女中が声をかけると、おお、やっと見えたかと嗄れ声が言い、惣兵衛は暗い顔色を直して敷居を跨いだ。
「遅くなりました、途中で雪になり……」
「というと、浅草から歩いて来たのですか」
「ええ、まあ」
「それはそれは、お若いとはいえ、たいへんでございましたでしょう」
勝田屋善蔵は恰幅のよい体を揺らしてうなずき、さ、さ、どうぞ、と惣兵衛のために空けておいた上座をすすめた。齢はもちろん店の格からいっても善蔵が上座につくべきところだ

が、初会のときからどうにも譲らぬ善蔵で、以来惣兵衛は黙って座ることにしている。むろん居心地のよい上座ではない。
「熱いところを二、三本もらおうか、料理は分かっているね」
善蔵はさっそく女中に言いつけると、盃洗を使い、
「ま、一献」
と惣兵衛へ盃を差した。
 惣兵衛は左手を伸ばして善蔵の酌を受けながら、ちらりとその顔を見た。五十半ばというところだろうか、肉付きのいい鼻や唇に比べ目だけが異様に小さな造りの脂ぎった顔は、惣兵衛の端正な面立ちとは対照的で、商人の風格とでもいうのか、威厳に近いものを感じさせる。が、そのくせ、ひどく慇懃なところが、商人らしいといえばそれまでだが、惣兵衛にはうまく馴染めなかった。
 勝田屋にとり紅は小間物の一品にすぎぬはずが、なぜこうまで執着するのか分からない。たしかに紅屋の紅は品はいいが、問屋の勝田屋が扱ったところで大儲けできるような高額品ではないし、なくとも勝田屋は十分にやっていけるだろう。まさか江戸中の紅を買い占めるつもりでもあるまいとは思うものの、幾度会っても腹の見えぬ男だった。
「いかがですか、商いのほうは?」
「おかげさまで今年は焦げ付きもなく……」

「ほう、それは何よりですな、商人には貸し下されが一番恐い」
「いや、まったくです」
盃を干した惣兵衛へ、善蔵はすかさず酌をしながら続けた。
「しかし油断はなりませんよ、一、二年は信用させておいて、三年目あたりにごそっと踏み倒すような客もいますから……」
「ですが、うちのような小商いでは、そうごっそりとはもってゆけません、それが小商いのいいところでしょうか」
「いや、それが油断というものです、商いに大小の区別はありません、金がうまく回らなければ潰れることに変わりはない、焦げ付き千両で潰れる店もあれば、僅か一両の工面がつかずに潰れる店もあります」
ですがね、と善蔵はにやりとした。
「うちに卸してくださる分には危ないことは一切ありませんよ、紅屋さんへはすべて現金で支払うつもりでおりますから……もっとも、その分、値引きは考えていただかないと困りますがね」
「……」
「どうです、そろそろ色好い返事を聞かせてもらえませんか、紅屋さんにとっても決して悪い話ではないでしょう」

「それはもう重々承知いたしております、手前どものような店には二度とないお話かとも存じます、しかし果たしてお引き受けいたしましてもご期待に添えるかどうか、そこのところがいま少し得心がゆきません、なにしろ人手も限られているうえ、肝心の紅餅もおいそれと手に入りますかどうか……」

珍しく端から本題へ入った善蔵へ、惣兵衛は慎重に言葉を選びながら答えた。

紅餅は摘み取ってすぐによく水洗いした紅花を足で踏み、余分な黄の色素をもみ出したのち、さらに日陰で二日ほど腐熟させて練り、自然乾燥させたもので、これから紅を抽出して口紅や染料を作る。その名の通り大振りな鏡餅の形をしていて、一部駄送するものは別として大半は船で産地からいったん上方へ送られるが、小店の手に入るまでには幾人もの商人の手を経て法外な高値になるため、紅屋では在府の仲買いが直接江戸へ持ち込むものを使っている。が、むろん、その量は豪商の手を経て江戸の問屋へ回る量とは比べものにならぬほど限られているのである。

「正直に申し上げて、却ってご迷惑をおかけすることになりはしまいかと案じている始末です」

惣兵衛は婉曲に断わったつもりだったが、善蔵はいつものように聞き流しているようだった。こちらの意はとうに酌んでいるはずが、是が非でも話をまとめるつもりなのだろう。

「なあに、職人も紅餅も案ずることはありませんよ、いざとなれば、この勝田屋が手をお貸

「しいたします」
と惣兵衛は言った。努めて笑みは絶やさなかったが、いくらか顔が引きつっているような気がした。仮に善蔵の言うようになっては、紅屋の紅は勝田屋の紅も同じである。紅屋の紅がよそのものと違うのは、職人の腕もさることながら製法に工夫があるからで、それを知られては紅屋から仕入れる必要もなくなるだろう。そんなことは百も承知で善蔵は言っているのだった。

(冗談じゃない……)

惣兵衛は腹の中で思いながら続けた。

「紅に限らず、卸すということは出来上がったものを納めるということでございましょう、それが自力でできぬようでは小売りに甘んずるよりほかございません、ありていに申し上げて、紅屋にはまださほどの力はないように思います」

「それはまた気弱なことを……」

と善蔵が言いかけたところへ、酒肴を運んできた女中が障子越しに声をかけた。

「お運びしてもよろしいでしょうか」

「ああ、運んでおくれ」

水をさされたからか、善蔵の言い方は少し無愛想だった。些細なことだが、そんなところ

が善蔵の素顔のような気がして、惣兵衛は厭だなと思った。女中が障子を開けたので見えたが、雪は僅かの間に厚く降り積もり、一段と勢いを増していた。
「こんな日は早く家に帰って、女房と熱い鍋でもつつくのがいいと思っていると、
「ともかく、今日はゆっくりとやりましょう、この雪では店も忙しくはないでしょう」
まるでこちらの思いを見透かしているように、善蔵が言った。
「それに、今日は別のお話もありましてね」
「と、おっしゃいますと?」
「いえ、むつかしい話じゃありません、さ、どうぞ箸をつけてください」
「え、ええ」
「どうです、なかなかいけますでしょう」
自らも蕪蒸しを摘みながら、女中が下がるのを見送り、善蔵は静かに惣兵衛へ視線を戻した。

惣兵衛は軽くうなずいたが黙っていた。別の話というのも気掛かりだったが、善蔵のゆっくりしようという一言でどっと気が重くなっていた。
口にした料理もうまいとは感じず、惣兵衛は箸を置き、銚子に手を伸ばした。食事は家に帰ってからとればいいと思いながら盃へ酒を注いでいると、また善蔵が言った。
「それはそうと紅屋さん……あなた、もとは歴としたお武家さまだそうじゃないですか」

「もう、むかしのことです」
と惣兵衛は言った。別に隠していたわけではない。紅屋と付き合いのある者なら誰でも知っているし、となり近所の者に聞いても分かることである。だが面と向かって言われると、いまでもいい気分はしなかった。

二

刀を捨てて六年、必死に商いを覚え、ようやく物言いも物腰も商人らしくなってきたというのに、いまさら過去へ引き摺り戻されるような思いはしたくない。だいいち元武家といっても惣兵衛は部屋住みの身分で、振り返りたくなるような甘い思い出も郷愁もないと言ってよかった。

紅屋惣兵衛の本名を江坂与惣次という。つまりは、十六年前、一関の小料理屋で林房之助に殺された田村家勘定組頭・江坂惣兵衛の次男である。当時十九歳だった与惣次は、片足の不自由な兄に代わり父の仇を討つべく事件の翌日には一関を発ったが、果たしてそれは十年に及ぶ放浪の旅となった。しかも三年もすると国許からの仕送りは途絶え、また催促も思うにならず、その後は乞食同然の暮らしを続けた。仇に巡り合えぬままいつしか江戸に落着き、博徒の用心棒やら賭試合をして暮らしたが、そのころには自分の腹を満たすのが精一杯

で、正直もう仇討ちどころではなかったと言ってよい。

ところが、六年前の夏の夜、あれほど捜しても見つからなかった林房之助と、ばったり大川端の元柳橋で出会ったのである。まさに千載一遇の好機だった。しかもひとたび剣を交えれば林房之助は与惣次の敵ではなく、与惣次はいとも呆気なく本懐を遂げて帰国した。

けれども一関へ帰ってみると、兄の主一郎はあろうことか公金横領の罪で切腹、江坂家は廃絶となっていて、藩庁へ本懐成就を届け出るどころか即座に領外追放となった。兄嫁と二人の子は実家の尽力もあって累座を免れたが、どこぞに逼塞したらしく行方は知れなかった。

家も国も失った与惣次は、再び江戸へ出て浅草北の田中に空家を見つけて暮らした。いまの女房であるおいとと出会ったのは、入府して間もないころで、これも偶然だった。そのころのおいとはまだ十六で、その日、所用で出向いた千住から帰る途中の浅草田圃で数人の浪人者に乱暴されかかっていたところを、たまさか通りかかった与惣次が助けたのである。供の手代が片腕を斬られていたこともあり、手当して田原町の家まで二人を送り届けると、おいとの父親の紅屋清右衛門が心ばかりの礼をしたいからと熱心に引き留めた。

ところが、一夜のはずが二夜、三夜となり、そのまま一月ほど厄介になるうちに、清右衛門に人柄を見込まれ、ついには紅屋とおいとの面倒を見てくれぬかと言われた。聞けば清右衛門は死病を患っていて、あとのことが心配で心配でたまらなかったところへ与惣次が来てくれたのだという。おいとは一人娘で、母親も亡

くなっていたから、清右衛門にすがる思いだったのだろう。
「これぞ天のお引き合わせにございます、どうか、どうかお願いいたします」
　清右衛門に乞われるうちに、与惣次は心が動いた。武士に未練があるといえば剣術のことだけで、仕官のあてはおろか、このさきどう食いつないでゆくかも分からなかったから、考えてみる価値は十分にあった。おいとは独り子の割りには我儘なところがなく、気立てのよい娘で、年の差さえいえば不安だったが、清右衛門の言うように巡り合わせのような気もした。そして何よりも与惣次の心を捕えたのは、今日明日の飯の心配をしなくても済むということだった。さもしい考えかも知れぬが、当時の与惣次には、ひとりで無頼の輩を相手にするよりも一握りの米を得るほうが遥かにむつかしいことだったのである。
　よくよく考えた末に仮祝言をあげたのはさらに一月後のことで、清右衛門はそれから半月も待たずにこの世を去った。生前交わした約束通り、商いのいろはを学び、一年後にはおいと正式な夫婦となった与惣次は、予め許しを得ていた紅屋惣兵衛を名乗り、そして身分を捨てたのである。
　それから五年、惣兵衛はいまもそのことを悔いてはいない。おいとは思っていたよりも聡明で、惣兵衛の口の端からそれとなく武家の暮らしを察していろいろと気遣ってくれるし、おかみとしても十二分に働いてくれている。ほどよく色香を増して輝いているときでもあるし、いまの惣兵衛には何の不満もないと言ってよかった。

(もう、むかしのことだ……)

惣兵衛は心からそう思っている。でなければ、とっくに勝田屋の申し出など撥ね付けていただろう。

「それにしても剣術の心得のある商人となると、江戸広しといえども、おそらく紅屋さんくらいでしょうな」

そう言って見つめた善蔵へ、

「いえ、そのほうはもう……」

惣兵衛は言いながら、少しはそれと分かるように嫌悪の眼差しを向けた。が、善蔵は頓着もせず、それどころかいっそう楽しげな口調で続けた。

「しかも相当にお強い……仇討ちですよ、堂々と名乗りをあげたうえで、ただの一太刀で斬り捨てたとか」

「六年も前のことです、それに紅屋惣兵衛がしたことではありません」

「そうそう、当時は江坂さまでしたな」

「…………」

「たしか江坂与惣次さま……」

蛇がじわじわと締めつけてくるような言い方も気に障ったが、なぜ善蔵が自分の本名まで

知っているのか惣兵衛には見当もつかなかった。女房のおいとはともかく、店の者ですらも忘れているだろうし、ましてや近所の者に訊ねたとこで覚えているはずがない。

「いったい勝田屋さんは何がおっしゃりたいのですか」

そのことを訊ねるよりも、惣兵衛は早く話を終えたくて言った。少し口調がきつくなっていたかも知れない。

「あ、いや、これはご無礼を……しかし本懐成就とあればご帰参はもちろんご加増もあったでしょうに、なぜ商人などになられたものかと思いまして……」

「商人がそれほど卑しいものですか」

「いえ、そういう意味ではございません、人を一太刀で仕留めるほどの腕がおありであれば、別の道もあったのではないかと……」

「あったとしても、いまさらどうなるものでもございません、江坂与惣次はもうこの世にいないも同然です」

「ところが、それがですな」

と善蔵が言った。

「ほかでもない、その江坂与惣次さまにお会いしたいという御方がおられるのですよ」

「…………」

「京橋の柏屋をご存じでしょうか、主人は太兵衛といいましてね、小間物一筋でやってきた

男で、その甲斐あって二、三の大名家へも出入りしています、そのうちのひとつが紅屋さんもご存じの田村さまでしてね、御用は奥向きに限られますが、いい商いをさせていただいているようです、その太兵衛が先日わたしのところへやってきまして、なんと紅屋さんをご存じないかと言うじゃありませんか」

「それで……」

「太兵衛は紅屋さんに大切なお客を横取りされるのではないかと案じていましたが、なに、話を聞いてみれば、そういうことではないとすぐに分かりましてね、仲立ちを引き受けたわけです……柏屋太兵衛に取次ぎを頼まれた御方ですが、奥向きの祐筆頭さまで大崎さまと申されるそうです、さきさまの御意向では正月二十五日にお会いしたいとのことで、よろしければ時と所は紅屋さんにお任せするそうです」

「……」

「この場で決めていただければ、わたしが柏屋へ伝えますが、さて、どうなされます」

惣兵衛は言葉に詰まった。大崎という名にも覚えがないし、上屋敷の奥向きなど見たこともない。だいいち、いまさら田村家の家中が何用だろうかと思った。

「その、御用向きは何と……?」

「それは、あなた、むかし話でございましょう、太兵衛が言うにはとても気の回る御方で、じかに紅屋さんを訪ねてはご迷惑かも知れない、またそうなっては断わることもできぬだろ

「そうですか……」

惣兵衛がうつむいて酒を注ぐ間にも、善蔵はこの辺りの料理屋で会うのがいいのではないかとすすめた。むろん、人目につかぬほうがいいだろうという意味である。どうせ下衆の勘繰りをしているのだろうと惣兵衛は思ったが、しかし、それにしても腹に落ちぬことばかりだった。相手が誰であれ、密かに江坂与惣次に会ったことが御家に知れたら、ろくなことにはなるまい。そうまでして会おうとするからには、ただのむかし話をするためとも思えぬのである。

（それに……）

勝田屋の口を伝わってきたのは偶然だろうかとも思った。

商人には惣兵衛が考えていたよりも遥かに欲深い連中が多く、おのれの身代を増やすためなら仲間を蹴落としてでも伸し上がろうとする。もちろん武家の社会にも似たようなことはあったが、武家が決められた役職を争うのに対し、商人は金と知恵で自らの地位を築いてゆく。それが商人の面白みと言えぬこともないが、寄合では親しく酒を酌み交わし歓談する仲間が、陰では平然と足の引っ張り合いをしているのかと思うと、ひどく陰湿な世界へ飛び込んだような気もする。

事実、惣兵衛が紅屋の主人となってから今日までの間に、二軒の同業が潰れている。しか

も代わって二軒の同業が生まれ、うち一軒はそれまで紅餅の仲買いをしていた男が新たな主人となった。商人としてはまだまだ新参の惣兵衛には分からぬところで駆け引きが行なわれているらしく、よい紅を作り売るだけでは安堵していられぬということに、惣兵衛はようやく気付きはじめたところだった。そして、そこへ近付いてきた勝田屋を、惣兵衛にすれば敵と見るに越したことはなかったのである。

「しばらく様子をみたほうがいいかも知れません、うまい話には必ず落し穴があると、おとっつぁんもよく言ってましたから」

おいとも言っていたように、あまり深入りしないほうが無難だろう。相手が自分を慎重な男とみてくれれば、それはそれで信用につながるのではないだろうか。

ややあって惣兵衛は姿勢を正し、おもむろに口を切った。

「大崎さまへ、よろしければここで九ツ（正午）にお待ちしているとお伝え願えるでしょうか、それから勝田屋さんとのお話でございますが、紅屋はここ当分は手を広げずにいまの商いを続けてゆくのがよいかと存じます」

祐筆頭の大崎とやらに会うことにしたのは、仲立ちをした勝田屋の顔を立てるためと、断われば却って厄介なことになるような気がしたからで、もはや田村家にはいささかの関心もなかった。あるとすれば、いまさら江坂与惣次に何用だろうかという懸念だろう。

「そういうことで、ご好意はまことにありがたいのですが、此度(たび)は勝手ながら取引はご遠慮

させていただきます」
言いながら、惣兵衛がまっすぐに見つめると、
「何もそうはっきり……」
善蔵はひとこと呟いて笑った。

　　　三

　駕籠を呼びましょうかと店の者が言ったが、惣兵衛は断わって松本を出た。この雪では駕籠かきも足を取られかねぬし、舟を使ったほうが早いだろう。
　八幡宮の境内を出てすぐの永代寺門前町に、入ったことはないが、近くに船着場のある料理屋があるのを覚えていた。いま少し歩けば知っている船宿があるのだが、足下の雪を見た途端にそこまで行くのも億劫になり、惣兵衛はふと蔦屋というその料理屋へ行ってみようかと思った。そこでもう一度温まりながら舟を呼んでもらってもいいし、心付けを弾めば舟だけ使わせてくれるかも知れない。
　辺りの岡場所や茶屋で遊ぶには時刻が早いせいか、それとも突然の大雪のせいか、門前の人影は来たときよりも大分まばらになっていた。風はないが一段と寒さが増して薄暗くなった道には、ふだんより一刻は早く店々の軒行灯が灯りはじめている。雪はたちまち傘を覆

い、着物の袖や裾を濡らしたが、それでも足袋は汚さぬようにゆっくりと蔦屋へ向かいながら、惣兵衛は勝田屋が別れ際に言った言葉を思い出していた。

「いずれまたお会いするときが来るでしょう、商いの縁とはそういうものです」

あれから善蔵は、別に腹も立てずに酒を付き合い、しばらくは世間話をした。話の中味は商いのことから下世話なことまで豊富だったが、惣兵衛はときおり相槌を打つだけで熱心には聞いていなかった。ただ商談の首尾はどうあれ、招いたからにはもてなして帰すあたりの辛抱の強さは見習わねばなるまいと思った。その気はあっても、いまの惣兵衛には善蔵のように巧みにその場その場を繕うことはとてもできない。話のうまい下手ではなく、咄嗟に話題が見つからぬし、次に会うかも知れぬときのことなど考えている余裕もない。

無骨で通った武家のころとは違うと思うものの、そもそも部屋住みだった惣兵衛に話の主導権を握る機会はほとんどなかったのである。自然と黙って聞くことばかりが身に付き、意見は頭の中で消化するものだと思っていた。だが商人はそれではいけない。話したいことがなくとも何かを言い、沈黙を避けるのが商人である。その点、相手に侮られることもなく、時に応じて引くことも心得ている善蔵は商人の手本のような男だった。

（善蔵から見れば⋯⋯）

自分など商人でも侍でもない、取るに足らぬ小店の婿養子かも知れまい。紅屋の看板がなければ世間は自分をどう見るだろうか。答えは明らかで、まず誰も相手にしてくれぬだろう

と惣兵衛は思う。
(所詮、侍くずれか……)
実際、いまでもそうした眼で見られるときがあるし、とりわけ善蔵のような男に会うと、同じ商人でありながら格の違いを見せつけられる思いがする。あるいはそう思い込んでいるためか、善蔵がまたお会いするときが来るでしょうと言ったことも、惣兵衛にはただの挨拶ではないように思われていた。
「商いの縁とはそういうものです」
慇懃なくせに断定的な口調には、このままでは引き下がらぬという脅しが含まれていたのではないだろうか。そんなふうに思うこと自体が、すでに善蔵に手綱を操られている証かも知れない。が、もしもそうだとしたら、こちらも何か手を打たなければなるまいと、惣兵衛は漠然とだが、雪の道を歩みながら考えていた。
蔦屋はこれからが書き入れ時なのか、さほど賑わしい気配はなく、惣兵衛が暖簾をくぐると、美しい白髪をした番頭が、これも年配の女中とともに出迎えた。
品のいい二人の笑顔につられて、さっそく舟を頼んでみると、
「そのようなことでしたら、わけはございません」
白髪の番頭が快く応じてくれた。
それだけで、

（いい店だな）

と惣兵衛は思った。

ここでは冷えますから、と通された座敷も料理屋にしてはおとなしい造りで、果たして惣兵衛には落ち着くところだった。

「今度はゆっくり寄せてもらいますよ」

舟を待つ間に鰻を折に詰めてもらい、多めに心付けを包んで鶉屋を後にしたのは、それから小半刻ほどのちであった。

そしていま惣兵衛を乗せた猪牙（小舟）は静かに仙台掘を大川へと向かっている。辺りはすっかり雪に被われ、白紙に一筆引いたような水路だけがくっきりと浮かんで見える。相変わらずの重い雪は薄い舟縁にも積もっていた。

惣兵衛はまだ暖かな折詰を膝に抱え、傘をさし、暗い水面に消えてゆく雪をぼんやりと眺めていたが、やがて舟が上ノ橋へ差しかかった辺りで不意に空腹を思い出した。松本で善蔵と会っていたときに少しは摘まんでいたから、我慢ができぬほどの空腹ではなかったが、ふと脳裡に浮かんできたのは十年も前に味わったひもじさだった。

まだ仇を捜して諸国を行脚していたころのことで、あるとき路銀が底をつき、悪事とは知りつつ人家へ食べ物を盗みに入ったのである。しかもその非行は、思い出すだけでも臓腑がひきつるような疵を惣兵衛の胸に刻むこととなった。その日も雪が降っていた。どこでどう

街道を外れたものか、遠州北部の小村に辿り着いた惣兵衛は、それでなくともろくなものを食べていない腹へ四日も何も入れず、とうとう我慢がならなくなって忍び込んだ百姓家で、朝飯の残りであろう粟粥をむさぼっていた。と、そこへ、赤子を背負った女房らしき若い女がひょっこりと帰ってきたのである。

「は……」

女は息をのんだが、惣兵衛はそれにも気付かず、鍋を抱えて土間に座り込んでいた。足がすくんだものか、逃げもせずただ茫然として見ていた女に気付いたのは、鍋の底までさらい、一息ついたときだった。

「こ、この家の者か……」

女は答えず、空になった鍋を見つめてがっくりと膝をつくと、そのまま腰が抜けたようにへなへなと地べたに尻をついた。そのときは押込みと間違えたのだろうと惣兵衛は思ったが、やがて女の虚ろな眼に、はっとして辺りを見回した。忍び込んだときは食べ物を捜すのに夢中で気が付かなかったが、いくら百姓家にしても何もない家だった。まさかと思った。改めて見ると、女は若いわりにひどくやつれているし、土間には蔬菜のかけらもなかった。つまりは自分が食べた粥が母子にとって最後の食べ物だったのである。

「すまぬ、どうにも腹が減って我慢がならなかった、許してくれ」

「……」

「これをやる、金に替えてくれ」

惣兵衛は脇差を外して言った。

すると女はようやく口を利いた。

「いらねえ、かわりにそれで殺してくだせえ」

「ば、馬鹿を言うな、これを売れば当座は食いつなげる」

「百姓がそんなもん持ってたら、盗んだと思われるずら」

「ならばわしが金に替えてこよう、一番近い宿場はどこだ」

「…………」

「どこだ」

「西へ、三里ばかり……」

虚ろな声で呟いた女へ、

「必ず戻ってくる、待っていろ」

惣兵衛はふらつく足で飛び出していった。

ところが、どうにか金と握り飯を手に入れ、日の暮れに戻ってみると、女は土間の梁に縄を渡して首をくくってい、赤子は夜具の中で冷たくなっていたのである。

（馬鹿な……）

惣兵衛は茫然とした。そこまで思いつめていたことに気付いてやれなかった自分に腹が立

つのと同時に、自分が母子を殺したのだと思った。二人の粥を食わなければ、少なくとも明日までは生きていただろう。そもそも盗人が金を持って帰ってくるなどと信じるはずがない、と、そのときになって気付いた。

それからしばらくして、惣兵衛は女を赤子の側へ寝かせてやった。女はいまのおいとほどの齢ではなかったろうか、それにしてはひどく軽く、着物の上からも痩せて骨立っているのが分かった。

「これで許してくれ」

仏に手を合わせはしたものの、惣兵衛はそれですべてを忘れようとしていた。いまにして思えば傲慢としか言いようがない。何らかの事情で女に亭主がいないことは容易に察せられたが、いずれ村人が気付くだろうと思い、僅かばかりの金を弔いのために残して逃げるように村を後にしたのである。

冷え切った夜道を歩きながら、自分が粥を食べずともいずれは死んでいただろうとも考えてみたが、それはあまりにも虫のよすぎる話だった。それどころか、そんなことを考えながらもどうにか歩いていられるのは横取りした粥のお蔭だった。

（それなのに……）

惣兵衛は女の名すら知らなかった。もしも人間に忘れていいことと忘れてはならぬことがあるとすれば、このことだけは忘れてはなるまいと惣兵衛は思っている。侍でいた過去のことは努め

て忘れてきたし、現におよそ忘れつつある。しかし、女のことは人として決して忘れてはならぬことだろう。
　いまの惣兵衛があるのも、あそこで生き延びたからで、とどのつまり盗んだ者が生き延び、盗まれた者が死んだのである。そうした不条理は世の中にはいくらでもあるが、自分が当事者になってみて、惣兵衛ははじめてそれを仕方がないと考えてはいけないと思うようになった。仕方がないなどと思ったら、それこそ女は浮かばれまい。
　同じ人間に生まれながら、あの女はいま惣兵衛が膝に抱えている蒲焼きなど見たこともないに違いなかった。それだけでも十分に不幸だった。せめて名が分かれば、いまからでも供養のしようもあるのだがと思っていたとき、不意に船頭の声がして惣兵衛は顔を上げた。
「旦那、そろそろ竹町の渡しだが、着けるかえ」
　言われて見ると、渡し場の灯がすぐそこまで近付いていた。惣兵衛は御厩河岸を過ぎたことにも気付かなかったが、いつしか大川には夕闇が忍び寄っていた。
「ああ、そうしておくれ」
　と惣兵衛は言った。言いながら、半ば記憶の中の女に引きとめられた心地のままに船頭へ渡す金を用意した。
　雪はとめどもなく降り続いている。
　ここまでくればもう家に着いたも同じだったが、惣兵衛は、おいとの顔を思い浮かべても

すぐには明るい気分になれなかった。わけは分かっている。かつて自分があの女にしたことと同じことが、我が身にも起ころうとしているのだと惣兵衛は思った。

勝田屋に紅を食われたら、紅屋はしまいだろう。

四

顔はよく見えなかったが、戸締まりを済ませた店先で雪を掃いているのは小僧の直吉らしかった。近付いてくる惣兵衛の姿に気付くと、直吉は潜り戸へ頭だけ突っ込み、主人の帰宅を告げたようだった。それから惣兵衛に走り寄って、お帰りなさいましと言った。

「どうしたな」

いまにも泣き出しそうな顔に惣兵衛が訊ねると、直吉は寒さで黒ずんだ唇を小刻みに震わせながら答えた。

「おかみさんが、明日、戸が開かなくなるとたいへんだから、いまのうちに少しでも雪を退けておくようにと……」

言い終えて、それは大きなくしゃみをした。頭に積もった雪の具合からしてかなり前から外に立っていたらしく、見れば下駄に素足の指先も赤く腫れていた。

「そうか、それはごくろうさん、だがもういいだろう、中へ入って暖まりなさい」

と惣兵衛は言った。いつもながら優しい言葉に、直吉は破顔して惣兵衛の後に続いた。

ここ田原町は、かつてはとなり町の三間町とともにかみすき町と呼ばれ、ほご紙を漉き返して作る浅草紙（落とし紙）の産地としてつとに名高いが、いまでは大小とりどりの商家もあれば料理屋や茶屋もある町である。紅屋は北側の三丁目にあって、右どなりが袋物屋の越川屋、左には路地を挟んで足袋・股引を売る尾張屋の出店があり、向こうどなりが紙漉き所という場所にある。惣兵衛が竹町の渡しから歩いてきたときには、道筋の料理屋や飯屋は灯を灯して客を待っていたが、さすがに商家はどこも早仕舞いを決めたらしく、通りはいつになくひっそりとしていた。

（こんな日は直吉でなくとも心細い……）

思いながら潜り戸をくぐると、

「お帰りなさい」

ちょうどおいとが土間へ下りてきたところだった。ただいま、と惣兵衛は言った。

「土産を買ってきたよ、深川の鰻だ」

「まあ、わざわざ深川から？」

おいとはさっと歩み寄り、指先で惣兵衛の着物に付いた雪を丁寧に払った。

「急な雪で大変でしたでしょう」

こうしたときのおいとは素直に嬉しさを顔や仕草で表わし、惣兵衛の疲れをたちまちに癒

してくれる。しかもその眼を見ると、惣兵衛にはおいとがそれまで自分のことを案じてくれていたことも分かるのである。それもこれも一緒になってから分かったことだが、おいとは聡明なだけでなく情の濃い女だった。

（それにしても……）

いまさらながら随分若い女房をもらったものだと惣兵衛は思う。結婚したての三十のころは、おいととの年の差はどうにか誤魔化せたが、三年もすると、まるで自分ひとりが老いてゆくような気がするようになった。今度の年が明けておいとは二十三になるが、そもそもが童顔のせいか、いったい十六、七のころとさして変わらぬのである。それだけで家の中は明るいし、おいもっとも、女房が老けぬのは多分によいことだろう。おそらく惣兵衛に とは自分の美貌や家付きの娘であることを少しも鼻に掛けたりはしない。おそらく惣兵衛には過ぎた女房であり、浅草田圃で助けたときから幸運をもたらし続けてくれるありがたい女でもある。

亡父の清右衛門は紅屋とおいとの面倒をみてくれと言ったが、とんでもない、惣兵衛のほうこそ、おいとのお蔭で人間らしい暮らしができるのである。そして何よりも、この五年の間に、惣兵衛は心からおいとを愛するようになっていた。

いまもそうだが、甲斐甲斐しく世話をしてくれる姿を見るにつけ、どんなことをしてもこの暮らしだけは守らなければならないと思う。それが清右衛門との約束であり、ひいてはお

いとを守ることだろう。そう思うようになった分だけ惣兵衛も変わったと言ってよかった。家名のために生き、武士として成り上がる道を摸索して生きていたころが嘘のように、いまの惣兵衛にはおいとと紅屋がすべてだった。そしてそれを成り下がったとも思わぬのである。

直吉に潜り戸のさるを掛けるように言い付けて、惣兵衛は家に上がった。話したいことが山ほどあるような気がして、早く夫婦二人きりになりたかったが、おいとは風呂を立てたので、さきに湯浴みするようにすすめた。

「その間にお酒の支度をしておきますから、それともお酒はもうたくさんですか」

「いや、もらおう、この雪ですっかり酔いが覚めてしまった、それにゆっくり話したいこともある」

惣兵衛はおいとへ、鰻を直吉ともうひとりいる小僧の竹造にもやるように言って、そのまま湯殿へ向かった。昨日から風邪で休んでいる番頭の茂兵衛や、すでに帰宅した二人の職人にはそれぞれに家庭があるが、小僧二人は冬でも火のない部屋に寝起きしているのだから、たまには贅沢もいいだろうと思った。

それに竹造は両親が下谷にいて大晦日には帰れるが、直吉は安房国・長尾の百姓の伜で、まだひとりで国へ帰ることもならない。盆暮れの休みの間も店にいれば重宝に使ってしまうし、小遣いをくれてもどうしても使えぬほど貧しい家の生まれだった。

「人にもよるが、貧しい暮らししか知らぬのはあまりよいことではないだろう、一片の鰻の味が生きる望みに繋がることもある」

風呂から上がると、惣兵衛はおいとの酌で盃を傾けながら言った。いきなり勝田屋の話をするのは厭な気がしたからだが、おいともそれとなく察してか、

「そうかも知れません、でも直吉はきっといい商人になりますわ」

と話を合わせて、聞きたい気持ちを抑えているようだった。

「雪はいつまでも落ちてきますのに、いいと言われるまで掃き続けていましたでしょう？　忘れていたわけではないのですが、どのくらい辛抱がなるか試してみたのです、ああいう辛抱のできる子は、いつかきっといい商人になりますわ」

「なるほど、辛抱が商人にとり一番か……」

「そうとばかりは言えませんが、辛抱のできない商人はいつか大きな失敗をすると言います、それこそお店を潰してしまうような……」

「その意味では、わたしなどまだまだだな」

「いいえ、とても辛抱強くなりました」

「本当にそう思うか」

「はい、はじめのころは寄合に出ると必ずむっとして帰ってこられましたが、近ごろではそんなこともなくなりましたし、何より顔付きが優しくなりました」

「優しく?」
「はい、角が取れたというのか、気持ちにゆとりのあるお顔に……」
「それだけ歳を取ったということだろう」
「いいえ、そうではございません、お年寄りにも険のある人はたくさんいますし、おまえさんは、まだそんな齢ではありません、だいいち……」
「おいとは惣兵衛を見てくすりと笑った。
「夜だってあんなに……」
「ば、馬鹿……」
 惣兵衛は顔を赤らめたが、実際、子供ができないのが不思議なくらい、二人は仲のよい夫婦だった。酒にしろ、こうして家でおいとの酌で飲むほうが、いまの惣兵衛にはよほど心地がよい。
「しかしな」
 と惣兵衛は呟いた。赤い顔はさっと真顔に変わっていた。
「未だに侍くずれと見る人もいる、たしかにそうには違いないのだが、面と向かって言われると、やはり腹が立ってな」
「勝田屋さん、ですか」
「うむ」

とうなずいて、惣兵衛はおいとを見た。

　　　五

「実は、今日は辛抱がならずに取引を断わってきた、少しはっきりと言いすぎたかも知れないが、このままずるずると回を重ねては、いずれ向こうの思惑にはまるような気がした」
「そうですか……」
「まずかっただろうか」
いいえ、とおいとは首を振った。
「おまえさんがそう思ったのなら、それでいいと思います、もともと紅屋は地道な商いでやってきた店ですし、いまのままでも十分にやってゆけます、それに紅屋の紅は問屋へ卸す類のものでもないように思います」
「わたしもそう思う、しかしこのままでは済まぬような気もする……あの男は、勝田屋はきっと別の手を用いてくるだろう」
そう言って溜息を洩らした惣兵衛へ、おいとはしかし、銚子を差し向けると明るい声で言った。
「おまえさんが勝田屋ならどうしますか」

「む？」
「この紅屋を手に入れるとしたら？」
「そうだな、差し当たって紅餅を押さえるか、職人を引き抜くか……そんなことしか思い付かぬが……」
「職人のほうは無理でしょうね、利兵衛も徳次郎も根っから紅屋の人間ですし、仮に引き抜いたとしても二人の腕だけでは紅屋と同じ紅は作れません、二人ともそのことはよく承知していますから、決して馬鹿なまねはしないでしょう」
「相生町の益蔵か」
「いえ、誰というわけでは……いやな見方かも知れませんが、仲買いは右から左へ品物がさばければ、お客は誰でもよいのですから」
「……」
「念のため来年はじかに買付けてみてはどうでしょう、春までに決めればまだ間に合います」
 おいとはためらいがちに、しかし惣兵衛の顔色を窺うようにして言った。そのことは惣兵衛も考えてみたのだが、いくつか問題があって決めかねていたことだった。
「これから割って入る隙があるだろうか、仲買いと揉めるようなことになれば、それこそ紅屋はしまいだろう」

「はい……ですが、おそらくは黙っていてもしまいでございます」

いっとき仲買いを裏切ることになるかも知れないが、逆に裏切られ紅餅が手に入らなくなってからでは身動きが取れません、とおいとは言った。同業に当座の助けを求めるにしても、小町紅のような銘柄ものを小売りするだけの店では話にならぬし、紅屋のように自ら紅を作る店はどこも規模が小さく力も知れている。いざとなれば問屋から干花を買う手もあるが、一駄(二俵または四梱)五十から百両もするものを使っていたのでは、いまの売値ではとてもやってゆけない。その辺りの事情を知り尽くしたうえで、勝田屋は紅屋に目を付けたのではないだろうか。

「どこかの村で新たに作ってもらうことはできないでしょうか」

とおいとは言った。

「仲買いの領分を侵すことにはなりませんし、紅屋で入り用な分だけ頼むには、さほど目くじらは立てないかも知れません、仲買いといっても紅花はすべて口紅にするわけではありませんし、薬種屋、染物屋と買い手もさまざまです、これまで通り仲買いからも買っておけば、いざというときは新しい餅作りの試みとでも言い分けられます」

「おまえ……」

「いやですわ、そんな眼で……」

おいとは恥じらうように眼を伏せたが、惣兵衛は感心するばかりだった。と同時に、こう

いうことはおいとに言われる前に、主人の自分が考え付くべきことだとも思った。自分ではすっかり商人になったつもりだが、番頭の茂兵衛が出てきたら、この辺りが未だに侍かくずれと見られる所以かも知れない。いずれにしても番頭の茂兵衛が出てきたら、事情を打ち明けて意見を聞いてみましょうとおいとは言った。茂兵衛は小僧のときから紅屋とともに歩んできた男で、仲買いにも詳しいし、別の意見があるかも知れない。

「そうしましょう?」

惣兵衛は黙ってうなずいた。おいとと話したことでいくらかほっとしたものの、商人となってはじめて迎えた危機に、おいとと安堵はできなかった。ひとつには勝田屋が、これまで惣兵衛が見てきた商人とはどこか違うような気がするからで、勘としか言いようもないが、剣でいえば平々凡々に構えながら秘太刀を遣うような、得体の知れぬ恐ろしさを感じるのである。

むろん逃げるわけにはゆかない、逃げ込むところとてないのだと惣兵衛は思った。遠州で出会った農婦のことを除けば過去はすべて摘み取ってきたのだし、そろそろ紅屋惣兵衛がまことの商人であるかどうかを問われる時期なのかも知れない。そう考えると、いつかは通らねばならぬ道へ差しかかったに過ぎないようにも思われた。

「そうしましょう、ねえ、おまえさん」

また、おいとが言った。

「心配したってきりがないじゃないですか」
「そうだな」
と惣兵衛も微笑したが、見ると、いつもなら澄み切っているおいとの瞳にも心なしか不安の影が差しているようだった。しかもその不安は、紅屋の行く末を案ずるというよりは、主人であり夫である自分に対するものであるような気がした。なまじ目が利くだけに、未だに商人になり切れぬ夫を見抜き、密かに案じているのかも知れない。ある日突然、侍に戻ると言い出すのではないか、そんな不安を抱く気持ちは、ほかでもない惣兵衛には容易に察せられた。

そのせいもあって、この夜、惣兵衛はとうとう正月二十五日の件をおいとには言わなかった。いまさら田村家の家中と会うと知って、おいとがそうですかと気にせぬはずがないし、武家に未練があるなどと下手に思われたくもない。が、何よりもそんなことで夫婦の仲に少しでもひびが入るのを、惣兵衛は恐れていた。むろん、おいとの信頼を裏切るつもりなど毛頭なかったが、結果として隠し事を拵えたことは、それはそれでよい気分ではなかった。

「どうだ、おいとも少しやらないか」
惣兵衛は珍しくおいとへ酒をすすめた。いつの間にか空腹は去り、いくらでも飲めそうな夜となっていた。
「では一口だけ……」

つつましげに盃を干し、おいとはちらりと惣兵衛を見た。
「寒くはありませんか」
「いや、大丈夫だ」
「でも、やっぱり……」
　おいとはさっと立ち上がり、鴨居下に掛けてあった惣兵衛の綿入れに手を伸ばした。
　外は相変わらずの降りらしく、暖かくした部屋にもときおり冷気がさまよってくる。一向に酔わぬ頭の片隅で漠然と商いのこれからを考えていた惣兵衛だが、結局おいとほどによい知恵は浮かばず、脳裡に浮かんでくるのは昼間見た勝田屋善蔵の薄笑いと、どこか知れぬ寒々とした白い闇だけであった。
「この雪で茂兵衛の具合が悪くならなければいいのですが……」
　言いながら、惣兵衛の背に綿入れを掛けたおいとへ、
「明日にでも訪ねてみよう」
　と惣兵衛は言った。暮れで何かと忙しいときではあるが、どうせ明日も商いにはならぬだろうと思った。考えれば考えるほど商いの先は朧げに霞んでゆくというのに、堵りもなく降り積もる雪の気配は家の中にいても手に取るように見えていた。しかもその気配は、おいとが側にいるにもかかわらず、惣兵衛の胸に重い寂寥と不安を運んできた。
　惣兵衛は小さく身震いした。まるで行く手が見えぬというのではなく、白い闇はむしろよ

く見渡せたが、なぜかそこにいるのは自分とあの農婦だけのように思われた。
「茂兵衛だって、この顔を見たら元気を出さずにはいられまいよ」
思いとは逆に、惣兵衛は明るい声で言った。言わなければ、一度胸に巣食った不安はとめどもなく膨らんでゆきそうだった。

顔触れ

一

 正月の三日になって、ようやく風邪が治り店へ出てきた番頭の茂兵衛へ、惣兵衛は近々直吉を連れて旅立ってくれぬかと言った。いまのうちに総州から房州を巡り、花の作場と播種の目処を付けておかなければならない。
「事情はこのまえ話した通りです、無理を言ってすまないが、あまり時もないのでね」
 そう言いながらも病み上がりの顔色を窺う惣兵衛へ、
「ご心配なく、そのことは寝床でもいろいろと考えておりました、実はそのつもりで、すでに支度も済ませてあります」
 と茂兵衛は言った。事実、行ってくれと言えば今日にでも出立するような口振りだった。
 番頭といっても、七年ほど前に手代の新六が片腕をなくして店を辞めてからは、帳面のこ

とから職人への指図、果ては小僧の手習いの面倒までみてきた男だから、病床にあっても店のことは主人以上に案じてくれたのだろう。

もっとも茂兵衛にとっても紅屋の行く末は我が事のように大事であるし、いまさら紅屋なしの暮らしは考えられぬほど、その奉公は長い。年が明けて五十路を迎えた茂兵衛だが、そのうち四十と二年は紅屋とともに生きてきた。紅屋なしにはいまの茂兵衛もないだろうし、先々代の清石衛門には小僧のときから厳しく仕込まれ、その甲斐あって番頭にまでなったが、もとはといえば木更津の貧しい漁師の倅である。

貧困から奉公に出された子が、どうにか二親の老後を支え、江戸に小さいながらも家を持ち、そして人並みに娘を嫁がせることができたのは紅屋のお蔭と言っていいだろう。しかもここ十年は安穏な暮らしをさせてもらい、そのせいか五つ、六つは若く見えるほどである。たまたま質の悪い風邪にかかり寝込んだが、根は丈夫なほうで、若いころとさして変わらぬ細身の体にはまだまだ力もある。

「これまでのご恩返しと思い、せいぜい働かせていただきます」

と茂兵衛は神妙に付け加えた。惣兵衛が暮れに見舞ったときには高熱で脂の抜け切った顔をしていたが、この日はいつもの茂兵衛にすっかり戻っていた。

「世間には直吉の親御が病ということにしておきます、分かっているだろうが、派手に動いて仲買いに悟られるのが一番まずい、そのことだけは旅先でも十分に気を付けておくれ」

惣兵衛が念を押すのにも、ご念には及びません、と茂兵衛は笑顔を見せて言った。

「この時期、仲買は総州あたりをうろついてはおりません、すでに今年の買付けの話は大方まとまっているでしょうし、それにこちらも構えて大きな村へは近付きませんから」

「それで、いつ発てるかね」

「明日の朝には……よろしければ今夜はお店に泊まらせていただきます、昨年の帳面の始末もございますし、ついでと言ってはなんですが、そろそろ直吉にも帳面の見方くらいは教えておきませんと……」

「そうしてくれるか」

「はい」

「しかし体のほうは本当に大丈夫だろうね、頼んでおいてなんだが、旅先で倒れるようなことになったらおろくさんに合わす顔がないからね」

「そのようなことまでご心配してくださらなくてけっこうです、女房にはかれこれ二十年かけてよく言い聞かせてありますから」

茂兵衛はそう言って笑ったが、どこか笑い切れぬ笑いだった。小僧のころから厳しく仕込まれた茂兵衛には、惣兵衛の優しさがもどかしく思われてならないらしい。まともな奉公人が主人に望むのは商いの先を読む眼であって見かけの優しさではない、自信のなさを優しさで隠しているわけではないが、茂兵衛にはそう見えるのだろう。

もっとも惣兵衛自身、身分が変わっただけでなく、侍だったときよりも気概に欠けている自分を感じるのも事実だった。頭を下げることには馴れたが、商人として堂々と振舞うこつが分からない。茂兵衛はそういう主人の迷いを見抜いているのかも知れなかった。

「それより、その後、勝田屋からは？」

茂兵衛は真顔に戻って惣兵衛を見た。

「いや、あれっきりだ」

「さようで……」

「こちらの取り越し苦労なら、それはそれでいいのだが……」

いいえ、と茂兵衛はすかさず言った。

「お話からしてそう簡単に諦める御方ではないでしょう、まともに考えて勝田屋ほどの大店が何も手に入れぬまま引き下がるはずがございません」

「……」

「こちらもそのつもりで動きませんと……」

「うむ」

「それとなく本所の松葉屋さんあたりに勝田屋の様子を訊ねてみてはいかがでしょう、小間物問屋との付き合いもあるかと思いますし、あそこは紅のほかに白粉やら櫛も扱っていますから、勝田屋とは取引がなくとも何かご存じかも知れません」

「そうだな」
 惣兵衛はうなずきながら、もっと早くに茂兵衛に打ち明けるべきだったと思った。打ち明けていれば別の断わり方もあったかも知れない、そう茂兵衛も思っているような気がした。
「この十日に寄合があるが、そのときでどうだろう、わざわざ店へ訪ねて訊くのもなんだし、松葉屋さんとなら帰りも道連れになる」
「それでよいかと思います」
 と言って茂兵衛は小さく吐息した。言いたいことはそれで終わりらしかった。
「あとで直吉を寄こしておくれ」
 惣兵衛は言って、湯呑みの底に残っていた茶をすすった。
「まだ何も話していないんだ」
「かしこまりました」
「それからね、やはりおろくさんには会ってきたほうがいいのじゃないかね、ああ見えてなかなか気の細やかなお人だから……」
「……」
「余計なことかも知れないが、気になってね」
「はい、ではそうさせていただきます」
 と今度は素直に言ってから、茂兵衛は丁寧に辞儀をして立ち上がった。

部屋を出かけた茂兵衛へ、惣兵衛は障子を開けておくように言った。形ばかりの小さな中庭から、それでも早春の澄み切った日差しが差し込んでくる。暮れに降った雪は日陰のところにまだ残っていたが、微かに感じる風も春めいてきたようだった。

（茂兵衛なら……）

惣兵衛は胸の中で呟いた。きっとうまくやってくれるだろうとは思ったが、やはり安心はできなかった。これが自分ひとりのことなら、いくらでも踏ん切りがつくのだが、おいとやや奉公人の暮らしがかかっていると思うとそうもいかない。あまりに安穏な暮らしが続いたせいで何かを失うことがことさら恐ろしく感じられるのかも知れないが、妙に怖気がついたこともたしかだった。

だが、このままでどうにかなるとも惣兵衛は思っていなかった。いっそのこと仲間で一括して紅餅を仕入れてみてはどうだろうか。いっとき仲買いは反発するかも知れぬが、長い目で見ればどちらも利を得るのではなかろうかと密かに考えてもいた。ただそのことをおいとや茂兵衛に言えぬのは、寄合でみなを説得する自信がないからで、唐突にそんなことを言い出したら笑われるのではないかという気がしていた。それでなくとも横目で見られることが多いのに、誰も相手にしてくれなくなるのではないかと、悪い癖で不安がさきに立ってしまうのである。

だいいち、言い出すからには勝田屋の件も言わねばならぬだろう。しかとしたわけもなし

に、いきなり共同して紅餅を仕入れようと言っても、それぞれに仲買いとの深い付き合いもあることで、おいそれと賛同するはずがないとも思った。

だが勝田屋の件を寄合で持ち出すのはどうだろうか。こちらは仲間へ危険を知らせるつもりでも、密談を平気で公にするような男と見られるのではないだろうか。そう考えると、共同して身を守るじ誘いがあるとしたら、むしろ飛び付く者もいるだろう。どころか、妬みやら思惑が入り混じり論議が混乱するのは見えるようだった。

（やはりひとりでは無理だろうな……）

考えていたところへ、直吉の声がした。

「ああ、お入り」

と惣兵衛は顔も見ずに言ったが、直吉はぽつんと入側に正座したまま主人の注意が向くのを待って言った。

「それが、湯島の巴屋さんがお見えになりました」

「巴屋さんが?」

「はい、いま番頭さんが客間へお通ししています」

「それで、何の御用か聞いているかい」

「いいえ、ただ少し様子が変でございました」

「様子が?」

直吉は一度大きくうなずいてから、余計なことを言ったと思ったのか、ためらいがちに付け加えた。

「おいでになったときはとても青白い顔をしていたので寒いのかと思ったのですが、ほんの少しして土間から上がるときにはびっしょりと汗をかいておいででした」

二

巴屋は神田明神前の湯島一丁目に店を構える同業で、どちらかといえば白粉で知られているが、所がら寒中の丑紅の日には半年分を一気に売るほど紅の扱いも大きい。主人の十三郎は湯島に店を構えてからは三代目だが、創業の三河時代から数えれば十代目になるという。歳はまだ三十一と若いが、いずれは世話役になるだろうと目されている男だった。惣兵衛とは齢が近いこともあって寄合では席を並べることも多いが、とりわけ親しいというのでもなかった。

「どうも、お待たせいたしました」

惣兵衛が客間へ顔を出したとき、十三郎は何か深い考え事をしていたらしく、声をかけるよりさき障子の開く音にぎくりとしたようだった。惣兵衛が新年の挨拶をすると、どうにか挨拶は返したが、直吉が言ったように血の気の失せた顔には汗を浮かべていた。

「いかがですか、商いのほうは？　湯島は今日あたり大変な賑わいでしょうな」
　妙だとは思ったが、惣兵衛は当たり障りのない時儀を繰り返した。実際、三箇日（さんがにち）ともなればば巴屋は客で溢れているはずだった。湯島天神や聖堂もあり、神田明神は初参りの人出でごった返しているだろうし、近くには湯島天神や聖堂もあり、人の流れは遅くまで絶えない。そんなときに主人が店を空けているのもおかしかったが、いきなりどうしたとも訊けぬだろう。
「ええ、まあ……」
　と十三郎は言ったが、やはり思いは余所にあるようだった。
「うちは今日が初商いですが、丑の日ほど忙しくはありません」
　十三郎はそれには応えず、
「実は、紅屋さん」
　と震える声で言った。
「正月早々こんなことを申し上げるのはなんですが、今日はお願いがあって参りました」
「と、おっしゃいますと？」
「その、不躾（ぶしつけ）ですが、五十両ほど都合していただけないでしょうか」
「……」
　惣兵衛はじっと十三郎の白い顔を見た。汗はそういうことだったのかと思った。
「分かっています、無理は分かっているのですが、お願いするしかないのです」

「いったい何があったのか、まずそれを聞かせていただけませんか」

「ねえ、巴屋さん」

「……」

すると十三郎はがっくりとうなだれて、肺腑を絞るような声で言った。

「店が、巴屋が潰れるかどうかの瀬戸際なんです」

「まさか……」

「去年、大口の商いに手を出し、かなり無理をしました、それでも商いはうまくいったのですが、肝心の掛け売りの金が入らず、逆にこっちが借金を抱えることに……このままでは店は人手に渡ってしまいます」

「つまり、代金を踏み倒されたのですか」

「いいえ、先方は払うと言っています、ただいつ払うかがはっきりとしません、そうこうするうちにこちらの支払い期限が迫り、わけを話して待ってもらっているのですが、それもあと五日しかありません」

そう言った口から、十三郎はやる瀬ない溜息を洩らした。口振りからしてすでに手は尽くしたのだろうが、惣兵衛は念のため町奉行所へ訴えてみてはどうかと言った。

「それも考えましたが、先方は歴とした大名家です、しかも払わぬと言っているのではありません、仮に奉行所が訴えを聞いてくれたとしても、すぐさまどうこうということにはなら

「ぬでしょう」
「世話役には、和泉屋さんには相談したのですか」
「ええ、それはもうまっさきに……」
「それで?」
「それは冷たいものです、普段は口癖のように、困ったことがあったらいつでも相談に乗ると言っておきながら、いざとなると借金の肩代わりをするのが世話役の仕事ではないなどと言ってしてくれません、世話役がそんなふうですから、あの人に付いてる人は誰も当てになりません」
「それにしても、巴屋さんともあろうお人がなぜそんなことに……」
「それが……」
　十三郎はまた太息をついて言った。
「ちょうど出店というのか暖簾分けを考えていたところでした、長年勤めてくれた番頭に報いる時期にきていたのです、あと一年も辛抱すれば悠々できることでしたが、たまさかそこへ大きな商いの話が舞い込んできたのです、渡りに船と言いますが、まったくその通りでした、うまい話には落とし穴があると知りながら乗らずにはいられない気持ちになりました、わたしも主人としてひとつ大きな仕事をしてみたかったのです、十三郎はしだいに詳しい経緯を語りはじめた。
話すだけでも少しは気が楽になるのか、

それによると、巴屋は昨年の八月に本郷五丁目の加賀前田家上屋敷へ大量の白粉と紅を納めたそうである。それも特別に拵えた紅猪口（紅の容器）と白粉入れに極上の品を詰めたものを千二百、用途は三日に及ぶ秋の茶会の引出物であった。引出物は毎年違うものを誂えるそうで、巴屋にとっては一度きりの商いだが、その一度の商いで千両にもなるはずだったという。

「珍しさも手伝ってか、お客さまの評判もよく、二日目以降も滞りなく納めさせていただきました、加賀さまもたいそうご満足で何もかもうまく運んだのです、ところが師走になってお屋敷を訪ねてみますと、手違いでご用意がないと申され、とりあえず百両ほどいただきました、しかしそれから今日まで行く度に違う言いわけを聞かされ、違う人に会わされ、結局、手にしたのは二百両足らずです、特別なご注文でしたから普段は取引のないところまで使いましたし、その分取り立ても厳しく、これ以上はとても待ってもらえそうにありません」

「しかし、加賀さまほどの大大名が千両の都合がつかぬとは思えませんが……」

「わたしもそう思い、正直、安心していたのです」

ところが現実はまったく逆で、実質百三十万石とも言われる大藩も財政難に喘いでいたのである。一時は九億貫にも及んだという貯蔵銀は長年の饗応に使い果たし、このころには逆に莫大な借財を抱えていたから、むしろ借金など当たり前の体質になっていたと言ってよ

「ともかく、十代も続いたわたしの代で潰したくはありません、どうかこの通りです、お借りしたお金はどんなことがあっても必ずお返しいたします、後生ですからどうかお助けください」

十三郎は諸手をついて懇願したが、五十両は紅屋にとっても大金である。ましてや独自に紅餅の買付けをはじめようという矢先で金はいくらあっても足りない。

「あと五十両でなんとかなるのですか」

惣兵衛は念のために訊ねた。

「いいえ、それだけでは……」

と十三郎は言った。

「ですが残りもきっと何とかしてみせます」

惣兵衛は少し考えてから、少々お待ちくださいと言って席を立った。

店へゆくと、おいとは大勢の客を前に忙しく働いていて、その後ろで直吉と竹造が次々と品物を包んでいた。惣兵衛は帳場で算盤を弾いていた茂兵衛へ声をかけた。

「巴屋さんがね……」

小声で事情を話すと、茂兵衛は驚きながらもやっぱりという顔をした。

「道理で顔色が悪いはずです」

「それで、何とか都合してやろうと思うのだが、どうだろう」

茂兵衛はためらわずに首を振った。

「五十両はとても無理でございます、いくらかご用立てるにしても、事情が事情だけに捨てる覚悟でいたしませんと……」

「立場が逆になることもあるかも知れない」

「それはそうですが……」

巴屋さんとて丸々五十両借りられるとは思ってはいないでしょう、と茂兵衛は言った。

惣兵衛は茂兵衛の言い分を聞きながら、何気なくおいとのほうを見た。強い風も埃もなく、表戸を開け放した座敷で紅を売るおいとの前には人だかりができている。商家の主人なら思わずにやりとしたくなる光景だが、惣兵衛の表情は崩れなかった。巴屋はいまごろもっと繁盛しているだろうに、主人の十三郎は金策に奔走している。事情はともかく、他人事ではないように思われた。

「捨てることにはならないと思うがね」

惣兵衛は茂兵衛を振り返って言った。

「たしかに戻らぬ金かも知れないが、道端に捨てるのとはわけが違うだろう」

「旦那さまはお人がよろしすぎます、ゆとりがあればいくらご用立てしてもかまいませんが、いまは紅屋にとっても大事なときでございます」

結局、茂兵衛と折り合いがついたのは半金の二十五両で、惣兵衛はそこで金と証文を用意して客間へ戻った。
「あいにくといまの紅屋にはこれしか都合できません、悪く思わないでください」
あるいは妥当な金額だったのだろうか、惣兵衛が切り餅（一分銀百枚）をひとつ差し出すと、十三郎は落胆したように見えたが、すぐに顔色を繕い、礼を述べた。そして証文を交わすや、懐深く金を仕舞い、そそくさと辞去した。
「これからまたどこかへ回るつもりなのだろう、店先まで見送った惣兵衛へ、
「本当にありがとうございます」
十三郎は繰り返し頭を下げてから、まだ日の光に溢れる通りを小走りに去っていった。重荷を一身に背負ったような後ろ姿を見送りながら、惣兵衛はむかし自分のためにくった農婦のことを思い浮かべていた。なぜか二人の姿は重なり合って見えたが、考えてみれば十三郎もいい加減な武家のために追いつめられたようなものだった。
（たしか子供が二人いるはずだが……）
十三郎が四つ辻を折れるのを見て、惣兵衛は店の中へ引き返した。少なくとも今度は見殺しにはしなかったと思ったが、それで巴屋が生き存えるとは思えなかった。

その夜も遅くなって、夫婦の寝間へ茶を運んできたおいとは、惣兵衛の傍らに腰を下ろす

「ねえ、おまえさん、お茶会ってそんなに大変なものなんですか」

　　　　三、

と、
「熱いですよ」
　大きな湯呑みを手渡して言った。帳場でまだ仕事をしている茂兵衛と直吉へ茶菓を出してきたところで、惣兵衛も二人のことが気にかかり、何をするというのでもなく起きていた。
「ねえ、おまえさん」
　おいとは自分も湯呑みで手を暖めながら、催促するように惣兵衛の顔を見た。
「それは大名ともなれば大変なものだろう」
と惣兵衛は言った。
「この眼で見たわけではないのでよくは分からぬが、むかし父から聞いた話ではたいそうかかりらしい、父は勘定方をしていたので饗応がある度によく嘆いていた、三万石の小藩ですらそうだから、ましてや加賀さまともなれば何から何まで桁が違うだろうな」
「でも、なぜそんなことをなさいますので？」

「茶会か」
「ええ、そんなにお金をかけて何かいいことでもあるのですか」
「いいことか……」
 惣兵衛は返答につまり、茶をすすった。強いて言えば、招く側も招かれる側も顔を繋ぐだけではなかろうかという気もする。
「よくは分からぬが、金には替えがたいものがあるのだろう」
「でも、それではあんまりです、お金に替えられないほどのものなら、せめてお金はきちんと払うべきでしょう？」
「そうだな」
「巴屋さんがかわいそうです、加賀さまからお話があれば誰だって信用します」
「うむ」
「もしもこれでお店が潰れたら……」
 加賀さまは返済を免れてお喜びになるのでしょうか。おそらくはそう言いかけて、おいとは言葉をのみ込んだ。あからさまに武家を非難するのは、たとえそれが大名であっても夫がいやな思いをするだろうと思ったらしい。
「巴屋さんはどうなるんでしょうね」

かわりに、そう呟いたおいとへ、

「仮にそうなったとしても、巴屋さんなら強く生きてゆくだろう」

と惣兵衛は答えた。昼に見送ったときには影が薄く見えたが、いま思うと何もかも諦めた男の足取りには負けまいとする気力があったような気がする。少なくとも何もかも諦めた男の足取りではなかった。

「それにしても、なぜ加賀さまは巴屋さんをお選びになったのでしょうか」

「白梅散だろう、あの白粉なら引出物にしても喜ばれる、お屋敷から湯島は目と鼻のさきだし、ご家中が巴屋を知っていたとしてもおかしくはない」

「ですが、常日頃、品物を納めていたわけではありませんでしょうに、どうして御出入りの商人を使わないのですか」

「おそらく、はじめから一度きりのつもりだったのだろう、御用達に同じことをして使えなくなっては加賀さまも困る、一度きりの相手なら後々の面倒も少ない、まず、そんなところだろう」

侍でいたときは商人は随分ずるがしこいと思っていたが、商人になってみると侍は侍でずるがしこく見える。一番まともなのは、利兵衛や徳次郎のように黙って何かを作り続ける職人や百姓かも知れないと惣兵衛は思った。

「しかし巴屋さんのことは他人事じゃない」

惣兵衛は湯呑みを盆へ戻して言った。
「紅屋にも起こりうることだし、そう考えると二十五両は大金だが、巴屋さんにはそれだけのことは教えてもらったような気がする」
「そうですね」
とおいとも言った。
「それで考えてみたのだが……」
　惣兵衛は改めておいとを見た。
「やはり紅屋は店売りでやってゆくのが一番いいと思う、それで儲けが貯まったら奉公人に暖簾を分けてやればいい、そうすることで先代との約束も果たせると思うが、それでいいね」
「はい、とおいとは言った。弾んだ声で、一瞬、夫の言葉に目を見張ったようだった。惣兵衛が主人として商いの方針を口にしたのははじめてではなかろうか。おいとはそうした喜びを眼で表わすのが上手で、じっと惣兵衛を見つめ返してきた。
「さて、そろそろ茂兵衛たちに休むように言ってこよう、これ以上遅くなるようだと明日に差し支える」
　惣兵衛はやおら立ち上がると、おいとへさきに休むように言って寝間を出た。暗い廊下を静かに歩いて店へゆくと、果たして帳場にはまだ灯が灯っていた。目の荒い帳場格子(ちょうばごうし)の中

で、茂兵衛と直吉が帳面を手に額を寄せ合っているのが見える。

惣兵衛はひとつ咳払いをして近付いた。

「あ、旦那さま」

直吉が言い、顔を上げた茂兵衛へ、

「遅くまでごくろうさん」

と惣兵衛は声をかけた。

「明日のこともあるし、どうだね、そろそろしまいにしては？」

「はい、そうさせていただきます、帳面のほうは一切りついたのですが、直吉の筋がよいものでつい熱が入ってしまいました」

しかし、その直吉もだいぶ瞼が重そうだった。惣兵衛が来たのはいいきっかけだったらしく、茂兵衛は直吉に片付けはいいから先に休みなさいと言った。

「そのかわり明日は早く起きるんだよ、支度はできているね」

「はい」

直吉は二人に挨拶をしてから、店の二階にある小部屋へ帰っていった。茂兵衛も今夜はその隣の部屋で休むことになっている。

「まさか、待っていてくださったのですか」

「いや、そういうわけではないが……」

惣兵衛は暗い店の中を見回しながら、おろくさんには会ってきたのかと訊ねた。
「はい、夕飯を食べてきました」
「それはよかった、明日が大変だからおまえさんも早く休みなさい、寝酒がいるなら台所から持ってゆくといい」
「これはどうも……」
　茂兵衛が帳面をたたむのを見て、惣兵衛は踵を返したが、
「そうそう」
　母屋へ戻りかけて、ふと思い出したように茂兵衛を振り返った。
「巴屋さんに用立てた二十五両だがね、帳面には載せないでおくれ、おまえさんが言ったように戻りはしないだろうから」
「ですが、証文もございますし、いざとなれば品物で返していただくことも……」
　やはり番頭としては納得がゆかぬのだろう、茂兵衛は不満げに言って惣兵衛を見つめた。惣兵衛は大きくうなずいた。店のためを思う番頭の気持ちが分からぬわけではない。
「だがね」
　と惣兵衛は言った。いつになく力強い口調だった。少し驚いたような茂兵衛へ、惣兵衛は穏やかな微笑を向けながらもきっぱりと言い退けた。
「早い話が、あの金は商いで貸したわけじゃないんだ、もしも証文が気になるのなら、それ

も捨てておくれでないか」

四

　上野不忍池のほとり、池之端仲町に鈴川という料理屋がある。幕府御用達の商家が優々と軒を並べる中通りのさきにあって、店構えは驕らず目立たずしっとりとしている。
　茂兵衛と直吉が総州へ発って六日後の夕刻、惣兵衛は寄合のはじまる小半刻前には鈴川の暖簾をくぐった。この日に限らず、寄合の場所には早めに出向き、古参の同業に遅れぬよう、新参の惣兵衛などが遅れて来ようものなら、寄合が終わるまで名指しでちくりちくりと言われかねない。とりわけ世話役の和泉屋藤七は時刻にうるさく、取り立てて議題がなければ歓談して終わるのが常で、自ずと雰囲気も和やかに終始する。
　もっとも年頭の寄合は顔合せの意味合いが濃く、座敷には若い主人らが数人、窓際の片隅にかたまり小声で言葉を交わしていた。
「やあ、紅屋さん」
　とその中のひとりが、惣兵衛に気付いて声を上げた。
「さ、どうぞ、こちらへ」

気さくな声の主は山崎屋の小旦那で名を卯之助といい、麴町五丁目で隣接する番町の武家を相手に商いをしている。惣兵衛は微笑して歩み寄った。

「また少し太られましたな」

「あ、いや、それは言わないでください、太るのは親ゆずりですよ」

山崎屋卯之助は笑って言ったが、彼がいるところをみると父親の病はまだよくならぬらしい。

惣兵衛はほかの主人らにも軽く挨拶をして話の輪に加わった。

「ちょうどよかった、うるさい連中が来る前にお訊きしたいことがあったのですよ」

そう言ったのは、中でも年嵩の橘屋だった。

「いまも話していたんですが、どうも今日は何かあるらしいって……紅屋さんはご存じありませんか」

「何か、というと？」

「それがはっきりしないのですが、どうも世話役の様子がおかしいと聞きましてね」

「はて、わたくしにはどういうことかさっぱり、和泉屋さんがどうかなさったので？」

「いえね」

と今度は卯之助が言った。

「このところ店もそっちのけで何やらこそこそやっているようなのです、神田の春日堂さんから聞いたのですが、日本橋あたりへよく出かけているそうです」

「ほう、日本橋へ」
「それがほとんど毎日、往きも帰りも春日堂さんの前を通るのでばれてしまう、あたしは冗談で妾宅へでも通っているんじゃないかと言ったんですが、どっこいそれは向島だそうで……いや、驚きましたね、ほんとうにいたんですよ、あの歳で……」
　すると、小さな輪に一斉に押し殺した笑い声が上がった。表向きは世話役の言いなりになっているが、一皮むけば若いだけに不満も多い連中だった。
「ま、それはそれとして……」
　卯之助はいったん出入口に人がいないことを確かめてから続けた。
「去年の暮れに世話役から妙なお達しがありましたでしょう？」
　惣兵衛を除きみなうなずいたが、卯之助を横から見ていた惣兵衛の首が動かなかったことには誰も気付かなかったらしい。
「あれは世話役のすることじゃないと思いましたよ、仮に自分の店がそうなってごらんなさい、あんなことをされたらそれこそ浮かぶ瀬がなくなる」
「まったくです」
　と誰かが言った。
「いざというときに頼りになるのは、金貸しよりも仲間ですからね、いくら傷が深すぎて見込みがないといっ

ても見殺しにすることはない、せめて勇気づけてやるのが人情、いや、それが仲間というものでしょう、違いますか」
　そこまで聞いて、ようやく惣兵衛は卯之助が巴屋十三郎のことを言っているらしいと気付いた。しかし世話役のお達しというのは何だろうか、なぜ自分のところへは言ってこなかったのだろうかと思った。仲間はずれにされたのなら、世話役によく思われていないということになるが、これまで和泉屋に逆らったことはなく、心当たりもまるでなかった。
「そのことに絡んで、今日は何かあるらしいと……？」
　惣兵衛は卯之助を見た。
「はっきりとは分かりませんがね、今日あたり一言もなければ、もう誰も世話役を信用しなくなるでしょう、つまりは早晩、世話役交代ということになる」
　卯之助は自分の言葉にうなずいてから、
「さて、そろそろ散らばっていましょう、こんな話を聞かれたら大目玉ですからね」
と言った。
　卯之助が警戒した通り、それから間もなく次々と古参連中が顔を現わした。大方出揃ったところで惣兵衛は座敷をくまなく見回したが、巴屋十三郎の姿は見えなかった。
（やはり無理だったか……）
と思ったが、湯島の店がなくなったという話は聞いていない。白梅散がもう手に入らぬと

知ったら、浅草辺りでも女子の口の端に上るだろうに、それらしい噂すら耳にしていないのである。

（期限は過ぎたはずだが……）

ざわめきの中でひとり黙念としていると、不意に和泉屋の声が聞こえた。

「みなさん、お揃いですね」

見ると和泉屋藤七はいつにもまして悠然と構え、見かけぬ男をひとり上座の端に座らせていた。

惣兵衛はその男のほうを見た。一見して二十四、五というところだろうか、若いのに品のよい身なりをしているうえ、表情にも落ち着きがある。はじめて見る顔だが、惣兵衛にはどこか馴染みのある造作だった。

それにしてもよほど注視されることに馴れているのか、和泉屋が型通りの挨拶をすすめる間、男はうつむくでもなく、ぴたりと視線を宙に止めていた。

「さて、わたしの話はそんなところだが……」

やがて和泉屋は一同の注意を誘うかのようにちらりと男を見やり、

「お気付きとは思いますが、今日はみなさんにお引き合わせしたい御方がいます」

と言って口元を綻ばせた。そして、その前にあとひとことだけと言って、ようやく例の達しの件に触れた。

「大方ご承知の通り、このたび湯島の巴屋さんがのっぴきならぬ事情で商いから手を引かれることになりました、残念ながら、事情を知ったときにはわたしたちの力ではどうにもならぬところまで来ていたのです、一口に言えば傷口が大きすぎて手当のしようがなかったということです、それでみなさんにもつまらぬことをお願いしたわけです」

和泉屋は一人ひとりの顔色を確かめるように見回し、そうでもしなければ無闇にみなさんの懐を痛めるところだったと付け加えた。

「言葉が足りなかったことはどうか許していただきたい、なにしろ急を要することで逐一打明けていては却って混乱すると思いましてね、すべては仲間のためにしたことで悪気などこれっぽっちもない、そのことだけはここではっきりと言っておきます」

無言の一同へ微笑みかけると、

「ま、御詫はこれくらいにして……」

和泉屋は男へ目配せをした。男は小さくうなずき、気持ち中央へ膝をすすめると、大仰に平伏して名乗った。

「このたび、いささかご縁があって巴屋さんのあとを引き受けることになりました、勝田屋彦次郎と申します、これよりみなさまのお仲間に加えていただきたく、謹んでお願い申し上げます」

言い終えるや、どっとどよめきが起こった。

「あの日本橋の勝田屋か」

誰が誰へ囁くでもなく顔を見合わせた。名からして勝田屋善蔵の次男であることは明らかで、惣兵衛は愕然としながらも一気に何もかもが見えたような気がした。

勝田屋ははじめから巴屋を乗っ取るつもりで去年から働いていたのだと思った。どういう手を使ったかは知らぬが、前田家から巴屋への支払いが延滞することも知っていたに違いない。そのうえで世話役の和泉屋を抱き込み、巴屋がどうあがいても抜き差しならぬようにした。茶会の引出物にしろ、勝田屋の仕組んだことかも知れまい。

（狙いは⋯⋯）

十中八九、湯島のお店ではなく白梅散だろう。次男にくれてやるには巴屋は小さすぎるし、わざわざ巴屋を与えずとも勝田屋の身代なら暖簾分けをすればすむことである。彦次郎にしても、このまま小店の主人に納まるほどおとなしい男ではあるまい。それで満足するくらいなら、はじめから新規に店を持たせればいい。そうしなかったのは、やはり白梅散を一手に販売できることのほうが、勝田屋にとっては遥かに大きな利益となるからだろう。手口は違うが、善蔵が紅屋に近付いてきたのも同じ理由からで、巴屋の件はまさしく他人事ではなかったのである。

（もしも善蔵の話に乗っていたら⋯⋯）

そう思うと、惣兵衛は背中に冷水を浴びたようにぞっとした。自らは何も作らず、人が作

ったものを横取りしてゆく。そういう商いが現実にあるのだと思った。身を守るために共同して紅餅を仕入れるという案も、勝田屋が仲間に加わったことで意味が失せてしまった。仮に一括仕入れということになれば問屋の持つ手蔓と財力に仕入れはたちまち勝田屋の手に握られてしまうだろう。まさかそこまで勘定に入れられているとは思えぬが、早晩、彦次郎が台頭してくるのは火を見るよりも明らかだった。

惣兵衛はいま一度その顔を見た。見覚えがあるのは当然で、彦次郎は善蔵を若くしたような顔に薄笑いを浮かべていた。視線は相変わらず誰を見るでもなく宙にとどめていたが、心なしかその笑いは自分へ向けられているような気もした。

「やはりありましたね、それも意外と大きなことが⋯⋯」

となりにいた橘屋が囁くのへ、惣兵衛は黙ってうなずいた。橘屋の言い方には大店への期待が含まれているように聞こえた。あるいは誰もがそう思っているのかも知れぬが、惣兵衛の知る限り、勝田屋は小店と利益を分け合うような商人ではない。

「せっかくですから、こちらもうまく利用させていただこうじゃないですか」

巴屋が潰れた経緯を知ってか知らずか、橘屋がそう囁いたとき、再び満座の注目を集める声が響いた。

「さあ、さあ、お願いしますよ」

色めく一同を尻目に、和泉屋が手を鳴らし、次の間に控えていたらしい女衆を呼び入れた

のである。

「みなさん、堅苦しい話はこの辺にして、あとはゆっくり楽しもうじゃありませんか、勝田屋さんとともに新たな門出を祝おうじゃありませんか」

相当数の女が花柳の威儀を正して押し出してくる姿は壮観だったが、和泉屋の物言いは彦次郎への肩入れがあからさますぎないか、惣兵衛には耳障りでしかなかった。

やがて手際よく酒肴が運ばれ、綺麗どころが酌をするのに、惣兵衛は女の顔も見ずに盃を干した。それでなくとも気が滅入っているところへ、和泉屋の声は神経を逆撫でするばかりだった。

「さ、さ、存分にやってください、今夜の趣向は勝田屋さんのご挨拶がわりでございますよ」

    五

一刻後には宴も終わり、三々五々、玄関へ向かいはじめた人々の中に、惣兵衛は松葉屋三右衛門の姿を見つけて歩み寄った。その前に酔った山崎屋卯之助から色町へ繰り出そうと誘われたが、どうにかうまく断わり、家路につく体を装っていた。

「どうでしょう、諏訪町あたりで一献？」

惣兵衛は小声で松葉屋を誘った。

 三右衛門は微笑して、いいですねと気軽に応じた。松葉屋のある本所は浅草から大川を越えた対岸にあり、帰る道は惣兵衛とひとつである。諏訪町は大川西岸にあって渡し場も近いし、紅屋のある田原町は通り過ぎてしまうが、三右衛門にすればあとは舟に乗るだけだから酔ったところで心配はない。

「広小路で駕籠を拾いましょう、そのほうが早いはずです」

 三右衛門が言い、

「分かりました、では、わたしは一足さきに行って駕籠を……」

 惣兵衛は軽く辞儀をして先に玄関へ向かった。店の提灯を借り、外へ出ると、果たして玄関先は駕籠を待つ人で溢れていたが、人込みをすり抜けて道へ出ると、そこからさきは人気のない暗闇が広がっていた。

 ところが、歩き出してすぐに、惣兵衛は闇の中に佇む人の気配を感じた。

「歩いてお帰りですか」

 気付かぬ振りをして通り過ぎようとしたとき、男の声が言った。厭なところで厭な男に会ったものだと思いながら、

「ええ、そのほうが駕籠を待つよりも早いでしょうから、では急ぎますので……」

 惣兵衛は言ったが、

「もし、紅屋さん」
と男はすかさず低い声で呼び止めた。
「こんなところで何ですが、ちょっとお話ししたいことが……」
言いながら歩み寄ると、勝田屋彦次郎はすぐに済みますからと付け加えた。顔ははっきりとは見えなかったが、白い歯が笑っているようだった。
仕方なく惣兵衛が用件を訊ねると、
「お借りした金子のことですよ」
と彦次郎は言った。
「近々お返しに上がりたいと思いますが、ご都合はいかがかと思いまして……」
「はて、何のことでございましょう」
「巴屋さんにご用立ていただいた二十五両ですよ、それなら覚えがおありでしょうか」
「ああ、それでしたら……しかしなぜそれを勝田屋さんが?」
「あとを引き受けたからには、借金だけ知らぬ顔はできません」
「それならお気遣いは無用です、あれは巴屋十三郎さんへお貸ししたわけで、こちらとしては取り立てるつもりはありませんから、どうかお忘れください」
そう言った瞬間、微かだが彦次郎の眼が光ったように見えた。
「本当に、それでよろしいので?」

「はい、けっこうです」
「さようですか」
　彦次郎は少し困ったというように下を向いたが、すぐに面を上げて言った。
「では、もし気が変わりましたら、いつでもそうおっしゃってください、お急ぎのところお引き止めしてすみませんでした」
「いいえ、では、ごめんください」
　と言って、惣兵衛は足早に歩き出した。彦次郎の視線がまだ自分を追っているのを感じたが、案の定、その背へ彦次郎はひとこと投げかけてきた。
「紅屋さん、父がよろしくと申しておりました」
　惣兵衛は立ち止まり、小さく辞儀をして歩き去った。
　厭な気分だった。彦次郎とは宴席でひとこと二言、言葉を交わしたが、そつもないが心もないという印象だった。親に似て身代を大きくすることしか頭になく、それが生き甲斐の男なのだとすぐに分かった。しかもそのためには平気で人を不幸にする。
（何がよろしくだ……）
　それで脅したつもりかと惣兵衛は思った。もっとも向こうにしてみれば惣兵衛が巴屋に金を工面してやったのは余計なことだし、とことん逆らうつもりのように見えたかも知れない。だが仲間なら当然のことをしたまでで、非難される謂はない。道理を欠いているのは、

誰が見ても勝田屋や和泉屋のほうだろう。
(下衆め……)
　惣兵衛は憤りに任せて足早に広小路へ向かった。途中、鈴川へ向かう駕籠と二度ほどすれ違ったが、駕籠はそれきりだった。
　商家の並びを過ぎると、道は急に明るくなって、じきに広小路へ出た。人の往来はまだ盛んで、ときおり駕籠も通るが、しばらくしても空き駕籠は見当たらなかった。そうこうするうちに松葉屋三右衛門が追い付き、惣兵衛は流している駕籠はないようだと言った。
「歩きますか」
と三右衛門はにこやかな表情で言った。
「思ったほど寒くもありませんし……」
「ええ、わたしはかまいませんが、松葉屋さんは、その……」
「もちろん大丈夫ですよ、ここから浅草まで歩けぬようになったら、寄合には出やしません」

　松葉屋三右衛門は六十を過ぎた小柄な男だが、矍鑠(かくしゃく)としている。とうに店は息子に任せているが、はっきり隠居したというわけではないので、いまも寄合には出てくる。惣兵衛が聞いた話では、息子は親に似ずやり手だがひどく気が短いらしく、それで寄合には三右衛門が出るのだという。はじめて三右衛門に会ったときは、こちらが身構えていたせいか、茫洋(ぼうよう)と

したところがどうにも油断のならぬように思われたものだが、それも回を重ねるうちに三右衛門の平生だと分かった。
「ところで、紅屋さんは今日の寄合をどうお考えですか」
肩を並べて歩きながら、三右衛門が訊ねてきた。
「正直、あまり愉快ではございませんでした」
「巴屋さんのことで？」
「ええ、それもありますが、勝田屋さんの椀飯振舞もどうかと思います」
「たしかに、あれは腹の底が見え見えで、ちっとも楽しくありませんでしたな、わたしだって芸者衆は嫌いじゃありませんが、ああいうものは身銭を切って遊ぶからおもしろい」
「しかし世話役はたいそうな肩の入れようでした……」
「藤七ねえ、あれは駄目です、むかしっから大きなものには目が無い質でしてね、一口に言って珊瑚珠を西瓜と替えるような男ですよ」
三右衛門が和泉屋を平気で呼び捨てにするのは、子供のころから知っているからで、
「いい歳をして、ちっとも変わりゃあしない」
これには惣兵衛も胸のすく思いがした。
「それにしても、この間まで親しくしていた人までが勝田屋さん、勝田屋さんと……」
た、ついこの間まで親しくしていた人までが勝田屋さん、勝田屋さんと……」みなさん、巴屋さんのことなど忘れてしまったようにはしゃいでいまし

「つまり、今日の寄合はみんな気に入らなかった?」
「ええ、まあ、そういうことになりましょうか……松葉屋さんはどうですか」
「それはもう、飲み直さなきゃ眠れません」

三右衛門は酒好きだが、寄合ではあまり飲まなかったらしく、口も足取りもしっかりとしていた。二人は小身の武家屋敷がひしめく御徒町を避けて、少し回り道にはなるが新寺町から蔵前の諏訪町へ向かった。そのほうが道も明るく、惣兵衛は夜の武家地など平気だが三右衛門が何かと安心だろうと思った。

「しかし物事は諦めちゃいけませんよ、いまが駄目でも五年後、十年後にどうにかなるってこともある」
「はい」
「変な言い方だが、巴屋さんも若くてよかった、これがわたしの歳じゃ十年も待てやしないが、巴屋さんなら、まだまだやり直しのきく歳です」
「果たして、やり直せるでしょうか」
「そりゃあ、本人しだいですよ、だが、わたしなら生きてるうちにもう一度お店を開いて勝田屋を見返してやります、それが駄目なら、せいぜい長生きをして向こうの葬式に出てやるというのはどうです?」
「なるほど、それはすっきりするかも知れませんね」

思いのほか話が嚙み合ったせいか、道もはかどり、稲荷町まで来たときである、惣兵衛は小さな居酒屋の店先に空き駕籠を見つけて小走りに歩み寄った。
「客待ちかね」
　声をかけると、しゃがんで煙草を吸っていた駕籠かきのひとりが首を横に振った。
「ちょいと一服してたところで……」
「それはよかった、近くてすまないが諏訪町まで行ってくれないか、駄賃ははずむから」
「へい、ようございますとも」
　駕籠かきが煙草を始末する間に、惣兵衛は後ろにいた三右衛門へ、駕籠に乗るようにすすめた。
「わたしなら平気です、ちゃんとついていきますから」
「それでは遠慮なく……」
　実際、気持ちがいいほど遠慮なく、三右衛門が駕籠に乗るのを待って、惣兵衛は声を弾ませた。
「諏訪町の河岸までやっておくれ、玉ノ井という小料理屋があるから」
　長いだけでおもしろくもない宴の疲れは残っていたが、三右衛門のお蔭で鬱いでいた気分は少しずつ持ち直していた。

六

　玉ノ井は諏訪町の中でも大川の川縁にあって、店先からはもちろん二階へ上がるとさらに眺望がきく。値段の割に気の利いた料理を出すのと、家から近いこともあり、惣兵衛は商談に使ったり、ときにはおいとを連れて食事にくることもある。
「こうして見ると、本所も捨てたもんじゃありませんな」
　三右衛門は窓から夜景を眺めて言った。暗い大川の流れの向こうに、浅草ほどではないが町の火影がゆらゆらと揺れている。
「さ、どうぞ、ここの刺身はうまいですよ」
　惣兵衛は女将に言って拵えさせた平目の薄造りをすすめた。
「ほう」
　と三右衛門は一目見るなり、なるほどいい板前がいるようですなと言った。
「弥助さんといって、ここの主人ですよ」
「つまり、さきほどの女将のご亭主ですか」
「ええ、二人とも気のいい人です」
　惣兵衛は三右衛門へ酌をしてから、自分も盃を満たした。

「ところで、松葉屋さんのところへは巴屋さんのことで世話役から何か指図がございましたか」
「ああ、あれねえ」
 三右衛門は刺身をつつきながら、鼻の先で笑った。
「あんなことは余計なお世話ですよ、何を考えているんだか、藤七の言うことをいちいち聞いていたらきりがない」
「と、おっしゃいますと?」
「ええ、ご用立てしました、といっても俺には内緒でわたしの懐から十両ほどですがね」
「そうでしたか……」
 自分のほかにも巴屋へ金を用立てた人間がいると知って、惣兵衛は何となくほっとしたが、やはり世話役から達しがなかったのは自分のところだけらしかった。
「巴屋さんが言ってましたよ、快く貸してくれたのは紅屋さんだけだと、ほかはろくに話も聞いてくれない……わたしのところへ来たときには半ば諦めていたんじゃないでしょうか、それでね、もうその十両は支払いには充てずに暮らしのために取っておくように言いました」
「それで巴屋さんは?」
「しばらく泣いていましたねえ、情けないのか嬉しいのか、それとも両方だったかも知れま

「その後どうしたかご存じですか」
「いいえ、しかしあの人のことだ、落ち着いたら便りくらいは寄こすでしょう」
三右衛門はそう言って、ふと巴屋夫婦を思うような顔をした。
「ま、巴屋さんの若さを信じるしかないでしょう」
「はい」
と惣兵衛は言った。三右衛門の物言いには裏がなく、その分こちらも素直になれる気がした。
「しかし勝田屋さんはこれからどうするつもりでしょうか」
刺身を摘まみ、酒で喉をすすぎながら、惣兵衛は三右衛門を見た。酒も肴も寄合のときとは比べられぬほど舌に馴染んでいた。
「いずれは日本橋の本家が白梅散を売り出すのでしょうが、さて、困ったものです」
と三右衛門は上目遣いに惣兵衛を見た。
三右衛門が言うのは、小間物問屋である勝田屋が上質の白梅散を売り出せば市場の均衡が崩れるということだろう。巴屋が湯島の店でいくら売ったところで限度があるが、勝田屋が江戸中の小間物屋へ卸せば、数日で巴屋の一年分くらいは売りさばいてしまうかも知れない。品物がいいだけに、場所によっては小間物屋に食われる白粉屋も出るだろう。

「早い話が、家から五軒ばかしさきに小間物屋があるのですが、そこで白梅散を売られたら、こっちはとても商いになりゃしない」

三右衛門が溜息まじりに言うのへ、惣兵衛は静かに盃を膳に下ろした。

「当然こちらも白梅散を置くことになる、つまりはあの勝田屋から仕入れるわけです、しかしそれでもたいした儲けにはならぬでしょう、何しろそのころには白梅散はどこでも買えるのですから、ま、儲かるのは勝田屋だけということですな」

「みなさん、そのことはどう思っているのでしょう、今日の寄合では何の論議もありませんでしたが……」

「それぞれに思惑があるのでしょうよ、だがわたしの見たところ、結局庇を貸して母屋を取られたということになるような気がします」

「松葉屋さんはどうなさるおつもりですか」

「どうもしません、というか、どうにもできぬでしょうな」

「しかしそこまで分かっていながら……」

「手遅れですよ、巴屋さんを助けなかったのが命取り、自分で自分の首を締めたようなものです」

三右衛門はそう言うと、盃に満たした酒をゆっくりと呷った。

「それにもうわたしはとやかく口を出せる立場じゃないし、店も倅に任せていますし、寄合に

したってもっと若い人が出てこないといけない、藤七は気付いていないらしいが、わたしの出番はとうに終わったんですよ」

「……」

「五十年近く働いてきて店はほんの少し大きくなった、潰れそうになったときもありましたが、どうにか乗り切って伜に譲ることができました、それでわたしの仕事は終わりです」

「ですが、まだ隠居なされたわけでは……」

「それも形ばかり、伜がああいう気性ですから、ときにはこんな顔でも残しておけば役に立つことがあります、言ってみれば親馬鹿で、実際にはとうに隠居しているのです」

三右衛門は惣兵衛に酌をしかけて、銚子が軽いのに気付くと、もう少しいただきましょうかと言った。

「これは気が付きませんで……」

と言って、惣兵衛は手を叩いた。惣兵衛の銚子もほとんど空だった。三右衛門は残っていた酒を自分の盃へ空けたが、それには口をつけず、女中が熱いところを運んでくるのを待って改めて惣兵衛に酌をした。

「家に猫がいましてね、一度晩酌のときに鱈の皮をやったのが癖になり、日が暮れるとわたしの膝元へすり寄ってくるんです、これがけっこうかわいいものでして、いまでは毎晩欠かさず酒に付き合ってもらっています、もっとも今夜は女房が相手ですから、どうしているか

三右衛門は銚子を持ったまま、ふふと低い声で笑った。
「ときどきふと、思うことがあります、もしかしたら、いまのわたしは猫に餌をやるために生きているんじゃないかと……まあ、それでもいいんじゃないかとね、分かりますか、そんな気持ち？」
「はあ……」
「若いころは商いに夢中で、それが生き甲斐でした、しかしそろそろ死ぬときのことも考えるようになって、歩いてきた道を振り返ってみると、わたしがしてきたことは間違いじゃないが、それ以上のものでもないと思いました、それだけ生きることに、いや、金儲けに夢中で、それこそ猫に餌をやることなど考えもせずに生きてきたのです」
「……」
「そうして店も家族も守ってきたのですから間違いじゃあない、が、自分の一生はただそれだけのものなのかと……一度そう思うと正直がっくりときましてね、それからしばらくは、すっかり落ち込んでしまった、ところが猫と付き合ううちに不思議と気分が晴れるようになりました、ちっぽけな人生かも知れないが無駄じゃなかったと思えるようになったのです、もしかすると人間なんてみんなそんなものじゃないかと……」
　三右衛門は淡々とだが、ありていに老境に入った心境を語った。

「老いて一生を振り返ったときに、諸手を挙げて喜べる人などいないのじゃないですかね、必ずひとつやふたつの不幸にも巡り合う、その中にはうまく乗り越えられないものもあって、いつまでもしつこく心に残る、ですが、結局人間はいまの自分に満足がいくかどうかではないでしょうか」

「そうかも知れません」

「わたしの場合、幸い女房も元気でいてくれますし、辛いことはあっても淋しいと思うことはあまりなかった、いまもそうです、しかし商いの情熱はもう失せたと言っていい、死ぬまであああだこうだと商いのことを考えていたくはない、というのが本音でしょうか、もちろんまるで違う考えをする人もいるでしょうが、そういう一生は、このわたしには向かぬらしいと気付きました」

それだけ根は怠け者ということでしょう、と言って三右衛門は笑った。

「しかしそう気付いた途端に、自分がこれまでにしてきたことよりも目の前で餌をねだる猫のほうが大事に思えてきたのですよ、商いより何より猫一匹のほうがね……おかしいと思われるでしょうが、それがいまのわたしです」

「すると、松葉屋さんは本当にもう商いのほうは……?」

「ええ、今日のように寄合に出た日だけ、それもいい加減にしか考えません」

「しかし、いくら息子さんに任せたといっても今度のようなときは放っておけばお店の行く

「それも伜が考えるべきことでしょう」

三右衛門はあっさり言い退けて、また惣兵衛へ銚子を傾けた。

「商いには何もせずともいいときがあります、その悪いときを自力で凌いでこそ一人前の主人といえるのではないでしょうか、伜に限らず、商人なら誰もが一度は通る道で、いまが若い人たちの正念場だと思いますよ、ねえ、紅屋さん」

「はい」

惣兵衛はそれとなく励まされているような気がした。自分のいまを引き合いに出し、商いがすべてではないと言いながら、一方ではいまが正念場だと言う。やるだけやってみて駄目だとしても、それですべてを失うわけではないということだろうか。

そう思うと、少しだが気が楽になった。おいとの父・清右衛門との約束やら、勝田屋彦次郎との話にしろ、もう少し商人らしい穏やかな言いようがあったはずだと惣兵衛は思った。こちらが頑なに振舞えば振舞うほど、却って見透かされるということもあるだろう。の体面を気にするあまり、肩に力を入れすぎていたのかも知れない。主人として

「さて、おいしいお酒ですが、この一本で切り上げましょうか」

ややあって湯豆腐を運んできた女中へ、三右衛門は心付けを渡して駕籠を呼んでおくように言った。

「実は若いころから舟は苦手でしてね、とくに夜はいけない」
「それは存じませんで……」
「いや、いや、そんなことは……さ、もう少しやりましょう、これもうまそうじゃないですか」
 それからしばらく時をかけて、きれいに酒と湯豆腐を片付けてから、三右衛門は本所へ帰っていった。
 玄関先まで見送りに出た惣兵衛へ、
「いつかまたここでやりましょう、その前に巴屋さんから連絡があったらお知らせいたします、では、ごめんくださいまし」
 丁寧に辞儀をして駕籠に乗った。
 川縁の暗い道を吾妻橋へ向かう駕籠を見送り、惣兵衛も家路についた。ところどころにまだ軒行灯の灯る道を歩きながら、帰っておいとへ話して聞かすことが勝田屋彦次郎のことだけでなくてよかったと思っていた。言ってみれば、厭な一日の汚れを三右衛門が洗い流してくれたようなものだった。
（父が生きていたら……）
 惣兵衛は、ふと三右衛門のように上手く老いていたかも知れぬと思ったが、老いた顔は想像もつかなかった。

(あれから十七年か……)
商人になった息子を見たら何と言うだろうかとも思った。怒らぬまでも少なからず落胆はするだろう。だがこの十七年の間に自分は変わったのだと思った。
言葉では言い尽くせぬ、重く長い歳月があった。その歳月の果てに商人になった。父を殺れ、仇を討ち、兄が死んで家が潰れ、浪々の果てに摑んだいまである。むろん十分すぎるほど満ち足りているし、掛け替えのない妻や家もある。そのために江坂の名を捨てたことにも悔いはない。そのことは、あの父なら分かってくれるような気もした。
三右衛門も言っていたように、人は過去に何をしてきたかではないのかも知れない。そしていまが正念場なのかも知れない。
(商人になりきらなければ……)
そう思っていたとき、どこからか風鈴の音がして惣兵衛は立ち止まり顔を上げた。
風鈴は蕎麦売りのものだった。表戸を閉ざした紙漉き所の前に夜鷹蕎麦が出ていて、若い衆が四、五人、屋台を囲んでいる。その中のひとりが、どんぶりを抱えたまま惣兵衛のほうを見てちょこんと辞儀をした。朝な朝な通りを掃いている職人らしかった。
惣兵衛は小さく辞儀を返して、男たちに背を向けた。いつの間にか家の前まで来ていたのである。
店の潜り戸を叩くと、じきにおいとが土間へ下りてくる気配がして、

「わたしだよ、開けておくれ」
と惣兵衛は言った。
「はい、ただいま、寒かったでしょう？」
主人を迎える声は暖かかった。
惣兵衛は、おいとが建て付けの悪い潜り戸のさるを外すのをじっと待った。どこをどう歩いてきたものか、迷子になって遠い道をようやく帰るべきところへ帰ってきたような気がしていた。

末摘花(すえつむはな)

一

「これで足りますね」
店の土間の片隅にある職人用の水瓶(みずがめ)に、手桶(ておけ)の水を移すと、おいとはそう言って徳次郎を振り返った。
「へい」
と徳次郎は首だけ回して言った。いつものことで、水瓶は見ずともおいとが幾度足を運んだかで自ずと水の量は知れるらしい。その傍らでは、こちらは見向きもせずに利兵衛が黙々と紅を練っている。
紅作りは素材である紅花（紅餅）の良し悪しはもちろん、水が命で、立春を過ぎてからは朝方の少しでも冷たい水を使い、ただただ丹念に練り固める。このときの手加減、水加減が

出来上がった紅の乗りを左右すると言われ、腕のいい職人は一度練りはじめると仕上がるまで決して気を抜くことはない。

寒中に質のよい紅ができるのも冷水のためで、紅屋では水は必ずおいとが用意する。その水に独自の工夫があって、それが紅の仕上がりをよくするのだが、むろん職人にもいかなる工夫かは分からず、おいとがいなければ同じ紅はできぬ仕組みになっている。紅屋の紅が色艶だけでなく日持ちがよいのは、職人の腕もさることながら、その工夫にあると言ってもいい。

「着替えをしたら、そろそろお店を開けますから、済んだら奥で一息入れてくださいな」

そう言っておいとが振り向くのを、惣兵衛は少し離れたところから眺めていた。

「あら、お出かけですか」

小走りに歩み寄ったおいとへ、

「うむ、本所の松葉屋さんのところへ……」

と惣兵衛は言った。

「何か急な御用でも？」

「いや、急というほどのことではないが、一度訪ねるように言われていたのを思い出してね、巴屋さんのことで何か分かったかも知れないし、息子の仙太郎さんにもご挨拶をしておこうと思う」

「そうですか、でも相手が松葉屋さんでは少し遅くなるかも知れませんね」
「そうだな、ひょっとして帰りは夕方になるかも知れない、すまないが誰か来たらそう言っておくれ」
 惣兵衛はおいとへ言ってから、利兵衛と徳次郎へも頼むよと声をかけた。
 二人は黙って辞儀をした。
「お気を付けて、いってらっしゃいまし」
 おいとに見送られて店を出ると、外はもう麗らかな春の日だった。軒先に吊るした看板代わりの寸胴切りの赤旗が微風に揺れているのを何気なく見上げて、惣兵衛は浅草寺門前の広小路へ向かった。吾妻橋から本所へ渡るつもりだったが、行く先は深川だった。とうとうおいとには打ち明けぬまま約束の二十五日が来てしまったのである。
（それにしても何用だろうか……）
 にわかに暖かくなり人出の増した往来を歩きながら、惣兵衛はまた考えてみたが、やはり何も思い当たらなかった。父の仇を討ち帰国した与惣次が、兄の不正がもとで領外追放となってから、もう七年になる。わざわざ探し出したにしては悠長な約束だし、相手が田村家奥向きの祐筆頭というのも腑に落ちない。会えば分かることだが、よい話ではあるまいという予感は続いていた。
 仮に一歩を譲り、ただのむかし話としても、決して楽しいときにはならぬだろう。だいい

ち大崎などという名は記憶の隅にもない。もしも父に縁の人であれば、それこそ人を立てることもあるまいと思った。

(じきに分かることだが……)

思いながら吾妻橋の橋詰めまで来て、惣兵衛はほとんど立ち止まった。

(まさか……)

不意に脳裡を掠めたのは勝田屋善蔵の顔だった。いまのいままで思いも寄らなかったが、もしや巴屋を陥れたのと同じ手口で、田村家へ紅を納めさせるつもりだろうかと思ったのである。そう考えれば、相手が奥向きの者というのも紅屋の商いにぴたりと当てはまるような気がした。

あれ以来、善蔵は何も言ってこないが、今日のことは彼が仲立ちしたのだし、あるいは今日あたり深川に現われるのではないかという気もした。まさか同席はしまいが、ありえぬことではあるまい。

(いや、違うな……)

惣兵衛はしかし、すぐに思い直した。あの善蔵が同じ手を使うはずがない。それならいっそのことはじめから、その祐筆頭とやらに会わせていただろうと思った。わざわざ一月も間を置いたのは、大崎とやらが、やはりこちらの気持ちを考えてのことではないだろうか。よくよく考えてどうでも厭なら断わる機会を残した、そう考えるのが自然だろう。

惣兵衛はまた歩きはじめたが、いずれにしても、どこかで勝田屋が絡んでいるのではないかという疑念は拭い切れなかった。
「またお会いするでしょう」
善蔵の言葉は、いまも惣兵衛の脳裡に焼き付いている。この一月は鳴りを潜めているが、善蔵の指図でこれから彦次郎がどう動くのかも気掛かりだった。いまのところ表向きは以前の巴屋と何ひとつ変わらぬ商いを続けているらしいが、白梅散の製法を摑んだからには、いずれ大量に生産し一手販売に踏み切る準備をすすめているに違いない。そしてその一方では、紅屋の紅を手に入れるための新たな算段もしているだろう。
「それにしても……」
惣兵衛は口の中で呟いた。気掛かりといえば、未だに茂兵衛から何の便りもないこともそうだった。僅か二十日で事が成るとは思わぬが、そろそろ首尾を知らせてきてもよいころである。便りがないのは、かなり苦労しているということだろうが、それにしてもどこにいるかくらいは知らせてきてもよい。

人一倍律儀な男だから却って落ち込んでいるのではないかと、惣兵衛は密かに案じていた。むろん、紅餅を独自に仕入れることが紅屋にとって最大の防御であることに変わりはない。勝田屋彦次郎が仲間に加わったことで紅買いも色気を出すだろうし、一気に仕入れが勝田屋に傾くようだと、それだけでやってゆけなくなる店も出るだろう。そうなれば勝田屋に

屈従するか商いをやめるしかなくなる。すべてが勝田屋の手に落ちると考えるのは性急かも知れぬが、それくらいに考えていたほうが間違いはない。彦次郎のことは知らぬ茂兵衛も、そのあたりの危険は十分に承知しているはずである。

しかし、当然のことながら、不首尾のときのことも考えておかねばなるまい、と惣兵衛は思いはじめていた。

吾妻橋を渡り切ったところで、惣兵衛は右へ折れた。その道をまっすぐにゆけばいずれは深川で、橋詰め近くには左手に大名家の下屋敷が、右手には竹町の渡しがある。ちょうど舟が着いたところで、渡し場は人で込み合っていた。舟から降りる者、これから乗り込む者で混雑する中、船頭が急げというようなことを叫んでいる。惣兵衛は見るともなしに見て通り過ぎたが、人込みの中から声をかけた男がいた。

「紅屋さん、紅屋さんじゃありませんか」

　　二

「おや、これは……」

惣兵衛は振り向いて言った。声をかけたのは、武州を縄張りに紅餅の仲買いをしている八や十八（そはち）だった。

紅花は羽州最上産（村山郡産）が最もよいとされるが、紅餅となるとそのほとんどが最上川を下り酒田から海路で上方へ送られてしまい、八十八のように金力のない仲買いには手の出しようがない。が、武州のものがひどく劣るかというと必ずしもそうではなく、八十八はときおり驚くほど上質の紅餅を持ち込むことがあった。

「珍しいところで会うもんだ、どうしてたね」

惣兵衛が微笑みかけると、

「はい、お蔭さまで何とかやっております」

八十八は、体はそうでもないが、もともと丸い顔をさらに丸くして答えた。

八十八は、四ツ谷の塩町（しおちょう）に住み、仲買いの傍ら女房に茶店をやらせている。仲買いで食べてゆけぬのか、茶店で食べてゆけぬのかは分からぬが、どちらにしても紅染屋を得意にしている仲買いで、紅屋へは特によい紅餅が入ったときに持ち込むくらいで決まった取引があるわけではない。が、小商いだけに却って花の良し悪しをよく心得ていた。

「しかし昨年はどうにも花の出来が悪くて往生いたしました、ですが今年はきっと紅屋さんにも納めさせていただけると思います」

「ああ、そうしておくれ、おまえさんの餅はいつもたしかだからね」

惣兵衛は世辞抜きに言った。嵩は少ないが、八十八が持ち込む紅餅は職人の期待を裏切ることがない。花の出来がよい年に、きちんと三片紅（花弁三片に紅がさすころ）の摘み期を守り、しかも鮮麗なものを選り抜いて作らせるそうで、紅屋では冬まで寝かせて極上の紅に仕上げる。ほかの仲買いはとても面倒がってしないが、八十八はそうして染料にする紅と人の口につける紅との区別を彼なりにつけているのだという。

「ありがとうございます」

八十八は深々と頭を下げてから、ところで今日はどちらへと言った。

「うむ、ちょっと深川へね。……そう言うおまえさんは？」

「はい、本所から亀戸辺りを回ってみようかと思いまして……」

「というと、あれかね？」

「はい、新しいお得意さまを探しにとでも申しますか、いまのうちに少しでもご注文をいただきませんと……」

「それは熱心だ」

「いえ、手前のような小商いは一度に納めさせていただく嵩が知れておりますし、去年のようなことがありますと、中には取引を断わられるところもございます、店を構えぬだけに信用ひとつでやって参りましたが、花の出来ひとつでそれも泡と消えてしまいます」

「なるほど、それは大変だ、しかし今年は出来がよさそうなことを言ったが、どうして分か

「それはその、何と申しますか、一口に言えばただの勘でございますよ」

八十八は、暮れに降った雪のことやらその後の天候のことを並べ立ててから、立ち話もなんだから、よろしければこのさきの茶店で一服いかがでしょうかと言った。

「そうだね」

惣兵衛は少し考えた。八十八なら利害の浅い付き合いだけに、案外仲買いの動きを聞き出せるかも知れない。約束の九ツまで時はたっぷりとあった。

「久し振りに武州の話でも聞かせてもらいますか」

「はい、そういたしましょう」

そこから少し歩くと、大川を背にして葦簀張りの茶店があり、二人は縁台に腰掛けて熱い茶をすすった。四ツ谷から歩いてきて腹が空いたのか、八十八は団子(だんご)も頼んだ。

「そういえば、先日、湯島の巴屋さんをお見かけしました」

惣兵衛にも団子をすすめ、何気なしに言い出した八十八へ、

「え……」

惣兵衛は口へ運びかけた湯呑みを止めて聞き返した。

「たしかに巴屋さんかね?」

「はい、声はかけませんでしたが、間違いないと思います」

「それは、どこでだね」
「市ヶ谷の、あれは左内坂でした、小間物か何かの担い売りの恰好をなすっておられましたので、すれ違ったときはまさかと思いましたが、振り返ってみると姿付きもやはり巴屋さんでございました」
「それで?」
「いえ、それっきりでございますが、何か」
八十八は何かまずいことでもしたような顔になって言った。
「湯島のお店のことは聞いているだろう」
「はい、日本橋の勝田屋さんが丸ごと引き受けられたそうで……」
「今度どこかで見かけたら、それとなく住まいを訊ねて知らせてくれないか、いえね、巴屋さんから借りたままになっているものがあるのだが、急にあんなことになったものだから返し損ねてしまってね」
「さようでございましたか、それなら今度市ヶ谷へ行ったときにでも心当たりを探してみましょう、お見かけしたのは夕刻でしたから、あの辺りにお住まいかも知れません」
「そうしてくれるかね、いや、それにしても世の中、誰が何を知っているか分からないものだ、今日こうしておまえさんに会ったのも偶然だが、まさかそのおまえさんが巴屋さんと出会っていたとはねえ」

惣兵衛は感慨深げに言ってから、ゆっくりとお茶をすすった。巴屋十三郎の行方がぽんやりと知れただけでも、八十八と出会ったのは収穫だった。十三郎に会ってどうこうというのではないが、勝田屋に店を乗っ取られたと分かったときから、却って本当の仲間になれたような気がしている。
「ところで、仲買いの間では今度のことはどう見ているようだね」
「巴屋さんの一件ですか」
「うむ」
と惣兵衛はうなずいた。
「勝田屋さんが湯島へ乗り出したことで、紅餅のほうも動きがあるのじゃないかね」
「はあ、あるといえばあるような、まだ日が浅いのではっきりとはいたしませんが……」
八十八は同業の中には勝田屋に取り入る算段をはじめた者もいるようですと言った。
「しかし本家が何といっても大問屋ですから、仕入れの手蔓は十分にございますでしょうし、新規に入り込む余地がありますかどうか」
「巴屋さんに入っていた松平さんはどうしただろうね」
「切られたとは聞きません、そうなったらわたしの耳へも入るでしょうし、松平さんに限らず、湯島の勝田屋さんに誰かが切られたという話はとんと耳にいたしませんです」
「すると、すべてはいままで通りですか」

惣兵衛は呟くように言った。そう口にしてみて、それも妙だと思った。当座は白梅散に力を注ぐにしても、善蔵が紅屋に話を持ちかけてきたのは昨秋である。いまになり紅は忘れたとは考えられない。が、もっともそう立て続けに目立つことはできぬかとも思った。
「おまえさんは、試しにでも当たってみる気はないのかね」
惣兵衛がそれとなくさぐりをいれると、八十八は小刻みに首を振った。
「とんでもない、わたしなどはじめから話になりませんです、勝田屋さん相手に商いできるほどの所帯じゃございませんし、元手を作るだけでも十年はかかるでしょう、だいいち手持ちの紅餅がいきなり増えるわけではありませんから」
「それはそうだが……」
「乗り気の仲買いにしたところで、仮に取引をさせていただくとしても来年からの話でございましょう、いまから勝田屋さんへ納める分を手に入れるのは無理というものです、紅花は米と同じで、いえ、それ以上に欲しいからといって昨日の今日というわけにはまいりません」
「しかし、それでも回すとしたら?」
「そんなことをしたら、これまでのお得意先を困らせることになります、向こうへ回せばこちらが足らずで、つまりはご恩を仇で返すことに……」
「実はそのことが気掛かりでね」

惣兵衛はじっと八十八を見た。真面目な商い通り、八十八は決してうまい嘘のつけぬ男である。

「もしもそういうことになったとしたら、いや万が一の話だが、紅餅は足りなくなり、わたしらのような小店には手に入らなくなるということも考えられないかね」
「ですが、いくら湯島のお店でも一年に捌ける嵩は知れております」
「いや、それは少し違う、だったらなぜ仲買いは勝田屋さんへ取り入るのだね、松平さんが納める分で湯島は隙がないじゃないか、結局日本橋の本家に入るのが算段じゃないのかね、巴屋は白梅散だけじゃなく紅でも鳴らした店だ、その紅を日本橋の勝田屋が売り出すとしたら、さぞかし餅が要るだろうねえ、仲買いの算段とはそういうものじゃないかえ」
「⋯⋯」
「だがね、八十八さん」
考えてもみてごらん、と惣兵衛は言った。
「何もおまえさんたち仲買いを使わなくとも、勝田屋さんが餅を仕入れることなど造作もないことだろう、紅花問屋か、さもなくば廻船問屋を使い京から入れればすむことだ、違うかね」
「はい」
「それだけの金も力もある、その勝田屋さんがおまえさんたちのような、こう言っては何だ

「それは……」
「安くていい紅餅を買い占められたら、小店は身動きがとれなくなる、いずれ潰れるか勝田屋さんの傘下に収まるしかなくなるという寸法ですよ、しかしそうなると、仲買いにしたって思うような商いはできなくなる、ひとつ歯車が狂うと次から次へと狂うものだ」
「なるほど……」
「おまえさんは大丈夫だろうが、気を付けるに越したことはない、目先の金につられて動くと、とんでもない目にあうからね」
 軽く釘を刺し終えて、惣兵衛はお茶のおかわりをした。それを飲んでそろそろ腰を上げようと思ったのだが、
「実は、その、ここだけの話にしていただきたいのですが……」
 不意に八十八が改まって言った。
「そのことと関わりがあるかどうか分かりませんが、つい先日、相生町の益蔵さんが今年の餅を回せないかと言ってきました」
「ほう、益蔵がね……」
 惣兵衛は密かに瞠目した。

「いえ、すぐにおかしいとは思いましたが、紅屋さんへ納めるのなら、これまで通り、わたしが納めさせていただいても不都合はないでしょうし、それなら紅屋さんから直に声がかかるはずですから……」

「それで、どうしたね」

「事情を話してお断わりしました、こんなことを申しては何ですが、いまのところわたしの商いは染物屋さんでもっています、その得意先を差し置いてまで、その、紅屋さんへ紅餅を回すことはできませんのです」

三

「それは当然だ、しかし益蔵も随分考えの足りないことを言ったものだね」

惣兵衛は苦笑したが、内心穏やかではなかった。益蔵は言わば紅屋が使っている仲買いの筆頭である。山形の仕入宿やサンべと呼ばれる在郷の仲買人と繫がりがあり、花市に群がる紅商人や京から来る仲買いに混じり、したたかな商いをしている。その益蔵が惣兵衛と相談もなしに、八十八の紅餅を買うというのは思案に落ちない。やはり勝田屋が陰で動きはじめたと見るべきだろう。益蔵を抱き込み、八十八まで押さえにかかったのだとしたら、もはやほかの仲買いも当てにはなるまいと思った。

（しかし……）

それにしても益蔵は随分やすやすと転んでくれたものだった。つい十日ほど前になるが、そ知らぬ顔で年礼にきたとき、惣兵衛は今年も例年通り紅餅を納めてくれるように念を押している。そのおり益蔵は愛想よく請け負ったが、それが芝居だったとすれば、たいそう図太い真似をしてくれたことになる。あとでどう言いわけをするのか知らぬが、秋になり紅餅を納めぬとしたら、紅屋のみならず同業からも饗應を買うだろう。それでも割りの合う話を、どうやら勝田屋は益蔵に持ちかけたらしかった。

「不安げな顔を向けた八十八へ、

「どうか、わたしの口から聞いたことはご内分に……」

「分かっています、正直に話してくれてありがとう」

と惣兵衛は言った。

「誰にも言いはしないから、このことは安心してもらっていい、ただね、さっきこれから当たると言っていた新規の分はそっくり紅屋へ納めてくれませんか」

「……」

「もちろん正式な注文ですよ」

「しかし、それでは何やら益蔵さんを裏切るような……」

「それも心配はいらない、筋から言ってわたしがおまえさんに注文して悪いことは何もない

し、これまでにもおまえさんがいい餅を納めてくれているのは周知のことだ、それで益蔵が何か言ってくるようなら、わたしが話をつけます」
「はあ……」
「では、しかと頼みましたよ」
惣兵衛は言って腰を浮かせた。
「わたしはそろそろ行かないと……」
「あの、紅屋さん……」
八十八は言いかけて口をつぐんだ。いまひとつ迷いを掻き消すだけの、たしかな言葉を聞きたいらしかったが、惣兵衛は立ち上がると優しく諭すように言った。
「いいんですよ、八十八さん、どうでも無理と言ってくれても……これからどうなるか、わたしにだってよく見えているわけじゃないんですから」
実際のところ、八十八が紅餅を納めてくれたとしても、それでどうにかなるなどと惣兵衛は思っていなかった。ただ、そうでもしなければ、今日一日を落ち着いて過ごせぬような気がしただけである。
「ただこれだけは覚えておいてください、紅屋は小さな店だが、人は大切にします」
八十八はうつむいていたが、惣兵衛が腰掛けに勘定を置くのと同時に、分かりましたと言って立ち上がった。

「きっといい餅を納めさせていただきます」
「そうしてくれるかね」

惣兵衛は改めて礼を言い、そこで八十八と別れた。深川へ向かう道を歩きながら、まるで兵糧攻めだなと思った。予想していたことだが、益蔵が勝田屋に寝返ったのはそれなりに衝撃だった。先代の清右衛門は益蔵にかなり目をかけたと聞いていただけに、もしやという期待がなかったわけではない。それにしても、主人が清右衛門でも益蔵は寝返っただろうかとも思った。

外手町で大川端から離れて武家地へ入ると、板塀の続く道は人通りはあるがひっそりとしていた。それでも行き交う人の中に武家の姿を見つけると、惣兵衛は背を丸め、道の端を視線を落として歩いた。そうした歩き方には馴れたものの、やはり卑屈な気分になる。それでなくとも鬱ぎていたところへ、卑屈な思いが加わり、竪川へ出るころには足取りはひどく重くなっていた。八十八に見せた顔は、商家の主人としての空元気だった。そう長くは続きそうもないので、思い付くだけのことを言って別れてきたに過ぎない。

（本当は……）

いまからでも益蔵の家へ押しかけて、思いきり殴りつけてやりたかったが、知らぬと言われてしまえばそれまでのことで、却ってこちらから縁を切るきっかけをくれてやるようなものだろう。益蔵が八十八を脅してでも口止めしなかったのも、そのためではないかとさえ思

った。すべては計算尽くのことで、何もなければ益蔵は秋口まで欺き通すつもりに違いない。

(益蔵め……)

惣兵衛は歯ぎしりをした。

二ツ目之橋から見る堅川は、春の陽にうらうらと輝いている。遅い足取りにもかかわらず、惣兵衛は脇見もせずに反橋を渡った。頼りは茂兵衛からの吉報だけだった。

　　　四

富ヶ岡八幡宮の参道は相変わらず人で溢れていたが、二軒茶屋のある広い境内は人が散るせいか閑散として見えた。茶屋が目当てでなければ、人々もそこに長くは足を止めぬようである。

石垣で囲まれた本社の庭からしばらく眺めていた惣兵衛は、ようやく気持ちを切り替えて松本の暖簾をくぐった。

出迎えた番頭に勝田屋さんはお越しかと訊ねると、

「日本橋の勝田屋さんでございますか」

五十がらみの番頭は腑に落ちぬ顔をした。

「たしか今日は……」
「あ、いや、用があるというわけじゃないんだ、今日あたり見えるようなことを言っていたものだから……」
 惣兵衛は内心ほっとしながら、紅屋だがね、と名乗った。
「じきに大崎さまという御方がお見えになるはずだから、粗相のないように頼みますよ」
「かしこまりました」
「それからね」
 惣兵衛は番頭へ心付けを渡して言った。
「料理をお出ししたら、呼ぶまで人を寄こさないでおくれ」
 さらには番頭が用意した座敷も、一度見てから用心のために替えさせた。心なしか厭な顔をした女中には御捻りをくれ、これも替えてもらった。そして待つこと小半刻余り、大崎某は刻限に遅れることなく現われた。
「お連れさまがお見えになりました」
 女中の声に、惣兵衛は深々と平伏して出迎えたが、その眼は抜かりなく大崎の足下を見ていた。畳触りの軽い運びに加えて無駄のない挙措は間違いなく武家のもので、あるいはこれも勝田屋の計り事かと案じていたが、どうやら杞憂のようであった。
「どうか、お手をお上げください」

すぐに大崎が言い、惣兵衛はゆっくりと面を上げた。年のころは多くみても三十一、二だろう、ややふっくらとした頬に微かに笑みを浮かべた顔は、張りつめた警戒心を和らげるには足りたが、やはり見覚えはなかった。

「ご無理を申し上げ、さぞかしお気を遣われたことと存じます」

「いえ」

と惣兵衛は言ってから、廊下に控えていた女中へ目配せをした。女中がお酒をお持ちいたしますかと訊くのでうなずくと、わたくしにはお茶をと大崎が言い足した。

女中が障子を閉めるのを待で、惣兵衛は改めて平伏した。

「紅屋惣兵衛にございます」

「元田村家郡奉行・吉山源左衛門が次女にて、志保と申します」

大崎が応え、名が違うぞと思ったときである、視線を上げた惣兵衛へ、すかさず志保が付け加えた。

「大崎は偽りにございます、もしもお会いくださらぬときのために偽りました……念のためお訊ねいたしますが、江坂与惣次さまでございますね」

「……」

惣兵衛は少しためらっておりましたが、はい、と答えた。

「以前はそう名乗っておりましたが、いまはただの惣兵衛にございます」

「ご尊父の御名でございますね」
「父をご存じですか」
「いいえ、お目にかかったことは……」
 ことさら鋭い眼光を向けられ、志保が視線を落とすのへ、
「失礼ながら、田村家奥向きの祐筆頭さまと承りましたが……」
 惣兵衛はさらに凝視した。
「いいえ、わたくしの一存で参りました」
「本日はお役目にございますか」
「それは、まことでございます」
「この紅屋にいかなる御用でしょうか」
「……」
「なにゆえ人を介し、一月も待たれました」
「あの……」
「……」
 矢継ぎ早に詰め寄られ、志保はもう少し時をいただけませんでしょうかと言った。
「これでもお会いすると決めるまでには勇気がいりました、いまも穏やかな気持ちではいられません、どうか江坂さまにはいま少しご辛抱いただきとうございます」
「……」

「決して愉快な話ではございませんが、お目にかかったからには隠さず申し上げる所存にございます、ですから……」
 そこで言い淀み、志保はちらりと惣兵衛を見た。細く形のよい眉を寄せ、懇願するような眼差しだった。
「承知いたしました」
 と惣兵衛は言った。そう言ってから、はたと言葉が違うぞと思った。
「お許しください、身の程もわきまえず、ご無礼をいたしました」
 惣兵衛は赤面していた。つい武家の気になって女子を問い詰めるような真似をしたと思った。鏡に映して見ずともおのれの姿は心得ていたはずが、いつの間にか刀まで身に付けているような錯覚を起こしていたのである。
「江坂さまは、その……」
 少しすると、志保はいくらか落ち着いた口調で言った。
「一関にはいまも縁の御方が……?」
「おりません、たといいたとしても訪ねることも叶わぬ身にて……」
「わたくしは姉がひとりおりますが、もう何年も会っておりません……ですが江戸に縁者もおりますので、あまり淋しく思うこともございません」
「そうですか」

「吉山の家はご存じでしょうか」

「いえ、残念ながら……一関では部屋住みの身でございましたし、十九のときに国を離れましたので……」

「そうでしたね……父は江坂惣兵衛さまを存じ上げておりました、役目柄、幾度かお会いしたことがあったそうです、四年前に病で亡くなりましたが……」

「それは……」

惣兵衛が言いかけたとき、さっきの女中が酒肴を運んできて二人は口をつぐんだ。続いて料理が運ばれ、手際よく膳が整えられると、あとはいいからと言って惣兵衛は女中が去るのを待った。

「さ、どうぞ」

惣兵衛は志保へ料理をすすめた。

「不調法ですが、お酌を……」

と志保が言ったが、

「どうかお気遣いなく」

手酌で酒を注いで、肴を摘まんだ。

志保は茶をすすった。

「あの……」

「はい」

「……」

「何でしょうか」

「その、付かぬことを伺いますが……」

志保は湯呑みを膳へ戻すと、膝の上で両の手を握り締めて言った。ふくよかな女子に特有の潤んだような眼にははっきりと気負いが見て取れたが、その気負いの正体が何であるのか、やがて志保が継いだ言葉を聞いても、惣兵衛にはとんと分からなかった。

「もしや江坂さまには、奥津ふみという名に覚えがおありでしょうか」

志保はそう言って、食い入るように惣兵衛の顔を見つめた。

　　　　五

惣兵衛は首をかしげた。

十七年前の江坂与惣次は、家中の女子などほとんど知らなかったと言ってもよい。隣近所の女子はともかく、屋敷から一町さきへ行けば部屋住みには無縁の世界が広がっていたし、それでなくとも兄ほど自由には外出もならなかった。奥津という姓もはじめて聞いたように思う。その意味では、奥津ふみも吉山志保も名としては何ら変わりなかった。

「はて……」
と呟いた惣兵衛へ、
「お会いしたことは、おありかと存じます」
志保は、まるで惣兵衛の滞った記憶の流れをそっと掻くかのように言った。
「一関のご城下に八瀬という小料理屋があったのは覚えておいででしょうか、図らずもご尊父の最期所となりました」
「はい、それは申すまでもなく……」
「そこの女将で、当時は紗綾と申す者がおりましたが……？」
「たしかに、そのような名であったように覚えます」
惣兵衛は、父が林房之助に斬られた夜、足の悪い兄に代わり遺骸を引き取りに八瀬へ赴き、そのおり紗綾と対面している。すでに八瀬を取り囲んでいた大目付配下の役人の許しを得て事の仔細を訊ねたが、紗綾はまるで惚けたように茫然としていて、惣兵衛が何を訊ねても林房之助が錯乱したと繰り返すばかりだった。後にも先にも会ったのはその一度きりで、翌朝には惣兵衛は仇を追って一関を発っている。
「その女将が、奥津ふみでございます」
と志保は言ったが、惣兵衛には志保の言わんとすることがまだ呑み込めなかった。ただ何となしに、その女が父と関わりがあったらしいとは思ったが、それ以上の推察も働かなかっ

「もとは武家であったということですか」
「はい」
「つまりは、いまのわたくしのような……」
志保はゆっくりとうなずいてから続けた。
「そのむかし田村家の普請奉行であった奥津佐久次郎が一女にございます」
「……」
「いまより三十年ほど前になりますが、奥津ふみは、外堀工事に関わる不正の廉により領外追放となった佐久次郎に従い一関を去りました、これも江坂さまに似ているといえば似ています、ただし不正は当時の大目付・松丸兵部が着せた濡れ衣にて、しかもその後、奥津佐久次郎は仙台にて何者かに暗殺されました、おそらくは松丸さまが手の者を使い、口を封じたものと思われます、それから十余年を経て、奥津ふみは一関へ帰国したのです、むろん名を変え町人として帰国いたしました、目的は父・佐久次郎の仇討ちにございます」
「仇討ち……」
それも似ていると惣兵衛は思った。仇討ちと領外追放の順序が逆なだけで、果ては町人に身を落としたことも同じだった。
「しかし、たしか松丸さまがお亡くなりになられたのは……」

「はい、ふみが帰国したときにはすでにご他界なされておりました、ですが、仇は松丸さまおひとりではございませんでした……そもそも不正の張本であるご中老・佐々木長考さま、そしてもうひとりは、陰謀に荷担し虚偽の証拠を作成した当時の勘定吟味方改役、林房之助です」

「林……房之助？」

唖然とした惣兵衛へ、志保はさらに続けた。

「林房之助は、のちに佐々木さまのお力で勘定組頭となりましたが、ご承知の通り、結局は乱心して刃傷に及び出奔、流浪の果てに江坂さまに討たれました、佐々木長考さまはご尊父の事件からおよそ一年後に、ご城下の馬場へ向かう途中の林道で不慮のほか落馬され、その日のうちにお亡くなりになられました」

「と……いうと……」

「すべては奥津ふみの謀にございます、女子ひとりの手で確実に仇を討つには意表をつく以外になかったのです」

林房之助が八瀬で錯乱したのも偶然ではありません、と志保は付け加えた。奥津ふみは、帰国後、それは入念に林家を調べ上げたそうである。房之助のことはもちろん、家族ひとりひとりの日常から衣服の好み、外出先にいたるまで、いつしか当人らよりもよほど詳しくなっていた。むろん房之助の友であった江坂惣兵衛や息子の通う私塾のことも

である。

 十七年前のその日も、ふみは一刻ほど店を留守にして八瀬へ向かう林房之助を待ち伏せていたという。房之助の妻女のなりをして私塾の助教・伊舟新三郎と茶屋へ入るところを見せつけ、逆上した房之助が茶屋へ乗り込んできたら騒ぎに乗じて殺すつもりだった。房之助はまず伊舟へ斬り付けるだろうし、伊舟は斬られても当然のことをしてきた男だったから、世間も役人も男同士の争いと見るだろうと考えたのである。ところがいくら待っても房之助は現われず、仕方なく伊舟と半刻ほど過ごして店へ戻ると、意外にも別の好機が待ち受けていた。房之助の動揺を見抜いたふみは、咄嗟にもしや江坂惣兵衛なら自分を守るために斬ってくれるのではないかと考えたという。そして一度心を決めてしまえば、あとはそういう事態へ引き込めばよかった。

「ふみがそう仕向けたのですね、ただし、ひとつだけ誤算がございました」
と志保は言った。

「父、ですか」

「はい、あの夜、江坂惣兵衛さまが亡くなられたのは、ふみにとり大きな誤算でした、ふみは二人の腕の違いを十分に心得ておりましたし、万が一にもご尊父が林房之助に遅れをとることはないと考えていました、林が錯乱し抜刀したまでは企て通りだったのです、ところが、いざ林が斬り付けてきたおり、ご尊父はまず、ふみを助けようとして突き飛ばされたの

です、その弾みで体勢を崩され、どうにか初太刀は防いだものの尻餅をつかれました、それでもまだご尊父のほうに勝味はあったかと存じます」
　惣兵衛は狭い座敷での事態を思い浮かべてうなずいた。遺骸とともに引き取った父の差料には一箇所だけ刃毀れがあった。一度は林房之助と刃を交えながら敗れたのには、やはりわけがあったのだと思った。
「ところが、次の瞬間、ふみはご尊父にしがみついていました、それがご尊父の態勢を悪くするとも知らず、ただ夢中でご尊父を庇おうとしたのです、しかし結果はご尊父が体を入れ替え、逆に身をもってふみを庇われました……」
　そう言って、志保はやる瀬ない溜息を洩らした。
「ふみがご尊父をお慕いしていなければ、決して起こらなかったことです……帰国して二年の間、ふみは仇を討つための備えに没頭いたしましたが、その一方でご尊父と近しくもなりました、ご尊父の何ともおおらかで優しいお人柄に惹かれたそうです、またご尊父も奥津ふみとは知らずに思いを寄せられていたようです、互いに口にこそ出しはしませんでしたが、いつかはひとつ屋根の下に暮らすことを夢見ていたのではないでしょうか」
「そのようなことは、父はひとことも……」
「言えなかったのでしょう、父はひとことも……」
　それに、と志保は急に声を震わせた。
「それに、なにしろ相手は町人のうえ小料理屋の女将にございます」

「ふみは……」

佐久次郎の仇討ちを決心してから帰国するまでの間、自らすすんで仙台の商人の妾となって、帰国に備えたという。力も貯えもなしにとても仇討ちはならない。そう考えて好きでもない男に身を任せたのは一度や二度、ひとりや二人ではなかったらしい。そのこともあって、ふみのほうでも素直に惣兵衛の気持ちを受け入れるわけにはいかなかった。

「汚らわしいと言ってしまえばそれまでですが、ほかに女子が大金を手にする道があったでしょうか」

と志保は言った。

「そのようなことをご尊父に言えるはずがございません、ふみはそのことでも十分に苦しみました、なぜなら心からご尊父をお慕いしていたからです」

「……」

「結果として本意は果たしましたが、そのためにご尊父はもとより江坂さまを巻き添えにしたことも事実です、何の関わりもない父子の一生を自身の仇討ちのために変えてしまったことを、ふみは悔いております、ただそのことをお詫びしたい一念にて江坂さまを捜し歩き、昨秋ようやく紅屋さんであることをつきとめた由にございます」

いったん志保が言い終えるや、惣兵衛は手酌で酒を注いで呷った。

何ということだと思った。これでは奥津ふみが江坂与惣次に仇を討たせたようなものでは

ないか。林房之助はたしかに父の仇ではあるが、奥津ふみにとっても仇だった。志保の言う通りだとすれば、父はいったい何のために死なねばならなかったのだろう。父だけではない、あれから十七年、刀を捨て商人になった自分はどうなるのだと思った。兄にしろ、父が生きていれば不正などできなかっただろう。そう考えると、江坂家は奥津ふみによって潰されたも同然だった。

（ふみこそ、まことの仇ではないか……）

惣兵衛は深く憎悪したが、一方ではふみという女が抱き続けた怨念を理解するのもたやすかった。女子の身で、よくぞ挫けずに本意を遂げたものだとも思う。が、しかし、だからといって関わりのない人間の末まで狂わせてよいわけがない。

「お怒りはごもっともかと存じますが……」

しばらくしてそう言いかけた志保を、惣兵衛はじろりと見た。その冷やかな眼光に驚き、身を固くした志保へ、憤懣の僅かでもぶちまけられたらと思ったが、結局は堪えに堪えて言った。

「ご無礼ながら、もう聞きたくはございません、いまさら何のためにわたくしにそのようなことを聞かせるのですか、聞いたところで父が生き返るわけでもなし、いったい何がお望みでございますか」

わけでもありません、その後の歳月が戻る志保は黙っていた。一口も箸をつけぬ膳の上へ、黙念と視線を落としている。

「先刻、お役目で来られたのではないと申されましたが……」
言いながら、惣兵衛は酒を注ぎ足した。
「ならば何のために来られたのですか、十七年も前のことをほじくり返していかがなされます」
「……」
「まさか」
と呟いて、惣兵衛は盃を口へ運んだ。酒をすすり、商人にまで成り下がった自分を哀れに思ってのことかと言おうとしたとき、不意に視線を上げた志保に気付いた。
志保は、はじめ強く、しかしやがて消え入りそうな声で言った。
「奥津ふみは……わたくしの伯母にございます」

　　　　　六

奥津ふみには、ひとつ違いの妹がいたそうである。といっても佐久次郎が町女に産ませた庶子で、名を多栄といい、生まれて間もなく田村家の、とある家中へ養女に出された。成人し養家から吉山家へ嫁して二子を儲けたが、幸福ながら短命な人であったという。つまりは志保の母である。

従って志保が惣兵衛に事実を隠さずに打ち明けたことは、それなりに危険なことであった。奥津ふみが果たした仇討ちは言わば非合法であり、事が御家に知れれば、詮議の矛先だいでは吉山家の末から安泰という二文字は消えかねない。惣兵衛の口から藩へ洩れることはないにしても、万が一の覚悟なしにできることではなかった。

「こうして打ち明けるべきかどうか、随分悩みました」

と志保は言った。

「いまでも正しいことをしているのかどうか、わたくしには分かりかねます、正直に申し上げて、もしも一月のうちに江坂さまのほうから対面を断わってこられたときには、すべてを忘れるつもりでおりました、ですが仮にそうなっていたとしても、伯母の気持ちを思うと、それはそれで辛くなります」

「⋯⋯」

「伯母は、以来ご尊父のことを思い続けてまいりました、江坂さまが林房之助を討ち果たしたと聞いてからは、なおさら思いは深くなり、仇を討つことなど考えなければよかったと思うようになったそうです」

「後の祭りですな」

「はい、ですが、伯母がそう思うのは心底ご尊父をお慕いしていたからではないでしょうか

「仮にそうだとしても、父を死なせたことに変わりはありません、同じしがみつくなら、林にしがみつくべきでした、そうすれば父も死なずに済んだでしょう」
「そうできなかったのも偏にご尊父のことをお慕いしていたからです、女子には愛しい御方を守る勇気はあっても、汚らわしい仇にしがみつく勇気はございません、ましてや不慮のことにございます」
「不慮? 不慮と申されるか」
 惣兵衛は声音を変えて聞き返した。
「それはむしろ父が言いたいことではないでしょうか、まさかに心を許した女子に騙され、あろうことか知友に斬り付けられたところへ、今度は女がしがみついてきた、伯母どのはまるで林に手を貸したようなものではありませんか
「ご尊父が伯母を庇わなければ、伯母が死んでおりました」
「庇った父が悪いとでも?」
「いいえ、そうではありませんが……」
「よしましょう」
 と惣兵衛は言った。
「いくらわたくしたちが話したところで、いまさらどうなるものでもありません、もう済んだことです」

「では、伯母を許していただけるのですか」

「許す?」

惣兵衛は思わず苦笑した。何とも思いがけぬ問いかけだった。

「それがわたくしを呼び出した理由でございますか、十七年も経てからひとことの詫びもせず、許せとおおせられる」

「いえ、伯母は……」

「七年前、たまさか林房之助と巡り合わなければ、わたくしはいまもどこぞで乞食同然の暮らしを続けていたでしょう、志保さまなら許せますか」

「……」

「武士を捨てたからといって父母兄弟のことまで忘れたわけではございません、もうこの世にはひとりとしておりませんが、生きていてくれたらと思うこともあります、わたくしの一生も違ったのではないかと……」

「申しわけございません」

と言って、志保はうなだれた。

「伯母に成り代わり、お詫び申し上げます」

「おやめください、あなたさまに詫びていただいたところで……」

どうにもならぬと惣兵衛は思った。先刻から喉元まで込み上げている怒りは、奥津ふみへ

ぶつけるべきものだった。たとえ志保の言葉が逐一事実としても、その結果、奥津ふみは自身が果たすべき仇討ちのために江坂惣兵衛を死なせたばかりか、その息子に父の仇を討たせることでおのれの本意を遂げたことになる。あるいははじめからそのつもりで、別の仇討ちを拵えたのかも知れまい。父も自分も踊らされたというには、あまりに過酷な運命を背負わされたではないか。その恨みをいったいこの女はどう消せと言うのだろう。
「伯母どのへお伝えください、此度のようにわたくしの住む世界へ無遠慮に足を踏み入れぬよう、決して二度と再び、わたくしの末を摘み取るような真似はなさらぬように……そう江坂与惣次が申しておったと……」
 惣兵衛が言えることはそれだけだった。志保へそれ以上のことを言っても無意味だろうし、そう言ってしまうと、にわかに張りつめていた心の糸も切れてゆくような気がした。
「しかと承りました」
 力なく答えた志保へ、
「せっかくの料理です、冷めてしまいましたが、召し上がりませんか」
 惣兵衛はいくらか相好を崩して言った。
「わたくしが目障りなら、さきに退散いたします」
「いいえ、いらしてください……」
 いただきます、と志保は小声で言って箸を取った。ちょうど十七年前の奥津ふみと同じ年

恰好ではあるまいか、惣兵衛は形よく張り出した志保の鬢髪やどこか物憂げな眼差しを眺めながら、何となくではあるが当時の父の気持ちが分かるような気がした。母が死んでからずっと独り身を通していたのだし、気の置けぬ町女に心を奪われたとしてもおかしくはない。家で見せる顔とは違う顔があったのだろう。あんなことにならなければ、あるいは自分といとのように、うまくやってゆける仲であったのかも知れない。

「とてもおいしゅうございます、奥の御膳よりも素敵によいお味がいたします」

志保が言い、惣兵衛も箸を取った。たしかに善蔵と会っていたときよりはましな気がしたが、味はほとんど分からなかった。

しばらく無言で食べていると、

「一度、浅草のお店へお伺いしてもよろしいでしょうか」

志保が箸を休めて言った。

「秋には国許へ帰らねばなりません、この齢でとお笑いになられるでしょうが、嫁ぐことになりました」

「それは、おめでとうございます」

「つきましては姉や姪にも江戸一番の紅を届けてやりたいと存じます」

「そういうことでしたら、ご遠慮なく……」

「ありがとうございます」

と言って、志保はまた箸を取った。美しいと言ってよいほどしなやかな仕草で、志保は料理をひとつひとつ小さな口に含んだ。
「わたくしは、そろそろ……」
大方食べ終わったところで、惣兵衛は辞去しようとした。
「それでは、わたくしも……」
と志保が腰を浮かせたが、
「いや、ここでお別れしましょう」
惣兵衛ははっきりと断わった。いまさら誰かに見られることを恐れたわけではないが、とても同道する気にはなれなかった。
「いろいろと無礼なことを申しましたが、どうかお許しください、そして江坂与惣次のことも今日限りお忘れください、そうすることが互いのためかと存じます」
志保はしかし、まだ何か言いたげに惣兵衛を見ていた。
「あの、伯母のことですが……」
「御家に知れることをご案じでしたら、どうかご安心ください、わたくしも奥津ふみどののことは今日限り忘れるつもりでおりますし、田村家のご家中とお会いするのもこれが最後でございましょう」
「お心遣い、痛み入ります」

「では、ごめんくださいまし」
辞儀をした志保へ言って、惣兵衛は立ち上がった。
「もし、江坂さま」
すぐに呼び止めた志保だが、なにやら言いかけて言葉に詰まったようだった。惣兵衛が見ると、唇を薄く開き、訴えるような眼差しを向けてきたが、
「お気をつけて……」
そう言って、またうつむいた。
惣兵衛は、それきり志保の顔は見ずに座敷を出た。障子を閉めるときになって志保は微かに面を上げたようだったが、もう惣兵衛のほうは振り向かなかった。
（ほかに、しようもあるまい……）
勘定を済ませ店を出たところで、惣兵衛は太息をついた。日差しの届かぬ土間から出てきたせいか、八幡宮の境内は眩しいほどに明るく清々として見えた。奥津ふみへの怒りは胸の底で燻り続けていたが、ひとつ肩の荷が下りたような気もしている。志保の話が予め危惧していたほどいまの暮らしを脅かすものではなかったことと、いまさら奥津ふみに会ったところで仕方がないという現実のせいだろう。
しかし仔細を知ってみて思うのは、人間の一生はどこで誰に狂わされるか分からぬという ことだった。発端は奥津佐久次郎が暗殺されたことだが、佐久次郎の顔すら知らぬ自分が、

こうして運命に操られ、予想だにしなかった暮らしをしている。殺された佐久次郎に罪はないうえ、いまさらその孫である志保に詫びられたところでどうなるものでもない。

しかも、末を摘みとられた農婦がそうだし、一方では奥津ふみと同じように人の末を摘みとってきた。

遠州で出会った農婦がそうだし、あるいはそうとも知らず、極々日常茶飯に人の運命を変えているかも知れない。何気なしに蹴飛ばした石塊が、たまさか草むらで寝ていた人の眼を潰ぷし、それにも気付かず平然と通り過ぎてゆくこともあるのではないか。奥津ふみにしろ、決して思い通りの道を歩んできたわけではあるまい。

人込みの参道から門前へ出ると、惣兵衛は一ノ鳥居のある大通りを避けて堀割沿いに大川へ向かった。思いのほか早く話が済んだこともあり、浅草まで歩いて帰るつもりだったが、何となく来たときとは別の道を行こうと思っていた。気紛れに橋を渡り、無意識に往来の少ない道を選んで歩くうちに、とりとめもなく父や兄のことを思い出していた。

思い浮かぶのは、むしろ数少なかった団欒だんらんのときであり、思わず口元が緩むような光景であったが、すべてはあるとき忽然こつぜんと消え失せたものでもあった。

「奥津ふみか……」

いつしか大川端を歩きながら、惣兵衛は口の中で呟いた。十九のときに一度会ったきりの顔はまるで思い浮かばなかったが、もう五十に近いはずだと思った。あんなことにならなければ、ひょっとして自分の継母ははになっていたかも知れぬと思うと、怒りは微かだが薄れてゆ

くような気がした。ひとつには、皮肉にも、長い歳月をかけて仇討ちを果たしたふみの辛苦が手に取るように分かるからかも知れない。もっともこれがおいとと夫婦になる前であれば、まず間違いなく討ち果たしていただろうとも思った。

ふと立ち止まり眺めると、大川は午後の斜光にきらめき、滑らかな川面にはいくつもの舟が行き来していた。人を乗せた小舟や荷足舟もあれば、帆をかけて走る舟もある。まるで大きな流れに翻弄されまいとする人々のように思い眺めていたとき、惣兵衛の胸に卒然と別の怒りが首をもたげてきた。

（やつらは違う）

と惣兵衛は思った。脳裡に甦ってきたのは益蔵の顔だった。色黒で瘦せたその顔は、やがて勝田屋善蔵に変わり、惣兵衛を見てにやにやと笑った。善蔵も益蔵も、人の末を摘み取ることなど何とも思ってはいない。それどころか、陰謀をめぐらし弱者を食うのは商人の才量とでも考えているはずである。

不意に現実に引き戻された気がして、惣兵衛は険しい顔で歩き出した。不思議といまになり、いっそのこと志保へ奥津ふみを許すと言ってやればよかったと思った。どうせもう会うこともない相手である。遺恨も引き差しならぬ事情もなしに人を陥れ、平然としている男たちに比べれば、未だに過去を引きずり続けるふみのほうがよほど人間らしいのかも知れない。だが、と惣兵衛は思った。あれから十七年、いったい奥津ふみは何を支えに生きてきた

のだろうか。

やがて小名木川の万年橋へさしかかったとき、凧を上げようとして反橋から駆け降りてきた子供が惣兵衛の腰にぶつかり、

「ごめんよ、おじちゃん」

言うよりさきに、走り去っていった。

(ああ、いいよ)

惣兵衛は背中で言って橋を上った。子供がぶつかってくるまでは感じなかった橋板の軋みが、ときおり足下から膝にまで伝わってくるようだった。

(仇の姪か……)

惣兵衛はふと、別れ際に志保は何と言おうとしたのだろうかと思った。

波紋

一

　日本橋檜物町の塗師・家具屋七兵衛を訪ね、ことのほか短い商談を終えるや、惣兵衛は再び町内の箱屋小左衛門宅へ向かった。
　じきに桜の花も開くころで、どこか人々の顔もゆったりとしてきたように見える。不思議なのは、この季節になると女子が老いも若きも生き生きとしだすことで、道を歩いていても、ふと女子が増えたのではないかと思うことがある。むろん、そんなはずはないのだが、それだけ女子には、いまの時季、何もかもが心地よいのかも知れない。
　家具屋を後にした惣兵衛は、弾む気持ちに任せて道を急いだ。その顔も傍から見れば似たように緩んで見えるのだろうが、それは人々が待ちこがれている花見のせいでも暖かな季節のせいでもなかった。

「おや、どうしたね」
　存外早く戻った惣兵衛へ、小左衛門は仕事場で文箱を拵えながら、仕草で上げ見世へ座るようにすすめた。
「お蔭さまで引き受けてくださいました、それでこちらのお話ですが、急ぎ二百ほど拵えてもらいたいのですが……」
　座るといっても、長持の置かれた上げ見世はそれだけで一杯なうえに、小左衛門に背を向けることにもなるので、惣兵衛は立ったまま話した。先刻、茶を飲んだ湯呑みも、そのまま長持の脇に盆ごと居座っている。
「いかがでしょうか」
「では、やっていただけますので」
　小左衛門は手を休めずに答えた。
「向こうが引き受けたのなら、作らねえわけにもいかねえでしょう」
「ま、そういうことになるだろうね……しかしそんな薄っぺらでおもちゃみてえなもんが、ほんとに売れるのかえ」
「薄くて小さいからいいのです、それに筆も入りますし……」
　惣兵衛が小左衛門に頼んでいるのは、紅板といって携帯用の紅入れである。普通、紅は紅猪口か紅皿、あるいは貝殻などに塗って売るのだが、家で使う分にはそれで事足りても、持

ち歩くとなると不便で紅板のようなものがいる。が、いまでも決まった形はなく、惣兵衛は小左衛門に言って、蝶番を使い二つ折りになるものを試作してもらっていた。それをいまさつき塗師の七兵衛に見せてきたところで、日差しで紅が変色しないように漆を塗ってもらい、中に小型の紅筆を収めれば、掌に乗る紅板ができるのである。

果たして売れるかどうかは分からぬが、少なくとも惣兵衛が何かを予感し確信しえたのは、商人になってからはじめてのことではないだろうか。試作の段階で小左衛門とああだこうだと言い合ううちに、新しい物を作り出す喜びのようなものも感じていた。

もっとも、これが本当に売れれば手柄は茂兵衛のものである。

（茂兵衛がいなければ……）

こうして紅板を注文するどころではなかっただろう、と惣兵衛は思っている。

年が明けて間もなく総州へ旅立った番頭の茂兵衛が、直吉とともに蓬頭垢面の体で江戸へ帰ってきたのは、つい十日ほど前の夜更けのことであった。

「ご心配をおかけいたしましたが……」

飛び起きてきた惣兵衛とおいとへ、茂兵衛は開口一番、どうにか目処が付きましたと言ってにっと笑った。

「久留里（上総国・黒田家三万石）のご城下に何と二町歩もの新地がございまして、そこで作付けしてもらうことになりました」

惣兵衛がともかく上がって休めと言うのにも、茂兵衛は土間にへたり込んだまま堰を切ったように話し続けた。

それによると、二人は上総から安房を巡り土地と人手をくまなく探したが、どこも稲作で手一杯でとても紅花までは手が回らぬという状況だった。予め目星をつけていたいくつかの村でもことごとく断られ、仕方なく生まれ故郷の木更津へ戻り、そこから久留里を再訪したところ、たまさか馬場にすべく開墾したばかりの土地を見つけた。もとはたいそうな荒れ地だったそうだが、それでも何とか使えそうなので地主の御用達に掛け合ってみたところ、馬場として使うよりもよほど旨味のある話はとんとん拍子にまとまり、しかもすぐに着手してくれたのだそうである。

「便りを出すよりも速いのではと思い……」

急ぎ久留里を出立した二人は、一路江戸へ駆け戻ったという。

「それはご苦労だった」

「ほんとうに、お手柄ですよ、茂兵衛」

おいとが、とにかく話は奥でしましょうと言い足し、茂兵衛はようやく腰を上げて草鞋の紐を解いた。

「すぐに何か作りますから、さ、直吉も……」

言いかけて、おいとはくすりと笑った。

「直吉は寝かせたほうがよさそうですわ」
「そうらしいな」
　見ると、直吉は、すでに土間の隅でまるで萎れた朝顔か何かのように寝入っていた。
「わたしが抱いてゆくから、おまえは茂兵衛の世話を頼む」
　惣兵衛はおいとへ言って、そっと直吉を抱き上げた。二階へ運び、友の帰宅も知らず高鼾の竹造のとなりに寝かせ、それから茶の間へ下りて行灯を灯していると、早々と洗顔と着替えを済ませた茂兵衛が現われ、
「なにやら我が家へ帰ったような……」
　言うそばから、おいとが有り合せの酒肴を運んできた。
「じきに熱いお粥もできますから……」
「さ、一杯やりなさい、疲れがとれる」
　茂兵衛は遠慮なく一献かたむけると、
「ああ、うまい……」
　まずは五臓六腑の声を吐き出してから、実は是非ともご覧いただきたいものがございます
と言った。
「たまさか木更津の古物屋で見つけたのですが……」
　言いながら振り分けから取り出したのは、見たこともない小さな紅板で、朱漆の手触りも

よく、二つ折りの蓋を開くと手前の溝には何とも小さな紅筆が収まっていた。惣兵衛は手に取ってじっくりと眺めた。金属製で表に蝶の細工が施してあり、女子の手にはやや重い感じはするものの、しっかりとした造りだった。蓋裏に漢字で千草と書かれているところをみると、相応の身分の者がどこかで特別に作らせたものらしかった。
「いかがでございましょう、京の紅平（紅屋平兵衛）のものよりよくできておるかと思います、先に見たおりには、あちらは厚紙で拵え、大きな造作の割に筆も入りませんが、これならどこでも使えます、これと同じものを拵え、丑紅の日に紅と併せて売り出してみてはどうかと思いまして買ってまいりました」
　惣兵衛はなるほどと思った。と同時に、まるで体が熱さに震えるような不思議な予感がしたのである。そのとき脳裡にはすでに木製の紅板が浮かんでいた。彫金のかわりに蒔絵を施し、表面は滑らかに仕上げる。そのほうが軽くて使いやすいだろう。
　そのことを二人へ話すと、
「目に浮かぶようですわ」
「きっとそうおっしゃると思っておりました」
　おいとに続き破顔した茂兵衛は、ちなみに紅惣と名を入れるのがよいかと存じますと付け加えた。
「紅惣？」

「はい、これまでにも幾度か考えたことですが、紅屋だけではどこの紅屋かよく分かりません、これからはすべての品に紅惣の名を使うのがよろしいかと……」

「……」

「響きも決して悪くはございません」

茂兵衛はじっと惣兵衛を見つめて言った。

「ついでに申してはなんですが、せめて寒紅だけでも名をつけてはいかがでしょう、京の小町紅にも紅屋の紅は勝るとも劣りません、どうせ勝負に出るのなら……」

「何も次の冬まで待つことはないだろう」

と惣兵衛は言った。

「紅餅もどうにかなりそうだし、ここは思い切って攻めてみよう、ひょっとしてひょっとするかも知れない」

惣兵衛が考えたのは、あるいは勝田屋の裏をかけるかも知れぬということだった。それには茂兵衛が言うように、誰にでも一目で分かる銘柄ものを売り出し、しかも逸早く市中に広めることだろう。巴屋の白梅散が勝田屋の手に落ちたのは陰謀のためだが、狙われたのは店売りに固執していたからではないだろうか。仮に紅平の小町紅のように販路が確立されていたなら、勝田屋も手の出しようがなかったのではないかと惣兵衛は思いはじめていた。

どうみても勝田屋が欲しかったのは巴屋ではなく白梅散である。小町紅をいくら卸したと

ころで勝田屋の儲けは知れているが、独自の銘柄ものを売り出せば桁違いの儲けが生まれる。けれども勝田屋にその技術はない。となれば、店売り以外に販路を持たぬ銘柄ものを手に入れるのがもっとも手っ取り早い方法ではなかったか。

（白梅散は……）

松葉屋三右衛門も言っていたように、いずれ必ず大量に出回る。ここへきて惣兵衛はようやく善蔵の腹が読めたような気がした。もしも推察が正しければ、店売りに頼る考えはすぐさま改めるべきだろう。こちらが殻に閉じこもればこもるほど、ますます恰好の餌食となるだけである。

（それに……）

いずれつけねばならぬ勝負なら、いつまでも剣先で牽制し合っていても埒が明かぬとも思った。逃げて見逃してくれる相手ではないし、むしろこの辺りで振り向きざまに相手の膝頭を斬れれば、あとにもこちらにも勝味は生まれるだろう。一度そう腹をくくってしまうと、不思議なことに、あとはもう先へすすむしかないように思われた。

そして十日が過ぎた。追いつめられて動き出したとはいえ、惣兵衛はいま商人としてこれまでになく充実したときを過ごしていると言ってよかった。

「二十日のうちにだって？　そりゃあ無茶ってもんだ、おまえさんはそれしか頭にねえのだろうが、こっちはそれに掛かりきりってわけにはいかねえ」

にわかに憮然とした小左衛門へ、
「そこを何とかお願いいたします」
惣兵衛は繰り返し頼み込んだ。これほど素直な気持ちで頭を下げたこともなかったであろう、下げていて卑屈な真似をしているとも思わなかった。
「肝心の箱ができなければ漆のほうもはかどりません、家具屋さんは早ければいつでもいいとおっしゃっています」
「向こうの都合までこっちは知らねえ」
「わたくしの都合です、紅板ができぬことには商いが滞ります、どうか紅屋を助けると思ってお願いいたします」
「都合、都合と言うが、こっちにも都合はあらあ」
「それも承知でお願いいたします」
しかし小左衛門はうんとは言わず、惣兵衛は仕方なく軒下に土下座して小左衛門が折れるのを待った。幸い箱屋は表通りから外れた横町にあり、さして人目に付くこともない。
けれども小左衛門が口を利いたのは、それから半刻もしてからだった。
「分かったよ、紅屋さん、おまえさんには負けたよ、それにしても見かけと違い、いい商人だねえ、箱屋風情に半刻も土下座した客は見たことがねえ」
小左衛門はそう言うと、奥の細工所から職人を呼び付けて惣兵衛に引き合わせた。

「富蔵といって、小物を作らせたらまずここいらでかなうもんはいねえでしょう」

諸肌もあらわな男は惣兵衛よりも長身で痩せていたが、両腕は細工人特有のしなやかな筋肉で被われていた。

「二十日のうちに二百ばかしいるそうだ、おめえならできるだろう」

小左衛門が男へ言うのへ、

「どうか、よろしくお願いいたします」

惣兵衛は改めて深々と頭を下げた。

　　　二

日本橋本町の筆師・持田豊後宅へ寄り、かねて注文済みの紅筆の出来映えを確かめ、日の暮れに店へ戻ると、ちょうど店仕舞いをしていた直吉と竹造が揃って惣兵衛を出迎えた。

「お帰りなさいまし」

「おかみさんは台所かな」

「はい」

「今夜は卵とじだそうです」

「ほう、それはうまそうだ、早く片付けてさきにいただきなさい」
「遅くまでごくろうさまでした」
二人へ言って店へ入ると、さっそく茂兵衛が帳場から立ってきた。
「さきほどからおもんさんがお待ちです、ここではなんですので奥の居間で待ってもらっています」
「分かりました、すぐに行きます」
「あの、旦那さま」
茂兵衛は歩きかけた惣兵衛を呼び止め、箱屋のほうはどうでしたかと訊ねた。
「うまくいった、だいぶ頭を下げたがね」
「それはようございました、ですが、もしや膝も深く折られたようで……」
「む……」
茂兵衛の目敏い視線に、惣兵衛はようやく着物の汚れに気付いて言った。
「あ、いや、これはうっかりしていた、このまま行ったらおもんさんに笑われるところだった」
「旦那さま……」
「なに、それほどのことじゃない、向こうも気持ちよく引き受けてくれたし、すこしも気に

してはいないよ」

実際、惣兵衛は箱屋に土下座したことなどすぐに忘れてしまっていた。それよりも手管がきちんとついたことのほうが嬉しく、日本橋からの帰り道もうきうきしていたほどである。小左衛門が、見かけによらずいい商人だと言ってくれた声も快く耳に残っていた。

「よくご辛抱くださいました、しかし客にそんなことをさせるとはひどい箱屋だ、このつぎ何かあったら、わたしが参ります」

茂兵衛はしかし、にわかに腹を立てたようだった。主人を土下座させたことはもちろん、惣兵衛が元武家であるだけによけいに腹立たしく思ったのだろう。過去はきっぱり捨ててほしいと願う一方で、武家が町人に土下座することがどういうことかも茂兵衛はよく知っている。が、この日の惣兵衛に限り、そうした気遣いはまったく無用だった。

「やはり当座はわたしが顔を出したほうがいいだろう、癖はあるが、悪い人ではないから心配はいらない、それよりもおもんさんのほうが気掛かりだ」

惣兵衛は茂兵衛へ言ってから、ふと思い付いて、おいとへは言わないでおくれと付け加えた。おいとのことだから着物を見れば気付くかも知れぬが、わざわざこちらから話すこともないだろうと思った。

急ぎ着替えて居間へゆくと、

「おじゃましています」

おもんは両手をついて言った。たしか今年で二十八になるはずだが、そもそもが上品な顔立ちのうえにいつ見ても小綺麗に身なりを整えているので、とても二人の子持ちには見えない。

「待たせて悪かったね」

惣兵衛は座りながら、腹が空いたようなら何か持ってこさせようかと言った。

「いいえ、わたしなら大丈夫です」

「じゃ、帰りに台所へ寄って何か持ってゆくといい、これから帰って夕餉の支度というのも大変だろうから」

「いつもお気を遣っていただいて、ありがとうございます」

おもんはまた手をついて言った。それだけ紅屋に世話になっていることもあるが、もとから折り目の正しい女だった。紅売りをはじめたのは亭主に先立たれた四年前からで、すでに主人となっていた惣兵衛が、見目のよさと人柄を見込んで紅を分けてやることにしたのだが、紅屋の得意先を回って紅を補充する、言わば給金のいらぬ外回りである。家の事情やら住まいが遠かったりで中々浅草まで足を運べぬ客も、年に一度は店に寄ってくれるし、おりに触れ耳にするおもんの評判もいい。紅屋にはおもんを入れて紅売りが二人、先代の清右衛門が使っていた小間物売りが三人、いまでも出入りしている。もっとも小間物売りのほうは紅は持ち歩かず、商いのついでに注文をとってくるだけである。

「ところで、この間の話だが、どれほど人は集まりそうだね」
　惣兵衛はさっそく用件に入った。おもんがそのことで来ているのは分かっていたが、顔色を見るうちに、やはり荷が重い話だったのではないかという気がしはじめていた。
　過日、惣兵衛はおもんへ、紅屋の紅のみを売る紅売りを早急に集めてほしいと頼んでいた。しかも、これからは得意先を回るだけでなく、新規の客を摑み、櫛、笄の類は一切売ってはならぬという条件つきである。紅はいくらでも回すかわりに紅惣の名を背負う箱に記し、紅屋の人間として商う。ただし給金はなく、売上げの一割のみが儲け、それに髪結代として月々二百文を支給する。この方法だと双方とも元手がかからぬうえに、紅売りは必要なだけいくらでも増やせる。それが惣兵衛の考えた新たな販路だった。
「いまのところ、わたしのほうは四人、おかねさんもあたってくれていますが、たしかなところは二人だそうです」
　とおもんは言った。おかねは紅屋が抱えているもうひとりの紅売りである。
「しめて六人ですか……」
「申しわけございません」
「いや、僅かの間にしては上出来です」
「……」
「だが四月までに少なくとも倍の人数はほしい、江戸の町を十二に分けても一人の領分はか

なり広いですからね」

はい、とおもんは言ったが、やはり顔色はすぐれなかった。受け答えにもいつもの明るさがなく、惣兵衛は訝しく思い、うつむき加減のおもんの眼をのぞき込むようにした。

「何かまずいことでもありましたか、あったのなら、いまのうちに言ってもらったほうがいいのですが……」

「いいえ、別に……」

おもんは惣兵衛を見たが、すぐにまた視線を落とした。

「それならいいが、今日のおもんさんは少し元気が足りないらしい」

「そういうわけでは……」

「家のことでもいいのですよ、正直いまおまえさんに元気をなくされては、わたしも困る」

おもんはしばらく黙っていたが、やがて不意に顔を上げると、今度は惣兵衛の眼をまっすぐに見た。

「実は、おっかさんの具合が……」

「ひどいのかね」

おもんは小さくうなずいた。義母が中風病で久しく病臥していることは惣兵衛も知っている。治る見込みがないばかりか、しだいに悪くなる一方らしく、具合がひどいときにはおもんは商いを休まなければならない。

「いますぐどうこうというのではないのですが、正直に申し上げて、もう子供たちでは面倒がみきれません」

おもんは吐息まじりに言った。

「わたしの居所が決まっていれば、何かあったときに連絡のつけようもあるのですが、いまの商いではそうもいきませんし、いろいろ考えたすえ、いまのうちに思い切って別の働き口を探してみようかと……」

「それは困る」

困るよ、おもんさん、と惣兵衛は言った。

「いまおまえさんにいなくなられたら、うまくゆくこともうまくゆかない、わたしは今度のことでは半ばおまえさんに賭けているんだ」

「……」

「紅売りはやろうと思えば誰にでもできるが、決して誰でもいいというわけじゃない、まして紅屋の看板を背負ってもらうからには、きちんとした人でないと困る、物言いはもちろん、さりげなく見えて大切な所作や勘定のきまり……そういったことを一からおまえさんに見てもらわなければならないのです」

「ですが、このままでは……」

力なくうつむいたおもんへ、惣兵衛は首を振った。

「これは、もう少し目処がついてから言うつもりでいたのだが、おまえさんにはいっそのこと紅屋で働いてもらおうかと考えています、おいとが忙しすぎるのはほかに女手がないからで、考えてみれば遅すぎたくらいです、おいとともそう話していたのですよ」

「本当ですか」

「本当ですとも、だから、もうしばらくだけ何とか辛抱してくれませんか、子供さんにしろ、おまえさんがいつも紅屋にいるとなればすこしは安心でしょう、ここから今戸は目と鼻のさきだし、何ならもっと近くへ越してくればいい」

「旦那さん」

おもんは潤む目で惣兵衛を見た。見つめるうちに嬉しすぎて涙を零したが、ふと我に返ったように言った。

「でも、わたしの歳でお見世が勤まるでしょうか、おかみさんはまだお若いうえにとてもお綺麗ですが、わたし、もう二十八です」

「まだ二十八ですよ、それにこう言っては何だが、普段のおまえさんを見て背負っている苦労を見抜ける人は少ないでしょう、それだけおまえさんは暮らしの色が顔に出ない、身なりにしたってそうだ、とくに飾り立てているわけでもないのに、どこかこざっぱりとしている、そういうものは人に教わってできることではなく、おまえさんが持って生まれた才分と言ってもいい、その才分が同じ女子相手の商いにはぴったりだとわたしは見ているのです」

「それにしても、このさきいつまでもとというわけには……」
「おまえさんに限って五年や十年は大丈夫ですよ、その間には子供も大きくなるし、決まった給金が入れば暮らしも楽になってゆくはずです、だから……」
　惣兵衛はどうにかおもんを説き伏せて帰した。部屋を出るときには明るさを取り戻したおもんを見送りながら、箱屋小左衛門にしろおもんにしろ、自分にしてはうまく説得したほうだろうと思った。心を決めると物事はどうにかなる方向へすすむようである。そして自信もつく。だが、果たして五年さき十年さきまで紅屋があるかどうかとなると、自信はぐらりと揺らぐような気がした。
　あるいは商いを続ける限り不安が尽きることなどないのかも知れない。いくら静かにつつましく暮らそうとしても、どこからか甘い匂いを嗅ぎつけた獣が忍び寄ってくる。今度のように姿が見えるとは限らぬし、仮に退けたとしても、いつかは大波に呑まれるときが来るのではないだろうか。そう考えると、商いは一見平凡な営みに見えて、実は果てしのない戦なのかも知れなかった。
　惣兵衛は立ち上がり、日が落ちて暗い廊下を台所へ向かった。空腹もあったが、なにやら戦の準備に追われ、ここ数日おいとと何も話していないような気がしていた。
　入口から台所を覗くと、おいとはひとり土間で菜を刻んでいた。小僧たちは食事を済ませ、おもんは寄らずに帰ったらしい。不意に訪れた空き家のような静けさを、かろうじてお

いとの包丁の音が拒んでいる。

惣兵衛はその場に佇み、まるで不思議なものでも見るようにじっと眺めた。竈の上の鍋から湯気が立ち、きりりと襷をかけたおいとが菜を加えてゆく。その眼に映るのはこのうえなく平穏で罪のかけらもない光景だったが、惣兵衛にはひどく大切なものであるように思われた。

一日の仕事を終えて、小僧らに飯を食わせ、さらには夫のために煮炊きする妻。煮炊きを終えたなら夫婦で料理をつつき、何とはなしに語り合う。至極ありふれたことかも知れぬが、惣兵衛が守ろうとしているのはそういうものかも知れなかった。

三

約束の二十日後に、二百枚の紅板はすべて箱屋から塗師の手へと移った。その間、三日置きに檜物町へ赴いた惣兵衛は、出来上がった分だけ箱屋から塗師のもとへ届け、順次仕上げてゆくようにした。たとえ五十でも百でも、三月十七日の三社祭に間に合わせたかったからである。

そうして塗師へ届けた帰りには、日本橋を渡り室町一丁目を通って浅草へ帰った。それまでつい避けてきた道だが、いざ通ってみると案じていたほどの動揺も気まずさも感じなかっ

た。ただ勝田屋の繁盛振りは相当なもので、頻繁に出入りする車力の数を見ただけでも商いの勢いが知れる。惣兵衛が掛かりきりの紅板など、おそらくは店先の荷車一台分の荷にも値しないだろう。

惣兵衛はしかし、堂々と勝田屋の前を歩いた。歩きながら、暖簾の向こうにいるはずの男へ無言の挨拶をくれるのである。もしも善蔵が出てきたら、時儀のひとつも交わして立ち去ればよい。そのとき向こうから何か言ってくるようなら、今度こそ対等に応じてみせるつもりだった。

それとなく益蔵の話でもして、少しは驚かせてやるのもいいだろう。こちらがとうに陰謀に気付いていると知らせたうえで余裕のあるところを見せれば、善蔵はおやと思うはずである。あるいは益蔵の腹を疑うかも知れない。疑われた益蔵が行き場を失い寝返ってきたら、そのときこそこちらから切ってやればいい。少なくとも益蔵のほうはそれで終わりだ。事を寄合へ持ち込まずとも、二、三の仲間へ事実を話して聞かせれば、たちまち益蔵の信用は地に落ち、秋を待たずに利権を別の仲買いに譲って商いから手を引くしかなくなるだろう。

だが、その機会はついに訪れなかった。ただの一度も善蔵と顔を合わせることのないまま三社祭は明日に迫っていた。

「いよいよですね」

「うむ、果たして売れればよいが……」

「売れますとも」

惣兵衛らは完成した八十足らずの紅板を前に期待と不安を戦わせていたが、浅草は一夜明ければ狂乱するはずだった。

三社祭は、浅草寺境内にある三社権現の祭礼で、天下祭と呼ばれる山王日枝神社と神田明神の祭礼、そして深川富ヶ岡八幡宮の祭礼と並び、老若男女の血をわかす祭である。初日の十七日は神輿三台をかざり、田楽を舞い、獅子頭が踊りまくる。そして十八日には、神輿はいったん浅草御門へ繰り出し、そこから舟で大川を上り、花川戸町と山之宿町の間から再び陸へ上がる。さらには町ごとに繰り出す小神輿、山車、練物が加わり、浅草一帯は鎮めようがないほど騒然となる。

浅草の住人はもとより、江戸中から集う見物人たちで、どこの通りも人、人、人で埋まり、身動きがならない。そのため紅屋では祭りの間、土間を開放して客が休めるようにする。客の中には三社祭を見に浅草へ出てくる得意も多いのである。

そうした客が紅板を買い、それぞれの土地に持ち帰ってくれれば、これほどの宣伝はないだろう。紅板は紅惣の名を売り出すには恰好の商品だし、うまくすれば紅猪口に取って代われる器でもある。値は張るが、ひとつあれば一生使えるものだし、開ける度に紅惣の名を見てもらえるのは大きい。

「蒔絵の牡丹が小さすぎただろうか」

惣兵衛の呟きに、
「いいえ、これくらいのほうが落ち着きます、毎日見るものですから却って目立たぬほうが飽きがきません」
とおいとは言った。有明行灯の仄かな光に、切れ長の眼が濡れたように輝いている。
「わたしなら、無地でもいいくらいです」
「しかし、それでは一目で紅屋のものと分からぬだろう、それだけ紛い物も出やすい」
「ええ、でも中には牡丹の花がきらいというお客さまもおりますでしょう、紅の色にこだわらず、菊や菖蒲にしてもよかったかも知れません、この次は三種類ほど拵えて選べるようにしてはいかがでしょう、まさか三つともきらいという人はおりませんでしょうから」
「おいとは牡丹がきらいか」
「いいえ、そうではありませんが、毎日紅い色を見ているせいか、自分で使うのなら別の色のほうが……でも、ひとつに決めるなら牡丹でいいと思います、いちばん紅屋らしい花ですし、お客さまも迷わずにすみます」
「何だか売れると決まっているような口振りだな」
「もちろんですわ、こんなにいいものが売れないはずがありません、いまからお見世に出るのが楽しみなくらいです」
「本当にそう思うか」

「明日になれば分かりますわ、少なくとも十は売ってごらんにいれます」

夜も更けたというのに、二人は寝間でそんな話をしていた。紅板が売れるか売れぬかは、いずれ持たせるつもりでいる紅売りの商いにも響くだろう。売れれば弾みがつくが、売れなければ徒金を使ったというだけになる。いろいろ思ううちに惣兵衛はすっかり眼が冴えてしまい、おいとへ休もうと言ってからも、しばらくは夜具の中でとりとめもなく物思いに耽っていた。

ところが、いざ夜が明けてその日を迎えてみると、前夜の心配事は半日もしないうちに吹き飛んでしまった。おいとが昼を待たずに約束の十に余る紅板を売ったのである。しかも人出とともに客が押し寄せ、ついにはひとりでは応対しきれなくなり、朝から手伝いに来ていたおもんを見世へ上げるように言ってきた。

「でも旦那さん、この姿では……」

土間で客に茶を出していたおもんは、普段着に前垂れという身なりで、とても紅を売る風情ではなかったが、惣兵衛はかまわないから上がってくれと言った。

「もう着替えている間とてない、ここはわたしがやるから、さ、早く」

番頭の茂兵衛は帳場を動くに動けず、直吉と竹造はおいとの手伝いに忙しい。徳次郎は毎年、祭りの間は神輿の担ぎ手として取られてしまい、利兵衛は奥にいるにはいるが、湯を沸かすくらいで客の相手となると全くあてにならない。惣兵衛はこんなことならおもんのほか

にも人を頼んでおくのだったと思ったが、もはや手遅れだった。けれども馴れぬ手付きで茶を運びながら、心はじわじわと込み上げてくる喜びに震える思いだった。
「旦那さま、ここはわたくしが、どうか帳場へお座りくださいまし」
やがて見かねた茂兵衛が言ってきたが、惣兵衛は帳場を離れてはいけないと言ってすぐさま押し返した。
「こんなに楽しい茶汲みははじめてだ、まるで店の中まで祭りのようじゃないか」
信じられぬことだが、店は丑紅の日よりも賑わっていた。明け方、ふと紅の名を思い付き「笹色紅・京牡丹あり」と軒先に掲げたのがよかったのかも知れない。聞き馴れぬ名に興味をそそられた人々が集まり、そこではじめて見る紅板の美しさに目を奪われ、さらには手に取ってみて使い勝手のよさを覚えると、やはり女子はほしいという衝動に駆られるらしかった。
それにしても何かが売れるときとはこんなに凄いものかと惣兵衛は思った。捌ききれぬ客を前に、おいとが汗をかいているのを見るのもはじめてなら、ほとんど青ざめている小僧たちを見るのもはじめてだった。
しかも予期せぬ嵐はそれから日の暮れまで続いた。利兵衛に言って表戸を閉めさせ、ようやく一息ついたときには、惣兵衛は土間の腰掛けに座り半ば茫然としていた。急に静まり返った店の中では、茂兵衛が弾く算盤の音だけが続いている。おいとも、おもんも、小僧たち

も、ところかまわずぐったりと座り込み、まるで申し合わせたように惚けた顔をしている。やがて算盤の音が止み、興奮した面持ちで帳場から立ってきた茂兵衛が、
「まことに荒い勘定ですが……」
差し出した算盤を見て、惣兵衛は我が目を疑った。まさかに玉が百の位に置かれていたのである。
「間違いないのか」
と惣兵衛は聞き返した。
「ございません、金子は百二十両までしか数えておりませんが、少なくとも残り七十はございます……や、やりましたな、旦那さま」
　惣兵衛はうなずくのがやっとだった。結局、その日は紅板を七十五枚、紅は紅猪口にして三百余りを売り、創業以来はじめて百両の大台を上回る売上げを記録したのである。何といっても紅板の売上げが大きかったが、大誤算と言ってよい成功だった。
「おもんさん、すまないが明日は朝から見世へ上がるつもりで来ておくれ、着物はこちらで用意しておくから」
　間もなく立ち上がった惣兵衛は、おもんへ多めに手当を渡して帰すと、
「わたしは日本橋へ行ってくる」
とおいとへ言った。

「これからですか」
「ああ、明日のためにひとつでもふたつでも出来上がった紅板をもらってくる、ついでに追加の注文もしてくるつもりだ、疲れているだろうが、まずはみなに飯を食べさせてやってくれ、わたしは帰ってからもらう」
「はい、お気をつけて……」

 店を出ると、惣兵衛は小走りに夜道を急いだ。腹が減り、疲れてもいたが、顔は笑っていたらしい。すれ違う人が気味悪がって避けてくれるほどだった、惣兵衛は何も気にならなかった。それよりも、自分がようやく商人として一歩踏み出したことが、嬉しくてならなかったのである。いまこうして腹を空かせて歩いていることも、いずれ笑いながら振り返る日がくるような気がした。
（それもこれも勝田屋のお蔭だ……）
 惣兵衛は密かに思っていた。善蔵が紅屋の末を脅(おびや)かさなければ、こうはならなかっただろう。しかも、あの善蔵が予想だにしなかったことを自分はしなければならないのだと思った。
 果たしてその夜、惣兵衛が持ち帰った紅板は僅かに数枚であったが、翌日は見本として使い、それでも五十に余る注文を取り付けることができた。そして三社祭が終わってからも、評判を聞き注文に訪れる客は跡を絶たず、その中には当然のことながら同業の顔も見られた。

「たいへんな評判で羨ましい限りです」

誰もが口を揃え、見本の紅板をとくと吟味してゆく。これから真似るにしても知恵と日数のいることで、惣兵衛はさして気にもしなかったが、しかしそれから数日して現われた山崎屋卯之助だけは様子が違っていた。

「か、歌舞伎香を見ましたか」

「……」

「これ、これですよ」

青白い顔の卯之助が慌てて懐から取り出したのは、畳紙で拵えた白粉包みだった。包みの表にはいかにも女好きのする役者絵が描かれてい、絵柄はほかにも数種類あるという。

「昨日あたりから小間物屋に出回っています、しかも麴町ではかなり売れています、妙に思い調べてみましたところ、中身はかなり上物の生白粉、それもまるで白梅散です」

「で、問屋は？」

惣兵衛は念のために訊ねた。

「日本橋の勝田屋です、おそらくは湯島の白梅散を名だけ変えて売り出したのです、しかも湯島より二割も安くです、そのことを世話役の耳へ入れたものかどうかご相談しようと思いまして……このままでは、うちあたりは食い潰されてしまいます」

卯之助はそう言うと、眉間に皺を寄せたまま深々と溜息をついた。

山崎屋はこれまで「美人香」という自家製の白粉を売ってきたが、白梅散ほど名は知られていない。それだけ質も劣るのだろう。けれども客には武家や武家の奉公人が多く、これまで商売敵といえば安物を売り歩く小間物売りだけだったのである。そこへいきなり安値の白梅散が割り入ったのだから、卯之助が焦る気持ちは分からぬではない。が、惣兵衛にすれば、早いか遅いかの違いはあれ、起こるべくして起こったことだった。

「しかし、なぜわたしに?」

「紅屋さんは白粉と関わりがないだけに正直なところをお聞かせいただけるのではないかと……それにはっきり言ってほかの人は信用できません、巴屋さんを助けようとなすったのも紅屋さんだけだそうじゃないですか」

自身のことは棚に上げながら、卯之助は急に冷めた口調で、所詮、仲間といっても商売敵ですからと言った。たしかにそうには違いないが、今度の火の粉は山崎屋だけに降りかかるわけではない。言い換えれば、山崎屋だけが運よく助かるということもないだろう。そのことを卯之助はまるで考えていないようだった。

「和泉屋さんは、とうにご存じでしょう」

と惣兵衛は言った。

「そもそも勝田屋さんに一番近いお人ですから」

「つまり、勝田屋とぐるだと……」

「いえ、そこまでは……ただ湯島の巴屋さんが身売りしたときから、こうなることは分かっていたのではありませんか、それは世話役に限ったことではないでしょう」

「……」

「だいいち世話役へ何と言うつもりです、仮に歌舞伎香の中身が白梅散だとしても、世話役が問屋の勝田屋さんへ売るなと言えると思いますか、湯島の勝田屋さんが決まりを破ったというのなら、仲間ですから寄合で問い質すこともできるでしょうが、日本橋の本家は小間物問屋です、問屋がどこの誰から仕入れようと、わたしたちが口出しできることではありません」

「しかし……」

「たとえ湯島の彦次郎さんを問いつめたところで、あの人はあなたと同じ立場で物を言うでしょう、湯島の店も同じように被害を被っているとね」

「しかし同じ勝田屋じゃないですか、懐はひとつでしょう」

「それをどうやって証します、仮に証したとして、何を咎められます、そんなことは承知のうえでしているのですよ」

「つまり、打つ手はないということですか」

「ええ、お願いする以外には……」

「お願い?」

頓狂な声を上げた卯之助へ、惣兵衛は静かな口調で言った。
「日本橋の勝田屋さんに歌舞伎香を白梅散と同じ値で売るようにお願いするしかないでしょう、それが厭なら、当座は辛抱なさって歌舞伎香よりもいい白粉を作ることです」
「……」
「品物には品物で勝負するのが商人じゃありませんか、わたしならそうします」
「できるものなら、とっくにそうしていますよ、誰が悪い品物を売りたいのですか、勝田屋にしろ、それができないからこそ巴屋さんを乗っ取ったんじゃありませんか」
「誰が乗っ取らせたのです」
「……」
「世話役ですか、それとも……」
惣兵衛はじろりと卯之助を見た。
卯之助は一瞬たじろぎはしたが、すぐに惣兵衛を見返して言った。
「おっしゃりたいことは分かりますが、だからといって、このまま勝田屋の好きにさせていいものでしょうか」

四

いいわけがない。次は紅の番だと惣兵衛は思った。けれども、巴屋を見殺しにした仲間が、今度は結束して勝田屋に対抗できるとも思えなかった。だいいち、みすみす白梅散を渡しておきながら、いまになり歌舞伎香に対抗する決め手はないだろう。

卯之助はどうにかして歌舞伎香を麴町から追い出したいのだろうが、そんなことができようはずがない。せめて安売りを止めさせるか、それも駄目ならこちらも値引きして当座をしのぐか、いずれにしろ寄合で決まることとは別に、山崎屋としてできることを考えたほうがいいと惣兵衛は卯之助にすすめた。

「ともかく、いまからでもいい白粉を作ることです、巴屋さんにできて山崎屋さんにできないことはないでしょう、たとえ一度は敗れても、息があるうちは商いの勝負は終わりではありませんから」

卯之助もほかに手はないらしいと分かると、その場は惣兵衛の言葉にうなずき、僅かながら顔色を戻して帰っていった。

だが、波紋は広がった。

それから一月も経たぬうちに、歌舞伎香は市場を席捲し、先行きを危惧する仲間から次々

と勝田屋のやり口に反発する声が上がったのである。山崎屋卯之助がつつくまでもなく、世話役の和泉屋は代わる代わる仲間の白粉屋から突き上げられたが、彼はむしろ仲間の苛立ちを宥めることに精力を注いだ。

「いっときの流行りにすぎない、いま少し様子を見ようじゃないですか」

そう繰り返すのみで、その口から寄合を開くとはついに聞かれなかったのである。しかも、しばらくすると病を理由に仲間との対面まで拒むようになった。

「世話役が聞いてあきれる」

「勝田屋に相当つかまされたらしいな」

そう囁かれても仕方のない対応振りに業を煮やした仲間は、それぞれに近しい同士で会合を開き、世話役交代を申し合わせたりはしたが、いずれも思案はそこで行き詰まり、といった打開策を打ち出すには至らなかった。惣兵衛も一度、浅草の料理屋で開かれた会合へ出向き、私見を述べたが、期待していたような論議はなされなかった。

それどころか、

「紅屋さんはたいそう繁盛なさっているから悠長なことをおっしゃる、これがもし紅だったら、果たしてそのように落ち着いていられますかどうか」

神田の春日堂をはじめ、同座した仲間の口から返ってきたのは、まるで憂さ晴らしでもするかのような皮肉だった。紅屋の商いは紅売りを使いはじめてからいっそう伸びていたか

ら、妬みもあったのだろう。紅も扱っている店なら、紅板の評判も耳障りだったかも知れない。が、惣兵衛にすれば、先達である彼らの言葉こそ聞き苦しい限りだった。
「ほかの人は信用できません」
そのときになり、惣兵衛は卯之助の気持ちが分かるような気がした。商人になったときから感じてはいたが、この男たちは危局にも腹を割らず、ただ同業というだけで集まっているのだと思った。それは卯之助も同じかも知れなかったが、少なくとも意見を求めておいてせせら笑うようなことはしないだろう。

その後、いっそのこと歌舞伎香を売ってはどうかという意見も出たが、惣兵衛はもう黙っていた。それでは利が薄すぎるし、勝田屋を儲けさせるだけである。そんなことも分からなくなっているのかと思うほど、会合はむなしさだけを残して終わった。

そして波紋はさらに広がった。歌舞伎香の衝撃が癒える間もなく、勝田屋が「雪の下」というさらに安値の白粉を売り出したのである。質は歌舞伎香にやや劣るものの、これも上等の生白粉だった。いずれ歌舞伎香の値を上げたとしても、これで勝田屋は客を繋ぎとめるだろう。寄合も開かず、ぐずぐずしている間に次々と先手を打たれたのである。

これでもう勝負はついた、と惣兵衛は思った。これから当分の間、よほどのことがない限り、白粉は勝田屋の天下となるだろう。いまごろ盃を片手にほくそ笑む善蔵の顔が、惣兵衛にははっきりと見えるようだった。

ところが、そのことがあって間もなく、本所の松葉屋三右衛門が久し振りに浅草へ訪ねてきた。そろそろ店を仕舞うかという時刻で、惣兵衛が土間へ下りてゆくと、三右衛門は相変わらず柔和な顔に微笑を浮かべながら、

「いつぞやの小料理屋で一献いかがですか」

と言った。

「二、三、お話ししたいこともあります」

「と言いますと?」

「ええ、まあ、よろしければ歩きながら……」

惣兵衛はおいとへ、玉ノ井へ行ってくるからと言って三右衛門とともに外へ出た。

「落ちてくるかも知れませんな、ま、諏訪町までなら持つでしょう」

雨もよいの空を見上げた三右衛門は、ひとり言のように言って歩き出した。

梅雨入りが近いのだろう、見るといつもなら赤く染まる西の空が暗く淀んでいる。地平のあたりの雲の切れ間から洩れてくる残り少ない日差しがかろうじて町並みを照らしてはいるが、それも長くは持たぬだろう。広小路は人出の割に家路を急ぐ人々の気持ちのように物静かだった。

「実は藤七が泣きついてきましてね」

雷門へさしかかったところで、三右衛門が言った。目は前方を見たままゆっくりと歩き続

けている。
「本当に病になってしまったらしく、世話役を下りると言っています、いまさら下りるも何もないものだが、ああ大仰に泣かれては少しは力にならないわけにもいきません、なにしろ、あんな男でもわたしにとっては数少ない老友のひとりですから」
「……」
「和泉屋の商いは大分前からいけなかったようです、去年にはとうとう金繰りがつかなくなり、頭を抱えていたところへ、日本橋の勝田屋から融資話があったそうです、むろん藤七は飛び付きましたが、見返りとして湯島の巴屋さん乗っ取りに手を貸す破目になりました、もっとも当人は勝田屋に踊らされただけで、こういう始末になるとは思いも寄らなかったと言っています」
「しかし……」
「ええ、知らなかったですむことじゃあない、世話役の立場を利用して仲間を陥れたのですから……まったく、情けない男ですよ、胃の腑の具合も思わしくないようだし、いっそ首をくくって死んじまえと言ってやったのですが、それもできないらしく、隠居して伜に店を譲るから和泉屋が仲間にとどまれるように根回しをしてくれないかと、ま、ひとことで言えばそういうことです」
あきれた話ではございますが、と三右衛門は言った。

「しかし藤七は思わぬことを洩らしてくれました、今日はそのことで紅屋さんにご相談したいと思い……」

言いかけて、三右衛門はちらりと空を見上げた。

「やはり落ちてきましたな」

「ええ、急いだほうがよさそうです」

玉ノ井はもうすぐそこだったが、じきに本降りになりそうな気配だった。三右衛門に合わせて足取りを速めながら、惣兵衛は大川を見た。肌に感じるよりも雨は激しく川面を叩いている。対岸の本所はすでに霞んでいて、雨脚は東から西へ向かっているらしかった。

やがて激しい雨が大川を渡ってくるのが見えたが、三右衛門の足取りは思っていたよりも速いものだった。

　　　　五

玉ノ井の暖簾をくぐるや、雨はいきなり音を立てて降りはじめた。

「紅屋さんも松葉屋さんの旦那さんも、お久し振りです」

出迎えた女将のお松は、三右衛門のことをよく覚えていたらしく、この間のお座敷でよろしいですかと言って、二人を二階へ案内した。

「それにしても、お二人とも危ういところでございました」
「この降りじゃ、川向こうは見えないだろうねえ」
「それも風情でございますよ、夜目、遠目、雨の向こうにみにくいものはございません」
「おもしろいことを言うね、今夜はお酒がうまくなりそうだ」
三右衛門はにこにこしながら言ったが、やがて酒肴が運ばれてくると、
「すまないが、しばらく二人きりにしておくれでないか、今日は大事な話があってね」
お松も女中も下がらせて、惣兵衛へ盃を差した。惣兵衛も三右衛門へ酌をした。
「紅屋さんもとうにお気付きのこととは思いますが……」
ゆっくり一息に盃を空けて、三右衛門はすぐに本題に入った。
「藤七は自分で思うほど賢い男ではありません、むしろ煽てられて働くと言ったほうがいいでしょう、世話役になれたのも、前の鶴賀屋さんの口利きというよりは、当時はほかになり手がいなかったからです、誰もが自分のことで忙しく、言わば体よく面倒を押しつけた恰好でした、わたしもそのひとりでしたから偉そうなことは言えませんが、それを藤七はいままで自分の才覚だと信じていたのです」
「しかし、それにしても……」
巴屋にしたことはひどすぎると言おうとした惣兵衛へ、三右衛門は言いたいことはよく分かっているというようにうなずいた。

「やってしまったことの責任はどうでも取らせます、が、おそらく勝田屋に踊らされたという藤七の言葉に嘘はないでしょう、目先が利かぬだけで、根は悪い人間ではありませんから……本当に悪賢い人間はとんでもないところにいたのです」

「……」

「勝田屋を藤七に引き合わせた男です、名前を聞いてすぐにぴんと来ました、連中の狙いはやはり白粉だけではないとね」

「勝田屋のほかに、まだ誰かいるのですか」

「ええ、これが何と日本橋の角屋ですよ、勝田屋と組んで藤七を利用したのは」

「まさか、あの角屋さんが……」

あまりの不意に惣兵衛は啞然とした。日本橋本町二丁目の角屋といえば、京都紅、笹色飛光紅、極上細工紅などを扱う京の出店だが、いまや江戸でも屈指の紅屋である。主人の勘兵衛はよほどのことがない限り寄合にも顔を出さぬが、出てくれば、それははっきりと物を言い、思い通りの始末をつけて帰るほど仲間うちでの力は大きい。その角屋と勝田屋は町こそ違え、目と鼻のさきにある。日本橋の大店同士、深い付き合いがあったとしてもおかしくはない。

（すると……）

ひょっとして紅屋を狙ったのは勝田屋ではなく角屋だったのか、と惣兵衛は思った。しか

し角屋ほどの大店が何のためにとも思った。紅の抽出法なら角屋にも門外不出の技術があるはずだし、売上げなら紅屋がいくら伸ばしたところでびくともしないだろう。

「藤七へ金を融通するだけなら、何も勝田屋を紹介するまでもない、仲間の角屋が貸してやればいいことだ、そうでしょう？」

「はい……」

「紅屋さんも何か心当たりがおありですか」

じっと見つめた三右衛門へ、惣兵衛は小さくうなずき、手短に勝田屋との経緯を話した。善蔵が持ちかけてきた話の裏に角屋がいたとしたら、仲買の益蔵が平然としていられるわけも分かるような気がした。角屋の後ろ楯があれば、たとえ小さな信用は失っても思う存分大きな商いができるだろう。

「なるほど……」

聞き終えて三右衛門は呟いたが、次の言葉を継ぐまでにはしばらく間があった。

「どうやら角屋は勝田屋と組んで紅屋さんを潰しにかかったようですな、勝田屋に手を貸して湯島の白梅散をくれてやるかわりに紅屋さんを潰させる、そんなところでしょうか」

「しかし、いったい何のために？」

「目障りだったのでしょう、角屋はいま追われる立場にあります、いつの世も頂上に立った者がもっとも恐れるのは次に台頭してくる者です」

「それが紅屋だと……?」
「はい、わたしが角屋でもそう思うでしょうな、いま紅屋さんがなさっていることは大店には思い付かぬことですから」
「それも追いつめられてしたことです」
「さて、それはどうでしょうか、追いつめられても何もできぬ者もおります、あるいは追いつめられずともしていたことかも知れません、少なくとも角屋は紅屋さんにその力があると見抜いていたのでしょう」
「……」
「初代の清右衛門さんが、つまりおいとさんの祖父ですが、むかし角屋の職人だったこともあるいは関わりがあるかも知れません」
「え?」
「おや、ご存じありませんでしたか」
「いいえ」
言ったきり、惣兵衛が口を閉めるのを忘れていると、
「そうですか、おいとさんは言いませんでしたか、いえ、別に清右衛門さんが悪いことをしたわけではありません」
と三右衛門は付け加えた。

「むろん暖簾分けというようなめでたい話ではありませんでしたが、清右衛門さんが紅の製法を盗んだというのでもありません、逆に清右衛門さんはご自分で編み出した工夫を角屋へくれてやったのですから、そのかわり自由の身になって好きなように工夫をしたのです、しかし角屋にすれば独り立ちした清右衛門さんはその後も脅威だったに違いありません、いつかは角屋の紅を脅かす紅を作るのではないかとね」

三右衛門はそう言ってから、ようやく二杯目の酒を注いで盃を干した。そして再び満たした盃を舐めながら、何かの思案に入ったようだった。

惣兵衛も思い出したように盃を取った。三右衛門の話に内心どうしたものかと思っていた。相手が角屋となると、これまでしてきたことでは店を守り切れぬかも知れない。しかし、角屋ほどの大店が本当に紅屋を恐れているのだろうかとも思った。

角屋勘兵衛はときおり仲間へ見せる高飛車な態度とは逆に、巷ではひどく評判のよい男である。大店の主人にしては物腰が柔らかいとか、面倒見がよいとか言われている。当然のことながら、人からは尊敬され、店は繁盛し、何不自由なく暮らしている男が、たかが浅草の小店にそれほどの恐れを抱くものだろうか。

もしも抱いているとしたら、案外小心な男なのかも知れない。が、それだけに用心深いはずで何をしてくるのか見当がつかぬのである。いきなり相手が変わり、これから何をどうすればよいのか、惣兵衛にはまったく分からなくなっていた。敢えて事を公にしようにも、た

しかな証拠があるわけでもなし、二軒の大店を相手にまともなやり方では勝負にならぬだろう。勝田屋だけならまだしも、機に乗じて角屋が乗り出してきたら、紅屋はひとたまりもない。

惣兵衛は思わず溜息をついた。空になった盃を膳へ戻し、また酒を注いでいると、

「しかし相手が大きすぎますな」

不意に三右衛門の呟きが聞こえた。

「わたしらの力では、とても互角には戦えません」

「ええ……」

「ですが、このまま勝手にさせておくわけにもいきませんな、巴屋さんのこともあります し、せめて藤七同様、それなりの償いはしてもらいませんと……」

「償い？」

惣兵衛はまさかという眼で三右衛門を見た。いつしか赤味の差した好々爺の顔には、仄かな酔いとは別の、怒りに上気したような色が浮かんでいる。視線は伏せていたが、これにも強い意志がありありと感じられた。

「わたしだって、いまさらこんなことに関わりたくはありません」

そう言って、三右衛門も惣兵衛を見た。

「ですが藤七だけに責めを負わせるというのも不公平です、だいいち大店の好き勝手になる

ような世の中では、限られた余生というのにのんびり生きている心地がしないのですよ、それにありていに申し上げて、このままでは紅屋さんとて危ないでしょう」

と惣兵衛は言った。三右衛門の言うことはもっともだが、まだ半信半疑だった。いまのいままで勝田屋や角屋に償いをさせることなど考え及ばなかったのである。どうにか紅屋を守ることができれば、それだけで勝ちだと思っていた。むろん相手に非を認めさせることができれば、これ以上の決着はない。

「どうでしょう、ここは一か八か、二人でやってみる気はございませんか」

ややあって三右衛門が言うのに、惣兵衛は黙って盃を干した。償いという言葉を聞いたときから心は傾いていたが、負けたときにはただでは済まぬという思いも脳裡をかすめている。おいとや茂兵衛ら奉公人の末もかかっているのだと思うと、少しでも無難な道を選びたくなるのが商家の主人だろう。それは松葉屋にしても同じことであるのに、三右衛門はひどく落ち着き払っているように見えた。

「本当にそんなことができるでしょうか」

惣兵衛は静かに盃を置いて訊ねた。やはり不安だった。銚子を傾けるとほとんど空だったが、すかさず三右衛門が銚子を向けて言った。

「たぶん」

「それで、どのように……?」

三右衛門は惣兵衛の盃を満たすと、不意ににやりと笑って答えた。

「それを、これから相談するんじゃありませんか」

口元は笑いながら、眼はまるで別人のように鋭い眼光で惣兵衛の顔色を窺っている。

惣兵衛はぐいと酒を呷った。降りしきる雨の音にもまして、喉を濯ぐ酒の音がはっきりと聞こえたようだった。

取引

一

 それから一月余り、雨はほぼ間断なく降り続いている。
ときおり止む気配は見せるものの、いっとき糠雨(ぬかあめ)に変わるだけで、いつの間にかまた重い
音を立てはじめる。せめて薄日でも差してくれれば気分も晴れるだろうに、一日がまるで長
い夕暮れのようでとてもおぼつかない。
 長雨で人々の気持ちまでが萎(な)えかけたころになって、和泉屋藤七は寄合を開いた。八日ほ
ど前のことである。もっとも開かせたのは松葉屋三右衛門で、仲間の誰もが望んでいた世話
役交代と日本橋の勝田屋へ歌舞伎香の値上げの申し入れをすることを決めると、酒食もそこ
そこに散会した。
 議題も結果も分かっていたのだろう、角屋勘兵衛はいつものように欠席し、勝田屋彦次郎

は来るには来たが、仲間の冷ややかな視線を浴びただけで終始無言だった。無言でいられたのは誰ひとりとして彦次郎へ詰め寄る者がいなかったからで、これも三右衛門が事前に根回ししたことである。
　玉ノ井での話の中で、三右衛門はまず目先の問題を片付けてしまおうと言った。寄合で勝田屋彦次郎を吊るし上げたところで何の解決にもならない、それよりも散り散りとなった仲間の気持ちをいま一度束ねることのほうが先決だろう。それには、ともかくみなで何かを決めることだと言った。
「新たな世話役には芝口一丁目の正木屋さん、それに深川の中屋さんがいいでしょう、いずれも身代は小さいが人間は落ち着いています、反対する人を抑えるのもわけはないでしょう」
　惣兵衛は格からいっても老舗の柳屋あたりが適任かと思っていたのだが、
「あいにくと柳屋さんはいま内方のことでいろいろとお忙しい、世話役をお願いするのは却って酷というものです」
　三右衛門にはあっさりと言い退けられてしまった。
「勝田屋に値上げを申し入れる文面は事前に拵え、寄合で読み上げるだけでいいでしょう、おそらく勝田屋はいったん撥ね付けるでしょうが、最後には恩着せがましく承知するはずです、いまのところ歌舞伎香の勢いを脅かす白粉はありませんから」

三右衛門の読みは鋭く、新たに世話役となった二人が正式に値上げを申し入れると、果たして勝田屋はにべもなく断わったが、三度目に訪ねたときには一転、善処すると応えたそうである。勝田屋を目の敵にすれば、すでに名の通った歌舞伎香の値を上げれば、それだけ儲けは増えるし、自分を目の敵にしている連中へ恩を売ることにもなる。むしろ適正な値に戻す機会を得たようなもので、痛くも痒くもなかったに違いない。

そして今日になり、勝田屋は値上げを実行した。同じするなら、早いほうが湯島の彦次郎のためにもなることだった。

一方、和泉屋藤七は公に隠居して息子に店を譲り、いまでは堂々と医者へ通っているという。すっかり気が楽になったのか、噂では別人のように人が丸くなり、雨の中をにこにこしながら歩いているそうである。もちろんそれで償いが済んだわけではなく、和泉屋はこれから五年のうちに百両の金を巴屋十三郎へ返さなければならない。それが、和泉屋を浮沈の瀬戸際から助けるかわりに、三右衛門が藤七へ突きつけた条件だった。商いの落ち込んでいる和泉屋にとっては大金だし、藤七もこのままのんびり隠居というわけにはゆかぬだろう。

「肝心なのは、そのあとです」

と三右衛門は、あの晩、惣兵衛へ酌をしながら言った。

「二、三、わたしなりに手段は考えてみましたが、やはりまともなことではとても勝味はありません、そこでご相談ですが……」

それから言い出したことがとんでもないことで、惣兵衛は驚くばかりだったが、論議を重ね突き詰めるうちに、それ以上の妙案はないように思われた。たしかに尋常一様の手では勝田屋や角屋を屈伏させることなどできぬだろう。一刻はかけた論議の果てに、惣兵衛はよくよく納得して三右衛門の考えに同意したのだった。
　その手段というのが、ひとつ間違えれば恐喝に近いものだったが、勝田屋や角屋のしていることも似たようなものだと惣兵衛は思った。一寸見には巧妙な商いのようだが、実は商いなどではない。その証に巴屋との間にまともな取引は一切なかったし、紅屋に対してもこっそり井戸の釣瓶縄を切るような卑劣な手を用いてきた。
（やるしかあるまい）
　そう決める前に、酒が入っていなくとも本当にそう思うかどうか、惣兵衛はことさら慎重に自問してみた。そして思い付くだけの違う問いかけもしてみた。紅餅の入荷する秋まで勝負を引き延ばすことが有利となるかどうか、その間に連中は水面下で周到な準備をすすめるのではないか、万が一の事態になったときに店の金とは別にいくら持ち出せるか、といったことである。どれも答えは明らかで、大きく覚悟を揺るがすものといえば、ただひとつおいとのことのみであった。
　突き詰めて考えたとき、惣兵衛の大事はおいとひとりに尽きたのである。仮にすべてを失うことになったとしても、おいとが側にいてくれればそれでいい。逆においとがいなければ

ば、何が残ろうともすべてを失ったも同じだと思った。そしておいのためになら、やれぬことなどあるまいとも思った。

「むろん、やるからには勝つつもりですよ」

と三右衛門も言った。ただしそれにはまず巴屋十三郎の行方を突き止め、詳しく聞き出さねばならぬことがあった。惣兵衛は三右衛門へ、以前仲買いの八十八が市ヶ谷で見かけたと、しかし依然として行方は知れぬことを打ち明けた。

「市ヶ谷、ですか」

三右衛門は何か心当たりでもあるかのように呟いてから、分かりましたと言った。

「巴屋さんのことはわたしが引き受けましょう、いえ、手筈はすべてお任せください、ただし勝負は紅屋さん、あなたにお願いいたします」

「……」

「あと十も若ければともかく、いまのわたしの肝玉ではとても持ちこたえられません」

「すると当日はわたくしひとりですか」

「はい、ひとりでは不安ですか」

「……」

「ならばこうお考えいただけないでしょうか」

と三右衛門は微笑を浮かべて言った。いつしか眼光にも優しさが戻り、穏やかな表情をし

ていた。
「要は果たし合いと思えばいいのです、もちろんひとり対ひとりの勝負です、しかし当日になり相手は卑怯にも鎖帷子を着込んできます、そのせいか自信満々のようです、一方紅屋さんは素手に小太刀のみですが、これがたいへんよく切れる業物です、勝負は果たしてどちらの勝ちでしょうか……」
なるほどそう考えると、状況が眼に浮かぶようだった。慢心している相手ほど僅かでも不利な立場へ追い込まれるとうろたえるものである。そして一度うろたえたが最後、敗れるのではないかという不安が一気に押し寄せてくる。
「分かりました」
と惣兵衛は言った。
「相手は勝田屋彦次郎ですね」
すると三右衛門は黙ってうなずき、では支度を急ぎましょうと言ったが、それから今日まで何の連絡もない。先日の寄合でも会うには会ったが、いましばらくお待ちくださいとひとこと言ってきたのみだった。
惣兵衛は今日になり、おいとへすべてを打ち明けた。これまで言わずにきたのは、早い時期に打ち明けて長く心配をかけたくなかったからだが、もう遠いさきのことではあるまいと思った。

ところが、意外にもおいとは驚いた様子もなく、
「そうですか、あの角屋さんが……」
むしろ腑に落ちたという声で呟いた。しかもやおら顔を上げると、薄明かりの中で眉を寄せてこう言った。
「おまえさんと知り合う前のことですが、角屋さんの長男で市之助さんという人を紅屋にどうかというお話がありました、もちろん長男といってもお手掛けの子で角屋さんの跡取りではありません、あたしはあとで知ったのですが、おとっつあんはすぐに断わったそうです、いまさら角屋と紅屋がひとつになったところでいい紅はできないって……もう何十年も前ですが、おじいちゃんが角屋の職人だったんです、角屋さんにすればかつての奉公人の息子に断わられたのですから、いい気持ちはしなかったでしょう、でも本音は紅屋が欲しかったからだと思います」
「そんなことがあったのか……」
惣兵衛は案外に深い角屋との関わりに驚いたが、わけを知ってみれば、おいとが話したくなかった気持ちも分かるような気がした。しかし、おいとの話はそれだけではなかった。
「ごめんなさい」
と言ってから、おいとは惣兵衛を見つめて声を震わせた。
「もっと早く話していればよかったのですが、何だかおまえさんに嫌われてしまうような気

「どうしてわたしがおまえを嫌う?」
「だって……だって、あの人、いまでもちょくちょくお店を覗きにくるんですもの
がして……」

二

「なぜ今日まで黙っていた」
微かにうなずいたおいとへ、
「その、市之助がか?」
惣兵衛は思わず声を張り上げた。上げてしまってからおいとの気持ちがよく分かるような気がしたのは、おいとが案じた通り、市之助という男に嫉妬を覚えたからである。たかが岡惚れではないかと思いながら、たちまち頭に血が上るのが分かった。
「ごめんなさい、でも、あの人は未だにひとりでいるそうですし、おまえさんに言ったらきっとひどいことになるんじゃないかと……」
「なぜそんなふうに思う、わたしがむかし侍だったからか」
「……」
「逆上し、その男を斬るとでも思ったか」

「いいえ、ただ……」
「ただ、何だ」
「恐ろしかったのです、お店を覗いているだけの人を咎めることはできませんし、打ち明けてからもこんなことが続いたら、おまえさんの気持ちがあたしから離れてゆくんじゃないかと……現にいまだっていつものおまえさんじゃないみたいですもの いまにも泣き出しそうな声で言って、おいとはうつむいた。果たして何でもないはずのことが、一瞬、二人の仲を引き裂いたようだった。

（夫婦が壊れるときは、案外こんなものかも知れない……）

 不吉な予感が惣兵衛の脳裡を掠めたが、むろんそれでいいと思ったわけではない。けれども怪気にした頭にはおいとへかけるべき優しい言葉が思い浮かばなかったのである。
 惣兵衛は息を殺して吐息をついた。それでなくとも重い寝間の空気が伸しかかってくるようで息が詰まりそうだったが、おいとは身を縮めて押し黙っていた。
 不意に訪れた沈黙から、やがて二人を救ったのは雨音だった。いつしか風に押されて激しく雨戸を叩きはじめた音に、思わず顔を上げたおいとを見て、惣兵衛ははっとした。行灯の仄かな明かりに浮かんだ顔が、何とも心細げに映ったのである。雨音にさえ怯える女にいっ
（おいとを責めるのは筋が違うぞ）

その顔を見た途端に、そう心が頭へ呼びかけてきた。おいとを憎らしく思うのは、男に見られていると知りながら、それが角屋の伜であると知っていながら、今日まで容忍してきた、むしろ無垢な行為のためだろう。夫の目から見れば要らぬ我慢であって、心のどこかで見られるのを楽しんでいたのではないかと邪推したくもなる。けれども、そういうことから夫婦の仲にひびが入ることこそ、おいとは恐れてきたに違いなかった。

「もういい」

やがて惣兵衛が言ったとき、おいとは言葉の意味を取り違えたらしく、ひどく不安げな眼差しを向けてきた。その眼を見つめながら、惣兵衛は静かに言葉を継いだ。

「もう心配しなくともいいから……」

おいとに何ひとつやましいところがないことは端から分かっていたことだった。分かっていながらつい責めるような事を言ったのは、やはり嫉妬でしかない。頭へ上った血がいくらか下がってみると、今度のことと男が角屋の伜であることに少なからぬ因縁は感じたが、それとてもおいとに非があるわけではなかった。

(それとも……)

まさか角屋の狙いはおいとだろうかと思った。いったい今日までおいとを見続けてきた市之助の執念は尋常ではない。かつて角屋が持ちかけた縁談が、紅屋を手に入れるためではなく、伜の市之助が心底おいとに惚れていたからだとしたら、そして未だに思い続けていると

したら、親なら子を哀れに思うだろう。しかしだからといって、どうでも子の望みを叶えてやるのは蒙昧すぎはしまいか。

「ただし当分の間、見世はおもんに任せて外からは見えぬところにいなさい」

と惣兵衛は言った。

「それでも諦めぬようなら、わたしが会って話をつける、市之助の岡惚れにしろ、角屋の嫌がらせにしろ、度が過ぎているからね」

「おまえさん」

「心配はいらない、間違っても向こうの誘いに乗るようなことはしない、それに、こんなことでおまえとわたしの仲が変わるわけがない、そうだろう」

「はい」

ようやく安堵の色を浮かべたおいとへ、惣兵衛はさっきはつい大きな声を上げてすまなかったと言った。

「わたしは男ばかりの無骨な家で育ったから、女の気持ちをすぐには察してやれないときがある、許しておくれ」

そう言ってから、しかし角屋が本当に欲しいのはおまえかも知れぬなと言った。

「おまえだって、角屋と聞いてもしやと思ったからこそ俺のことを打ち明ける気になったのだろう? 紅屋を潰してわたしを追い出し、市之助とおまえを一緒にさせる、そういうこと

「かも知れんじゃないか」
「いやです、あたし、もしもそんなことになったら死にます、おまえさんと別れるくらいなら死んでやります」
「馬鹿なことを言うもんじゃない」
「でも……」
「そんなことにはならないが、仮になったとしてもたやすく死ぬなどと考えてはいけない、人が自ら命を絶っていいのは、もしもいいときがあるとすれば、神仏すらうなずくほどのわけがあるときだけだ」
「でも、やっぱりおまえさんと別れるようなことになったら……」
「わたしは父も兄も病ではなく亡くしている、そのうえこの手で人を殺めもした、もうそんなことはたくさんなんだ、もしもおまえが自ら命を絶つようなことをしたら、わたしはおまえを恨むよ」
「だったら、そうさせないでください」
「ああ、させやしない、いま言ったことは万が一の話だ、だが忘れないでおくれ、こののち何があろうとも、わたしは決して妻の自害は許さないからね」
惣兵衛の言いようが武家じみていたせいか、おいとは急にかしこまってうなずいたが、心ではしみじみ嬉しく思ったのだろう、

「何だか喉が渇いてしまって、お茶でも淹れてきます」
そう言うと、ほつれ毛を掻き上げ、そわそわと立っていった。惣兵衛もほっとした気持ちで見送ったが、ひとりになって間もなく、ふと一関の屋敷のことを思い出した。

屋敷は四、五百坪もあっただろうか。その割に家屋そのものは小さく、惣兵衛の部屋は狭くて昼間でも薄暗かったが、外へ出ると庭木がたくさんあって季節が移ろう度にいろいろの花を咲かせた。下僕がそれはよく手入れをしていたし、鳥のさえずりもよく聞こえた。そして土地では珍しい枇杷の木があって、夏には甘い実が食べ放題だった。ただ家の中はどこか寒々としていた。

（母がいなかったせいだろうか……）

当時はそれが当り前と思っていたから、さほど強くは感じなかったが、こうして自分が妻帯してみると、父が後添いをもらわなかったのは、やはり不自然であったような気がする。

江坂家はとりわけ裕福とは言えぬまでも小藩では中堅の家中であり、いくらでも後妻の来手はあったはずだった。母と死別したとき、父はまだ三十代半ばの若さだったし、それから二十年近く独り身を通したのも縁がなかったからではない。

その間に幾度か縁談があったことを惣兵衛は覚えている。はじめから母親を知らなかった惣兵衛と違い、兄はその度に反対だということを面と向かって父には言えずに惣兵衛へ洩らしていた。それとは別に、父もあまり乗り気ではなかったように思う。なぜかは分からな

い。
　だが、それでも晩年の父はどこかこう生き生きとしていた。齢とは逆に身のこなしが軽くなったとでもいうのか、何気なく見せる表情も明るかった。子が成長した安堵もあったのだろうが、いまにして思えば奥津ふみという女のせいであったかも知れない。死に顔も悲惨な最期のわりには穏やかだった。そう考えると、あれはあれで幸せだったような気もする。あんなことにならなければ、おそらくは安穏な余生を送っていたのだろうが、あの場で女を死なせていたら、果たして安穏に暮らせたかどうか。その意味ではむしろ悔いはなかったかも知れまい。
　やがておいとが戻り、惣兵衛は熱い茶をすすった。侍だった父は命を捨てて女を守ったが、自分は生きておいとを守ってみせると思っていた。

「松葉屋さんと決めたことだがね……」
「はい」
「ともかく角屋が表へ出てきてからでは手遅れだろう、その前にやるしかないと思う」
　惣兵衛が見つめると、
「紅屋の主人はおまえさん、思ったようにおやりください」
　とおいとは言った。
「でも、どんなことになっても、あたしを見捨てないでください、たとえお店が潰れても、

行く当てがなくなったとしても、ずっとずっとおまえさんの女房でいさせてくださいまし、それだけがあたしの望みですから」

そう言うと、おいとにはにわかに眼を潤ませて惣兵衛の腕に身をもたせかけてきた。おいとにとっても、いまでは惣兵衛がただひとりの身内であり、しかも何よりも大切なものということだろう。

「本当ですよ、おまえさん」

薄着の下の小さな胸の膨らみを感じて、惣兵衛は手を回しておいとを抱き寄せた。唇を重ねると、おいとはいつになく激しく応えてきたが、やがて惣兵衛の手が柔らかな膨らみを摑むと、小さく喘ぎ、厚い胸に顔をうずめてきた。

「灯を、灯を消してください」

　　　　三

角屋の市之助は、本腹の弟が跡取りと決まってからは向島の寮に住み、好きな絵を描いて暮らしている。赤子のときに実母と引き裂かれたうえに、結局跡取りにもなれず、手に入れたのは生涯の食い扶持だけである。哀れといえば哀れだが、見ようによっては意気地の無さから不遇にも甘んじ、運命のなすがままに押し流されてきたような男だった。

浅草へは徒歩で通ってくるらしく、吾妻橋から大川を渡るとまっすぐ紅屋へ向かう。向かいの紙漉き所と香具屋の間の路地に姿を現わすのは昼過ぎのことで、そこからこっそりとおいとの姿を眺める。小半刻で帰ることもあれば一刻余りいることもあるという。

惣兵衛が市之助に会ったのは、おいとに打ち明けられてから四日後のことだった。前日には跡をつけてみたが、市之助はどこにも寄らずに向島へ帰っていった。つまりは、ただおいとを眺めるために浅草へ通ってくるのだった。

「もし、そこのお人」

その日、背後から気配を消して近付いた惣兵衛が声をかけると、市之助はやや間を置いて振り返ったが、傘の縁からまるで恐ろしいものでも覗くようにして声の主を見た。雨はほんの小降りで、店の裏口から出て一回りしてきた惣兵衛は傘をささずにいた。

「さきほどから紅屋を見ておられるようですが、何か御用でございましょうか」

「⋯⋯」

「わたしは紅屋の主人で惣兵衛と申します」

だが市之助はひとことも答えなかった。ただじっと惣兵衛を見つめる顔は、まるで化粧もしたように白く滑らかで、眼を見なければ女子と見紛うほどである。体付きも男にしてはかなり華奢なほうで、傘を持つ手は何かの病のように細く、いまにも骨が透き通って見えそうだった。

「角屋さんの市之助さんでございましょう?」
言いながら、惣兵衛はゆっくりと歩み寄った。名を呼ばれて市之助はぎくりとしたようだったが、やはり無言だった。柔弱な見かけによらず、近寄りがたい不吉の匂いのようなものを感じさせるのは、その身を守るために自然と身に付けた威嚇色のせいだろう。おいととどうなる当てもなく通い続ける執念もそうだが、姿はさらに異様だった。
「よろしければ御用をお聞かせいただけないでしょうか」
と惣兵衛は言った。
「それとも、こちらから角屋さんへお伺いしたほうがよろしゅうございます」
「いや」
と反射的に言って、市之助は通りのほうへ後退りした。どうやら父親には知られたくないらしかったが、そう言ったきり言葉は継がなかった。
「では、ここで御用向きをはっきりさせていただきませんと、こちらとしても考えねばなりません」
「‥‥‥」
「いざとなればお役人に相談することもできますが、それではあなたも角屋さんもお困りになるでしょう」
すると市之助は声を出さずに笑ったが、怖れからか唇は歪み頬は引きつっていた。

「お、おまえに用はない」
　ようやく吐き捨てるように言った市之助へ、
「ならば申しますが、手前の女房に御用がおありでしたら、堂々と店へ訪ねていらっしゃい、そして手前の前で言いたいことを言ってみてはいかがですか」
　惣兵衛は努めて穏やかに言った。
「それができぬのなら、こっそり店を覗くのはやめていただけませんでしょうか、あらぬ噂が立って角屋さんの暖簾に傷をつけてもいけませんし、手前どももこのままでは困ります、だいいち、いくら待ってももうおいとは見世には出てきやしません」
「……」
「それでも続けるというのなら、やはり日本橋へ伺い……」
　言いかけて、惣兵衛は市之助の顔が一変したのに気付いた。傾きかけた傘で双眸こそ見えなかったが、きつく歯を嚙みしめ、小鼻をひくひくとさせている。
「やはり、角屋さんと掛け合うしかないでしょうな」
　惣兵衛は市之助の憎悪が殺気に変わりつつあるのを感じながら続けた。
「ねえ、市之助さん」
　すると、
「ちくしょう！」

そうひとこと叫ぶや、市之助は傘の内から恨めしげに惣兵衛を睨み、次の瞬間には猛然と走り去った。理でも力でもかなわぬとみて逃げ出したものか、途中で傘を投げ出し霧雨の中を駆けてゆくのを、惣兵衛は通りへ出て見送った。伜の素行など角屋はとうに承知だろうと思ったが、脅しは効いたらしく、市之助はそれ以来、姿を見せなくなった。

（ともかくこれで……）

市之助のことはひとまず片が付いたと惣兵衛は思った。角屋がどう思おうとも、当人が手を引いてくれればまずは安心だろう。姿を見せぬのは負けを認めたからで、このまま諦めてくれるならそれでいいと思った。

だが、その考えはひどく甘かった。たしかに市之助は影を潜めたが、おいとのことをすっぱりと忘れたわけではなかった。それどころか、向島の寮で以前にも増しておいとのことのみを考え続けていたのである。

市之助はむかしから商いに深い興味はなかったが、おいとと店を構えるのであれば商人になってもいいと思っていた。それまで運命の言うなりに生きてきて、はじめて欲しいと思ったのがおいとだったからである。その思いは縁談が破談になっても変わらず、おいとが惣兵衛と夫婦となってからも変わらなかった。しかも、ほかの女子は誰ひとりとして眼に入らず、おいとなしでは夜も日も明けぬ歳月を過ごしてきた。そうして市之助の中で偶像化されたおいとは、いつしかこの世の何よりも清らかで完美なものとなっていたらしい。

彼の放つ不吉な匂いは、自ら囲った世界へ誰も寄せつけぬために作り出した盾であったのかも知れない。が、そこへ、惣兵衛は土足で踏み入ってしまった。その結果、漠然と感じたに過ぎなかった不幸は、その日を境に確かな現実へと向かいはじめたのである。

それから間もなく六月に入り、不意に仲買いの益蔵が訪ねてきたことが、あとから思えばその凶兆であったかも知れない。

「どうも、ご無沙汰しております」

梅雨は明けぬまでも、ときおり晴れることの多くなった雨間にひょっこりと顔を出した益蔵は、外出先から戻った惣兵衛へ、相変わらず日焼けした顔で微笑みかけた。

「ますますご繁盛のようで結構でございますな、紅板もたいそうな評判で……」

「いやいや、うちなどはまだまだですよ、余所さまより少ない儲けでやってどうにか繋いでゆける、そんなところでしてね」

惣兵衛は以前と変わりない調子で受け答えしたが、腹の中ではこの裏切り者めと思っていた。そう思うからか、益蔵の黒く骨張った顔はいかにも狡猾そうに見えたし、そのために異様に白く光る眼は決して油断のならないものに思われた。

「ご謙遜なすっちゃいけません、あたしに謙遜してみせたところで一文にもなりゃしませんです」

「そりゃ、そうだ」

二人はそれぞれに笑って、ついさっきおいとが入れ替えたばかりの茶をすすった。ちょうど日が差してきたところで、障子越しにも強い夏の陽になりつつあるのが厭な気がして、立ち上がり障子を少し開けた。惣兵衛は同じ空気を益蔵と分け合っているのが厭な気がして、立ち上がり障子を少し開けた。

「そろそろ梅雨も終わりらしいね」

「そのようです、しかし今年はまたやけに降りましたな」

「ところで、今日は?」

「え、ええ……」

「何か急ぎの用でもあったのじゃないのかね、こうして待っていてくれたのだから」

「まあ、急ぎといえば急ぎでございますが……」

再びゆったりと腰を下ろした惣兵衛へ、益蔵は急に声音を曇らせて言った。

「実は、この半月ばかし山形へ紅花見に行ってまいりました」

「ほう、もう咲いたかえ」

「いえ、花は来月でございますが、雨の具合が気になりましてね、最上川が氾濫でもしていたら、あたしなどは今年一年、食い上げでございますから」

「で、どうだったね」

「それが川はどうにか安泰でございましたが、向こうも雨はかなりのもので、あまり出来は

よくなさそうなのでうなずきますよ、これからの日の照り具合にもよりますが、長年の勘からいって今年はどうも……」

「だめかね」

益蔵は力なくうなずくと、見てきた羽州の様子を手短に語った。

「よくて例年の七割、いや六割方といったところでしょうか、おそらくは花の出来もよくありません、こうなると豪商のお零れにあずかるあたしの手に果たしていかほど入るものやら見当もつきませんので……」

「それは困った、いや、まったくいけないね」

「はい」

「しかし、これから持ち返すということもあるのじゃないかね、たしか四、五年前にもそんなことがあった、あのときはわたしも不馴れで慌てたものだが、終わってみれば豊作だった」

「今度もそうだといいんですが、こればかりは人の力じゃどうにもなりません、ましてや出来が悪そうだとなると金に物を言わせた先買いが増えまして、あたしらの手には負えなくなります」

「つまり今年の紅餅はどうなるか分からないということかね」

惣兵衛は益蔵が言いたくてうずうずしていることを言ってやった。わざわざ深刻な表情を

拵え、腕まで組んでみせたのは、益蔵の魂胆が見え透いていたからである。

今日彼が来たのは、秋になり紅餅を納めぬときの逃げ口上を言うためだろう。だが、その中身は八十八から聞いている話とはまるで逆だった。仮に羽州の状況が益蔵の言う通りだとしたら、八十八の領分は武州だが見通しはよいと言っていた。八十八はひとこともそんなことは言わなかったし、まして手は武州へも伸びるはずである。八十八がそんな状況であればひとこともそんなことは言わなかったし、ましてや領分を荒らされるのではないかと危惧してもいない。

だいいち羽州がそんな状況であれば八十八の耳にもすぐに入る。やり手の益蔵が手をこまねいて見ているのはさらにおかしい。

「ともかく、いまのところはそう考えていただいたほうが……」

と益蔵は言った。

「申しわけないことですが、先買いの様子からしてあたしの手に入るのはほんの僅かでございましょう」

「しかし、それではおまえさんも困るだろう」

「まったくです……一応あちこち声はかけてきましたが、どこも色好い返事はもらえずじまいでした、まったく因果な商いでございますよ、天気ひとつで右往左往し、どっちを向いても頭を下げることばかりですから」

「ふむ……」

惣兵衛は深い溜息をついてから、事情は分かったが、ともかく入れてもらわないとこっちも困ると言った。むろん本気で益蔵を当てにしていたわけではない。

その後、久留里からの知らせでは紅花の栽培は順調にすすんでいるというし、益蔵から紅餅が入らずとも今年はどうにか乗り切れるだろう。が、ここは益蔵や益蔵を陰で操る男たちの思惑通りに応じてやるしかない。益蔵も、したり顔でもちろんできるだけのことはすると答えた。

「ですが、正直なところ山形からの帰りにはそろそろ足を洗う潮時かも知れないと思いました、この歳でこの商いはもう無理じゃないかと……体もきつくなりましたし、若い者に譲ろうかと本気で考えています」

「というと?」

「はい、甥の房次がどうにか一人前になりましたので、思い切って一切を任せてみようかと思います」

「それはまた急な話だ、甥御さんに商いを任せてあんたは何をするんだね、まさかその歳で隠居でもあるまい」

「そりゃあ楽隠居というわけにはいきませんが、江戸に落ち着いていられるだけでもずっとましでございます、いずれは女房と小さな飯屋でもはじめようかと思いまして、前々から手

「すると仲買いはきっぱり……?」

「はい、できれば今年限りでやめようかと女房とも話しております」

益蔵はしおらしく、急なことで申しわけございませんがと付け加えた。

だが、その話には一枚も二枚も裏がありそうだった。表向きは仲買いから手を引いたと見せておいて、予想される仲間の追及を躱し、来年からは房次を表に立てて新しい商いをはじめる。大きくもめることなく紅屋との縁を切ってしまえば、あとは房次がどこと取引をしようと益蔵の知ったことではない。表向きはそうだが、十中八九狙いは大手を振って角屋へ入るためだろう。その証に益蔵は今後とも房次をよろしくとは言わなかった。

「そういうことで、来年からのことについては房次とお話しいただければと思います」

かわりにそう言った。つまりは、暗に紅屋との取引は白紙に戻すと言ったのである。

「それはかまわないがね……」

惣兵衛はそのことにも気付かぬといったふうに、胸の中で煮え立つ怒りを押し殺して言った。

「しかし、おまえさんにしろ、房次さんにしろ、これからがたいへんだねえ」

四

 益蔵が帰ってすぐに、惣兵衛は松葉屋三右衛門が訪ねてきたことを知った。応対した茂兵衛が気を利かせ、諏訪町の玉ノ井で待ってもらっているという。
 念のため勝手口から出た惣兵衛は、すぐに広小路を横切り、町屋の中の道を玉ノ井へ急いだ。にわかに降りだした雨にいまごろ益蔵は駆け出しているだろう。遠い空には薄日が見えるのに頭上には雨雲が伸しかかり、ときおり地鳴りのような雷鳴が轟いている。それでも蒸し暑いせいか、路地の家々は表戸を開けたままのところが多く、行き場を失った子供らが恨めしげに空を眺めていたりする。
 小走りに急ぎながら、惣兵衛は三右衛門は首尾よく手筈を整えただろうかと思った。益蔵があんなことを言いにきたからには、善蔵も遠からず動き出すはずである。その前に先手を打たなければという思いは、益蔵の慇懃無礼な態度に触れたときから焦りに近いものに変わっていた。
 が、玉ノ井へ着き、三右衛門の顔を見た途端に、惣兵衛の焦りは嘘のように消滅した。
「やあ、おさきにいただいてますよ」
 三右衛門はにっこりと笑い、惣兵衛が座るのを待って言った。

「すべて整いました、あとはもう紅屋さんの度胸ひとつです」
「すると巴屋さんとも?」
「ええ、もちろんお会いしました、やはり市ヶ谷におられましてね、紅屋さんへくれぐれもよろしくと言って、そうそうこれを預かってきました」
三右衛門が懐から取り出したのは無地の畳紙に入った白粉だった。
「これは?」
「おいとさんへ差し上げてください、わたしもひとついただきましたが、いや、感心いたしました、僅か半年の間によくこれだけのものを作ったものです」
「…………」
「ま、ともかく一献……」
それから三右衛門が語った手筈は、惣兵衛にも万全に思われた。おそらくこの網からは、いかに勝田屋といえども逃れることはできぬだろう。巴屋十三郎もそんな手があったかと驚くばかりだったという。
「明日にでも湯島へ参ろうと思いますが、いかがでしょうか」
一通り聞き終えて惣兵衛が言うのへ、益蔵の件を聞いた三右衛門もそれがいいでしょうと言った。
「ただし訪ねるのは日が暮れてからになさいまし、そしてどこぞで会う約束だけを取り付

け、会うのは翌日、紅屋さんが落ち着ける場所がいいでしょう、一晩、彦次郎はいいことも悪いこともあれこれと考えてみるでしょうが、なに、疲れるだけで、こちらの考えていることなど思い付きやしません」

「はい」

「ま、商いの恐さを存分に思い知らせてやりなさい」

そして二日後、うまく誘い出した勝田屋彦次郎を、惣兵衛は深川門前町の料理屋・蔦屋の奥座敷で待ち受けた。約束の時刻は夕の七ツ（四時頃）、彦次郎は遅れることなく、額にうっすらと汗を浮かべてやってきた。

「お忙しいところお呼び立てして申しわけございません、さ、さ、どうぞそちらへ」

惣兵衛は彦次郎を上座へ座らせると、彼を案内してきた女中に改めて酒肴を頼み、まずは盃を差した。

「酒はかなりお強いそうですな」

「いやいや、それほどでも……」

彦次郎は空いているほうの手を小さく振って言ったが、さりげなく座敷を見回した眼は用心深いものだった。

「紅屋さんこそお強いと聞いています、誰も酔い潰れたところを見たことがないそうじゃないですか」

「そんなこともありませんが、血筋というのか、酒好きは家系のようです、父は酒席で命を落としたほどですから」
「ほう、それはまた豪快な……」
　彦次郎は善蔵から惣兵衛の前身を聞いているはずであるのに、咄嗟に仇討ちと父親の最期を結び付けられなかったようである。
「あるいはそんなふうに死ねる人は幸せかも知れませんな、うちの家系は酒が飲めなくなって死ぬのですよ」
　そう言って笑った。
「そのほうがずっと自然ですがね」
　と惣兵衛も微笑した。女中が酒肴を運んでくるまでの戯れだった。そう考えているのは彦次郎も同じらしく、すぐには用件を訊ねなかったが、あるいは惣兵衛の明るさに戸惑っていたのかも知れない。
　それほど惣兵衛は落ち着いていた。座敷は中庭の北側に面していたが、障子は閉められていて外は見えない。暁闇のような淡い日の光は差し込むものの、互いの顔は黒ずんで見え、かといって行灯を灯すほどでもない。まるで一関のころの惣兵衛の居室なのである。
「ところで湯島は相変わらずご繁盛だそうですな、噂では巴屋さんのころよりも大分いいと聞きましたが……」

彦次郎の返杯を受けながら、惣兵衛はその顔色をじっくりと見た。相手が善蔵のときと違い、明らかに気持ちにゆとりがある。
「とんでもない、内情は四苦八苦ですよ」
と彦次郎は言った。いまのところその顔にも一筋縄ではゆかぬゆとりが見えた。
「商いを居成りに継ぐというのは苦労も継ぐということで、いいことばかりではありません、どうせ同じ苦労を背負うのなら、むしろ新規に店を構えたほうが腐心も少ないでしょう」
　彦次郎が建前を言ったとき、女中の声がして惣兵衛はどうぞと言った。話はそこでぷっつり途切れ、二人はしばらく女中の仕事振りを見守った。女中も重苦しい気配を感じ取ったのだろう、酒肴を並べ終えるや余計なことは言わずにそそくさと下がっていった。
「さて、膳は整いましたな」
　さきに口を利いたのは彦次郎だった。もっとも、そう言いながら膳のものには興味がないらしく、そろそろ用件に入ったらどうかと催促するような眼を向けてきた。
「ええ、ほどよく整いました」
と惣兵衛も言った。
「どうぞ、摘まみながらやりましょう、そのほうが胃の腑も痛まずにすみます」
「胃の腑が？」

「ええ、酒飲みの常套ですよ」

訝しげに箸を取った彦次郎を見て、惣兵衛も肴の卯の花炒りを摘まんだ。

「しかし、さきほどのお話は実に的を射ておりますな」

「……」

「巴屋さんの残した苦労を継ぐという、あれですよ、三河の時代から数えて十代目ともなると、そこここに柵（しがらみ）もあれば貸し借りもある、それを一手に引き受けるとなると、ご破算で願いましてはとはいかぬでしょう」

「まあ、そういうことです、思わぬことがいろいろとありますよ」

「しかし、あれから半年、あらかた始末はついたのではありませんか、世間も湯島といえば勝田屋というようになりました、それだけ勝田屋さんは上手に根を下ろしたわけで、まさに彦次郎さんの手腕というべきでしょう」

「さて、それはどうでしょうか」

彦次郎は手酌で酒を注ぎながら、苦笑いした。内心、父の善蔵から聞いている惣兵衛とどこか違うような気がしていたのではないだろうか。

「そういう紅屋さんこそ、たいした評判じゃないですか、わたしがこの半年の間にしたことなど誰にでもできることですが、紅屋さんがしてのけたことはそうはいかない、おかげで父には紅屋さんを見習え、何をしていると散々尻を叩かれました」

「勝田屋さんがですか」
「ええ、父はああ見えて中々細かい人でしてね、どんぶり勘定でそこそこよければというようなことでは納得しない、またそうでなければ問屋の主人など勤まりませんが、あれだけの品数を扱いながら、常に品物ごとにいくら使いいくら儲けたかがきちんと頭の中に入っています、そういう人ですから、伜だから大目に見るなどということもありません」
「なるほど……」
「そのかわり、これと見込んだ人には惜しみなく力を貸しますよ」
「ほう、力をねえ」
　惣兵衛が盃を干すのを見て、彦次郎も盃を取った。彦次郎が口へ運ぶのとは逆に、惣兵衛は盃を戻して刺身を摘んだ。
「しかし傍から見ると、そうは見えませんな」
　言いながら見ると、彦次郎も刺身に箸をつけるところだった。
「ありていに言わせていただきますと、勝田屋さんは問屋としてはすでに頂を極めた、もう上へ上る道はないがそこで後から上ってくる者を蹴落とす、と言っては言いすぎかも知れませんが、頂に居座るためには巴屋さんのような旨い餌食を食って力を貯えねばならない、わたしにはそんなふうに見えますが……」
「それはまた随分手厳しいご意見ですな」

「世間は、いや、少なくとも仲間はそう見ていますよ」
「誤解です、それはとんでもない誤解だ」
 彦次郎は語気を強めたが、その顔には僅かながら図星を指されてうろたえた色がはっきりと見てとれた。
「そうでしょうか、だとしたらわたしの眼が節穴ということになる」
 惣兵衛は言いながら、勝田屋の鎧を剝いでしまえば、この男はただの若造かも知れないと思った。顔付きも物言いも善蔵によく似てはいるが、仕草はまるで違う。落ち着いているようで、実はびくびくしながら相手の出方を見ている。父親に似ているのは見かけだけで、存外ひ弱な心の持ち主かも知れまい。
 惣兵衛はじっと彦次郎の眼を見た。彦次郎も見返してきたが、じきに視線を逸らして言った。
「勝田屋が巴屋を手に入れたのは、どこにでもある商いの取引です、たしかに巴屋にはそれだけの値打ちがあるとみました、しかしそれも商人なら当然のことで、値打ちのないものに誰が大金を注ぎ込むでしょう、勝田屋が巴屋の借財を引き受けなければ湯島の店はなくなるか、あるいは別の商人の手に渡っていたはずです」
「おそらくそうでしょう、だが結果は勝田屋さんが手に入れた、それも実に素早く見事な段取りでございました、しかしなぜ取引のなかった巴屋さんの窮状を逸早く知り得たのでしょ

「うか」
「そこが不思議でならないのですよ、仲間ですら直前まで知らなかったことをなぜ当時の勝田屋さんがご存じだったのか、不思議じゃありませんか」
 すると彦次郎は不愉快だと言わんばかりにそっぽを向いて言った。
「お話というのはそんなことですか」
「いいえ」
 すかさず、しかもはっきりと惣兵衛が言ったので、彦次郎はちらりと瞳を動かした。
「ここまでは何のかんの言っても済んでしまったことです、わたくしがご相談したいのは、これからのことでございますよ」
「これから？」
 さっと視線を戻した彦次郎は、さぐるような眼で惣兵衛を見た。あるいは父がすすめた取引に応じる気になったかと、一瞬、都合のよい推察が脳裡をかすめたようである。
「ええ、これからのことです」
 惣兵衛はしかし、ことさらゆっくりと肴を摘まみ、酒を口に含んだ。酒も肴もじっくり味わうほどのゆとりはなかったが、そうすることで彦次郎の苛立ちは手に取るように伝わってきた。

「実は日本橋にまずご相談するのが筋かとも思ったのですが、彦次郎さんにしろ、もう一国一城の主人です、いつまでも本家を通されては不愉快だろうと思いましてね、それでこうしてお呼び立てしたわけです、それともやはり大事は日本橋を通したほうがよかったでしょうか」
「むろんそんなことはありません、湯島は湯島ですから、商談ならむしろわたしに言ってくれたほうが話は早い」
「さようですか、では、さっそくお訊ねいたしますが……」
惣兵衛は微笑を浮かべて言った。
「肥前国水野家(唐津藩六万石)御家中、沖山五郎左衛門さまの件ですが、いかがなされるおつもりですか」
「え?」
彦次郎はわけの分からぬ顔をした。

　　　五

沖山五郎左衛門は、かつて三河・岡崎の藩主であった水野越前守忠任の転封に伴い、肥前・唐津へ移住した家臣の子孫である。巴屋とは三河時代に互いの祖先が昵懇の間柄であっ

たことから、代々沖山家の女子は巴屋の白粉を使うのを習わしとしてきた。白粉の質がよいことはもちろんだが、沖山家にとっては至極縁起のよいもので、遥か彼方の肥前へ越してからも江戸から取り寄せている。

その白粉が今年は未だに届いていない。沖山家から巴屋へは年に一度、その年出府する藩士の手を通じて前金が支払われ、巴屋は毎正月に注文の白粉を送る約束になっているのだが、言うまでもなく今年からは勝田屋がその約束事を引き継ぐはずであった。

「もう六月でございますから、沖山さまはさぞかしご立腹でございましょうな」

惣兵衛に言われて、ようやく彦次郎は思い出したようだった。巴屋から湯島の店を引き継ぐにあたり、そうした決まり事や貸し借りはすべて十三郎から聞き出している。十三郎も、債務のことはもちろん、長年ひいきにしてくれた客や小さいながら取引のあった職人らのことが気掛かりで、巨細もらさず打ち明け、よくよく頼んで去った。むろん沖山五郎左衛門のこともである。

それが明け渡しの条件でもあったし、巴屋に関わってきた人々へ何とか迷惑をかけずにすむ唯一の方法でもあった。

正月の間に、彦次郎は五両から上の取引は自ら指図してさっそく決済したが、それ以下のものは日本橋の本家から連れてきた新番頭の喜平に任せていた。喜平は勝田屋では手代だった男で、善蔵が彦次郎の片腕としてつけて寄こしたのである。が、喜平は金の取り立てには

熱心だったが、少額の債務には無関心で、その処置をさらに元巴屋番頭の与一に任せた。と
ころがその与一が正月のごたごたで体を壊し、しばらく店を休んだのである。与一は手代の
忠助に後を頼んだが、忠助は勝田屋の新しいやり方に馴染めず、与一が戻ったときには店を
辞めてしまっていた。

これまで手足となって働いてくれていた忠助を失ったうえに、与一は日々の仕事に忙殺さ
れて、気になりながらも先方から強い催促があったものだけを片付け、あとは今日まで決済
を延ばしてきた。喜平はそれでいいと言ったし、彦次郎の信用もない与一に、ほかの仕事を
差し置いてまで片付ける余裕もなかったのである。

「早々に確かめてみましょう」

たしかにそんなこともあったかと、彦次郎は此事でも片付けるような口調で言った。

「しかし紅屋さんはよくそのようなことをご存じですな」

「たまさか耳にしたのですよ、湯島の店が人手に渡ったことをお知らせした巴屋さんのほう
へ、沖山さまから苦情がいったそうです」

「ほう」

と言って、彦次郎は盃を干した。

「ま、いずれにしても何かの手違いでしょう、こちらの落度なら、すぐに沖山さまへは詫状
とともに送らせましょう」

「それがですな」
と惣兵衛は彦次郎を見た。
「沖山さまは痛くお腹立ちで、近々、江戸の御留守居役を通じて御上に訴えると申されております」
「訴える?」
 卒然と顔色を変えた彦次郎へ、惣兵衛は真顔でゆっくりと言った。
「代金はすでに支払済みですから、その権利はあるかと存じます」
「しかし、たかが二、三両のことではないですか、訴えたところで倍の五両も手にできるかどうか、それこそ御留守居役への謝礼にもならぬでしょう」
「いえ、沖山さまのご立腹はお金のことではないのです、巴屋の白梅散は沖山家にとっては大切な縁起ものでして、つまりは遠い過去に福を呼んだことがあり、以来正月には必ず神棚に供え、その年の家内安全と子宝を祈願するのだそうです」
 それはまったく事実で、嗣子に恵まれなかった沖山家に男子が生まれるようになったのは、不思議なことに沖山家の女子が白梅散を使うようになってからなのである。そのことは系譜をたどれば明らかで、現当主の五郎左衛門も白梅散の御利益を信じ切っていると言ってよかった。
「そんな馬鹿な……」

と彦次郎は呟いた。
「白粉で子供がどうなるわけがない、そんなことを言ったら江戸の女子はみな男の子を産んでいますよ」
「そうかも知れません、しかしそれが縁起というものではないでしょうか、恵まれぬからこそ何かに頼る、恵まれればそれを信じる、至極当り前のことです」
「……」
「人間とはそんなものじゃないでしょうか」
「たとえそうだとしても御上に訴えるというのはおかしい、そうじゃありませんか、神に願掛けをする人間が、お武家さまともあろう御方が、たかが縁起のために御上の手を煩わすのですか」
「武家も人間ですよ、勝田屋さん、身分はどうあれ、心の弱いものもいれば運に恵まれぬのもいます」
彦次郎は少しの間考えていたが、
「馬鹿げている、いまさら御上がそんなことを取り上げるはずがない」
と声高に言って、また酒を呷った。
「ところが、その御上がいつでも取り上げると仰せでございます」
「まさか……」

「いいえ、それは勝田屋さんの考えが甘い」
　惣兵衛は彦次郎の凍りついた顔を眺めながら密かにほくそ笑んだ。
　たとなると店の評判にかかわる、噂が広まれば商いにも響くだろう。だが彦次郎が最も恐れているのは、町奉行所へ呼び出されて詮議を受けることだろうと思った。
　惣兵衛自身、七年前に仇討ちを果たし、町奉行へ届け出たおり、検視と身元の照合が済むまでの数日を奉行所内の仮牢で過ごしたことがある。いずれは釈放されると分かっていても、ひょっとして手続きに遺漏があったのではと思うと落ち着かぬ毎日だった。仇討ちと認められなければただの人殺しとなるからである。本意を遂げて自ら名乗り出た者ですらそうなのだから、ましてや罪を問われる者は気が気ではあるまい。
「いいですか勝田屋さん、と惣兵衛はことさら低い声で続けた。
「仮にも大名家の御留守居役が訴えを起こして、取り合わぬ御奉行さまがいると本気でお思いですか、町奉行はもとより、諸侯が折につけこれはという与力に付け届けをしているのは、こういうときのためですよ、御家の大事とはゆかぬまでも付け届けの効果を見るには手頃な事件ですし、逆に言えば町方は御留守居役のために尽力せざるを得ない、そうは思いませんか」
　すると彦次郎は指先で額の汗を拭いたが、すぐに惣兵衛を睨め付けてきた。
「いいでしょう、だがそれが何だというのです、所詮、五両、十両で片が付く話ではありま

惣兵衛は身じろぎもせずに首だけ振った。
「たしかに沖山さまの一件のみであれば過料で済むかも知れません、が、しかし、同様の話はほかにもございます、たとえば御書院番組・永井作右衛門さま方へ白粉が未納、同じく石田重之進さま方へ白粉、谷中の医師・杉本一庵方へ紅、変わったところでは根津門前町・川島屋の娼妓・おていへこれも紅白粉が未納、金子では南伝馬町の刷毛師・徳兵衛への下り（未払い）が一両と二朱、焼物師・弥左衛門へは二両二分、そのほか合わせて三十余件、都合四、五十両の詐欺にはなりましょう」
「詐欺？　詐欺とはまた大袈裟な……」
「そうでしょうか、代金を受け取りながら品物を納めぬのは詐欺も同然です、また品物を受け取りながら故意に代金を払わぬのも然り、いずれにせよ、こぞって訴え出れば御上が不問に付すとは思われません」

大きく息を吐いて黙り込んだ彦次郎を、惣兵衛は凝視した。考え込むのも無理のないことで、たしかな裁きは町奉行所で聞いてみるまで分からぬのである。ただの遅怠として過料で済むかも知れぬし、故意と見られれば重罪に処せられるかも知れない。彦次郎にすればここは虚勢を張って切り抜けるか、惣兵衛と取引をするか、道は二つにひとつだった。
「分かりました」

ややあって彦次郎が言った。
「みなさまへはご納得のゆくだけ色を付けてお返しいたします、そのうえでお骨折りいただいた紅屋さんには五十両出しましょう」
「それで、いかがでしょうか」
「とんでもない」
「……」
と惣兵衛は言った。
「どうやら勝田屋さんは勘違いをなさっているらしい、わたしは別に勝田屋さんを脅しにきたのではありませんよ」
「……」
「わたしがご相談したいと言ったのはそんなことではありません、が、もっとも訴えられては困るというのであれば、丸く治める手段がないわけでもございません」
「つまり、取引ですか」
「ええ、まあ、しかしそれには条件が二つございます」
「お聞かせください」
彦次郎が身を乗り出すのに、惣兵衛は銚子へ手を伸ばして酒を注いだ。盃を取り、口へ運びながら、これからが勝負だと思った。

ゆっくりと干した盃を膳に戻して、惣兵衛は言った。
「ひとつは日本橋の本家が紅の商いから手を引くこと、いまひとつは巴屋十三郎さんへ無利子で五百両お貸しいただくことです」
「ご、五百両……」
「ご不満ですか」
「当り前です、とても正当な取引とは言えません、たとえ訴えられたとしても御上は勝田屋から五百両もお召し上げにはならぬでしょう、本家に紅の商いから手を引くというのも無茶苦茶な話だ、こ、断わります」
　彦次郎は憮然とした。
「それで本当によろしいのですか」
「ええ、かまいませんとも、そんなふざけた条件をのむくらいなら、奉行所へでもどこへでも行きます、訴えるなり何なり勝手になさるがいい、もう少し釣り合いのとれた話かと思ったが、とんでもない、わたしはこれで帰らせていただきます」
　勢い腰を浮かせた彦次郎へ、
「そして死罪にでもなりますか」
　惣兵衛は呟くように言った。
「な、何を馬鹿な……」

「話は最後まで聞くものです、考えてもごらんなさい、このまま無事に済むような話ならはじめから取引など成り立ちません、違いますか」
「……」
片膝立てのままとどまった彦次郎を見やり、惣兵衛はまた酒を注ぎ、ゆっくりと飲み干した。
「町奉行所には例繰方といって断罪のための書類を整えるお役目があるそうです、その名の通り、過去の判例に照らして情状を御奉行さまへご報告するわけです、言わばこの辺りで裁きが決まると言ってもいい大切なお役目です、与力が二騎、同心が四人おられ、それぞれに大名家とのご縁があるとか、たとえば水野さまのような……」
「それで……」
彦次郎は浮かせていた腰を下ろすと、膝を畳み、座り直して言った。
「その例繰方が何か……」
「小耳に挟みましたところでは、ある人から依託された金品を取り逃げした場合、女子で遠島、男は死罪となるそうでございます、つまりはあなたのような場合です」
「わたしは何も取り逃げなどしていない、納めるのが遅れただけではないですか」
「それは沖山さまへの言いわけにはなるかも知れませんが、巴屋さんにはどうでしょうか」
「巴屋？」

そう言ってから、彦次郎ははたと気付いたようだった。惣兵衛はじろりと、これまでになく鋭い視線をくれて言った。
「巴屋さんは店を明け渡すにつき、あなたに沖山さまへ白粉を送るように依託し、品物もお渡ししています、同じことが三十余件についても言えます、証拠も十分すぎるほどあります、水野家御留守居役とともに、もしも巴屋さんが訴えたとしたら、どうなるでしょうね」
「⋯⋯」
「わたしならとっくに訴えていたでしょうに、巴屋さんが人がよくて助かりましたな」
彦次郎は黙っていたが、明らかにうろたえているのが分かった。惣兵衛が銚子を取ると、彦次郎も銚子を摑んだが、手が震え出し、うまく盃を満たせなかった。顔色は青ざめ、眼はうつろにとんでもない方角を見ている。
「どうぞ」
と惣兵衛は銚子を向けて言った。それも聞こえぬらしい彦次郎の盃へ酒を注ぎ足しながら、勝負はついたと思っていた。

　　　　六

惣兵衛の言葉には多分にはったりもあったが、果たしてそれからの彦次郎は言うがままに

なった。あとは善蔵と角屋がどう判断するかだろう。

五百両は彦次郎ひとりの才覚でどうにかなる金ではないし、紅の件もある。いずれにしろ善蔵の許しを得ぬことには事は治まらぬところまできた。彦次郎は無理を承知で時をくれと言ったが、惣兵衛は三日の猶予を与えたのみである。それ以上の時をくれるのは惣兵衛にしても不安だった。その間にあの善蔵ならいかなる手段を講じるか知れない。

が、それから二日して、金は彦次郎によって紅屋へ届けられた。届けたということは善蔵も角屋も負けを認めたと考えてよい。松葉屋三右衛門が、商人に負けるさずには最も痛みの分かる金で決着をつけるのが一番ですと言った通り、二人は負けを認めたのだった。金は証文の上では巴屋十三郎が借りたことになっているが、返済の期限は二百年後である。紅については善蔵が新たな商いは起こさぬと念書を入れたらしい。自分ひとりのことなら勝負に出たやも知れぬ善蔵だが、やはり子を思う気持ちが働いたらしい。それですべては決着したかにみえた。

ところが、それから数日して思わぬことが起きたのである。

「旦那さま、だ、旦那さまぁ！」

その日の明け方、直吉の異様な叫び声を聞き、表へ飛び出した惣兵衛が見たのは、ぱったり姿を見せなくなっていた角屋の市之助だった。市之助は向こう隣の紙漉き所の軒で首をくくってい、死んでなお見開いた眼で紅屋をじっと見つめていた。

店の潜り戸から飛び出した瞬間、惣兵衛はその顔を見て茫然とした。唇に紅を差し、まるで女子のようになった顔で、市之助は惣兵衛を見て笑っているようだった。昇りかけた夏の日が青白い顔をいっそう白く照らし、だらりと垂れた足下には朝靄が這っている。

「直吉、おかみさんに決して出てはならぬと言ってきなさい」

「⋯⋯」

「直吉！」

「は、はい」

直吉が躓きながら店の中へ消えて間もなく、起き出してきた紙漉き所の男たちが市之助を見つけて騒ぎ出し、そのうちのひとりが下帯に腹掛のまま自身番へ走っていった。やがて隣近所の表戸がぽつぽつと開きはじめると、悲鳴を上げたり駆け寄ってくる人々の動きで、低く淀んでいた朝靄は風に吹かれたように掻き乱された。

（間違いあるまい⋯⋯）

ひとり店の前に立ち、市之助を見つめていた惣兵衛の脳裡に、当て付けという言葉が浮んでいる。市之助は角屋から今度の取引のことを聞いたに違いない。そして絶望したのだろう。敢えて紅屋に向かい首をくくった死にざまがそう言っているようで、少なくともきっかけを与えたのは自分だと思った。

ひとつ何かをする度に誰かが死んでゆくような気もした。自分が生まれ落ちて母が死に、

やがて父が殺され、兄は切腹、見ず知らずの母子を死に追いやり、そして市之助が死んだ。不吉なのは市之助ではなく自分かも知れない。市之助はただ遠くからおいとを眺めていただけで、これというほどの悪さをしたわけではない。心の中でおいとをどう思おうとも放っておけばよかったではないか。

（結局……）

また殺したのかと惣兵衛は思った。だとしたら、これで一生、角屋には恨まれるだろうと思っていたとき、年配の男が小走りに駆け寄ってきて市之助のことを訊ねた。

「どこの人か、心当たりはありませんか」

「え、ええ……」

惣兵衛はためらいがちにうなずいた。男は紙漉き所の主人だったが、いずれ役人にも同じことを訊かれるだろうと思った。

「おそらく、日本橋本町の角屋さんの息子さんではないかと……」

「え……」

「日が昇りきらぬうちに、そちらさまの手で下ろしてやってもらえませんか」

そう言ったあとで、惣兵衛は微かに身震いした。紙漉き所の主人は別に不審には思わなかっただろうが、震えたのは、もしかすると体の中の、生まれつき不吉な血汁であったように惣兵衛は感じていた。

霧の橋

一

 この手で千切ったような綿雲を遊ばせてはいるが、空は透き通るほど青く、そこから降りそそぐ陽はすっかり秋の色を纏ったようだった。大川を走る高瀬舟の上にはこのところ藁、茅も新しい俵が目立つようになり、澄み切った日差しを浴びて川面より輝いて映ることがある。
 俵物を乗せた舟は上流へ下流へと行き交い、そこここで大川を横切る渡し舟やら気の荒い猪牙舟を巧みに躱してすすんでゆく。橋の上から眺めると、その黄金色の輝きは陽の力強い日中よりもむしろ夕暮れに近付くほど鮮やかに見えた。
 その夕、まだ日が落ちるにはしばらくかかるであろう時刻に、惣兵衛は本所から吾妻橋を渡った。長さ七十六間の、大きく緩やかに反った橋の半ばにさしかかると、さながら小高い

城山にでも登ったように遥か彼方まで見渡せる。浅草寺の五重塔や御厩河岸はもちろん、東本願寺の大屋根や高く反りを返した両国橋、そしてその下を帆をかけて走ってくるのは江戸湾から出入りする荷方舟だろう。

眼下に広がる大川は大小の舟で賑わっていたが、惣兵衛のいる吾妻橋は人影も疎らでひっそりとしていた。何かなしに橋の欄干に身をもたせ、行き交う舟を眺めながら、惣兵衛はついさっき別れてきたばかりの松葉屋三右衛門の言葉を思い出していた。

「市之助さんのことは忘れたほうがいい、ああいうことになったのも、あの人なりにいろいろと考えた末のことでしょう、角屋さんにしろ倅が尋常でなかったことは重々承知しているはずです」

そう三右衛門は言ってくれたが、あれから二月余りを経ても惣兵衛の胸のうちは変わらなかった。自ら死を選んだことには違いないが、おいとだけを生き甲斐にして生きてきた市之助の望みを絶ったのは自分である。遠州の農婦のときもそうであったように、最後の望みを自分が奪わなければ生き延びていたかも知れまい。そう考えているのは角屋勘兵衛も同じだろうと思う。

あの日、市之助の通夜に出向いた惣兵衛へ、角屋はほかの弔客と何ら変わりなく接したが、その眼だけは恨みを隠さなかった。

「お忙しいところお越しいただきありがとうございます、この度は紅屋さんには一方ならぬ

「お世話になり……」
　そう言って惣兵衛を見た眼は、息子を殺された父親の憎しみに満ちていた。脇腹とはいえはじめて血を分けた子であり、しかも家の都合を黙って受け入れてきた息子だけに却って情愛は深かったのかも知れない。親として済まぬことをしたという悔恨もあっただろう。その気持ちは、すでに親のない惣兵衛の胸には、むしろはっきりと伝わってきた。
（本当に忘れていいのだろうか……）
　それで終わるのだろうかと惣兵衛は思っている。その後おいとが市之助の話をしないのは当然と言えば当然だが、二人の間に触れられぬしこりができたときにふと惣兵衛は感じていた。暮らしは以前と何も変わらぬが、おいとと二人きりになったときにふと感じる気まずさは、死んだ市之助が残していった置き土産（みやげ）のようにも思われた。惣兵衛もそうだが、おいとはおいとでどこか滑らかに振舞えぬことが多くなった。
　つい先日も惣兵衛が眠れぬ夜を過ごしていると、不意に起き上がったおいとがお茶でも淹れてきますと言って台所へ立っていったが、結局、夜の夜中に夫婦して黙って茶をすすっただけであった。これがしばらく前なら、あれこれと世間話もし、肌を寄せ合いもしただろうに、そうしたときに限って脳裡に浮かんでくるのは市之助のことばかりなのである。
　夫婦がこうなることを望んで紅屋の前で首をくくったのだとしたら、市之助は見事に望みを果たしたと言っていい。自分への当て付けと思ったのはあるいは間違いで、市之助は死ん

でおいとの中へも入っていった。しかも二度と自ら出てくることはない。
（忘れられるだろうか……）
いいや、おいとも自分も互いの顔を見ては市之助を思い出す、このさきこんなことがずっと続くとしたら、忘れるどころか夫婦はいずれ壊れるだろうと惣兵衛は思った。あるいはもう壊れかけているのかも知れない。
おいとの眼差しに、このところ怯えのようなものが含まれているのを惣兵衛は感じている。その怯えは人ひとりを事もなげに死に追いやった男に対する恐怖であるようにも思われるし、ただ単に市之助の影に怯えているように映ることもある。どちらにしても妻が夫を見る眼差しではなく、あるときふと袖の裏を目にしたように、おいとは惣兵衛が隠し持っていた非情さに気付いたのかも知れなかった。惣兵衛にしろ市之助のことがあってはじめて気付いたようなものだが、突き詰めて考えてみたとき、そうした非情さは本来、武家なら誰もが持ち合わせているもののようにも思われた。ただ、未だにそんなことを思い迷うこと自体が間違いだったのである。
自分も自分の周りも、もう武家ではない。そう頭では分かっていながら、芯まで町人には成りきれなかったということだろう。そしておいとはおいとで、惣兵衛がいざとなれば人を斬れる人間であると承知していながら、実際に誰かが死んでみてはじめてその恐さを実感したのではないだろうか。

おいとは惣兵衛が市之助へ何と言ったかは知らない。むろん自分を守るためにしてくれたことだとは分かっているが、市之助があんな死に方をしたことで、ありがたく思う以上に恐さを覚えたに違いない。そのせいか、体ごともたれ込んでくるような妻の信頼を惣兵衛は感じなくなっていたし、おいとも素直にはそうできなくなったようだった。

（どうすれば……）

ぽつねんとして行く舟を眺めながら、惣兵衛はおいとの顔を思い浮かべた。こうしていても愛しく思う妻へ、どうして胸の内をありのままに打ち明けることができぬのだろうかと思う。が、そう思うのはひとりでいるときで、いざおいとを前にすると、たちまち市之助の影が邪魔をしに現われてくる。惣兵衛にしてみれば必死の思いで店もおいとも守ったはずが、思わぬ落とし穴にはまったようなものだった。結局、あの善蔵にさえ勝った自分が、市之助に負けるのだろうかと惣兵衛は思った。そう思いたくはなかったが、現実におい ととの隔たりは日増しに大きくなるばかりである。

　　　二

「まずはあなたが忘れなくちゃいけない」

とも三右衛門は言った。

「元お武家さまであることをね、ご自分では気付いていないのでしょうが、部屋に入る前に気配を窺う癖、入れば入ったで外の気配を窺う癖、左手で盃を取る癖、思ったことの半分も言わぬ癖、実よりも威武に頼る癖、こうして見ると、紅屋さんは刀を帯びていないだけで未だにお武家さまでございますよ」

「……」

「もっとも今度のことではそれが役立ちましたが……しかし市之助さんならずとも勘の鋭い人なら、紅屋さんを恐いと思うのも無理はないでしょうな」

三右衛門は膝の上に抱いた猫を撫でながら、そう思われるのはいまとなっては損なことです、むかしのことはこの辺できっぱりと忘れておしまいなさいと言った。

「長い一生のうちには、覚えているよりも忘れてしまったほうがいいことがたくさんあるんじゃないですかね、ただ漠然と生きてきたようなわたしにだって、そりゃあたくさんありましたから……」

しかし角屋はもちろん、世間がそうさせてくれるとも惣兵衛には思えなかった。早い話が勝田屋善蔵がそうだった。

向島の角屋の寮で営まれた市之助の通夜には、当然のことながら善蔵も来ていた。まさか惣兵衛が来るとは思わなかったのか、呑気に顔を出した仲買いの益蔵は惣兵衛を見るなりそそくさと姿を消したが、

「やあ、紅屋さん」

善蔵はまるでわだかまりなどないかのように、焼香を済ませて帰ろうとした惣兵衛へ明るい声をかけてよこした。ただし、それからの言い草は水に流すというものではなかった。

「今日はとんだことで、たいへんでございましたでしょう」

次の間へ誘うと、善蔵は予め陣取っていた上座にどっかりと腰を下ろした。座敷にはほかにも数人の弔客がしんみりと酒を飲んでいたが、一瞥したところではどれも見知らぬ顔触れだった。大勢いるはずの弔客はいくつかの部屋に分散していたらしい。

「実は市之助さんにはわたしもお世話になっていたのですよ」

言いながら、善蔵は惣兵衛に盃を差した。

「歌舞伎香の役者絵、あれは市之助さんが描いてくれたものでしてね、なかなかの才がありました」

「そうでしたか……」

「生きていれば、いずれはその道で名を成したかも知れぬというのに、惜しいことをしましたよ、ま、よほどこの世が厭になってしまったのでしょうな」

そう言うと、善蔵は手酌で酒を注いだ。惣兵衛に取られた五百両など気にもしていないという顔で、仕草も落ち着いていた。実際のところ、角屋と折半したとしたら、勝田屋にとっ

て二、三百の金はたいした痛手ではなかっただろう。だが紅屋との勝負に負けたという意識は、屈辱を伴い善蔵の脳裡に染みついているはずだった。
「今日は、彦次郎さんは?」
惣兵衛はちらりと座敷を見回した。
「さきほど顔は出しましたが、用事があるとかで帰りました、何か御用でも?」
「いえ、別に……その後いかがかと思いまして……」
「元気ですよ、あれは少し足りないところがありますが、自裁するような男じゃありませんから」
善蔵はにやりと笑い、盃を干すと、
「ところで、こんなものが出てきましてね」
と今度はあからさまににやにやとしながら、懐から折り畳んだ紙を取り出して惣兵衛に差し出した。
「どうぞ、ごらんください」
言われて開いてみると、ひとりの女の絵が描かれていた。片手に商売用の太い紅筆を持ち、紅猪口に紅を塗る姿は、その特徴をよく捉えている。店先に客の姿がないのは絵師本人が客の視点で見ているからで、上げ見世の広さも柱の位置も忠実に描かれている。どこにも紅屋の文字はないが、一目見てそうと分かる人も少なくあるまい。ただひとつ違うのは、紅

を売る女が着物を身に付けていないことで、その美妙な曲線の果てには薄い恥毛までが描か れていた。
（似ている……）
と見た瞬間に惣兵衛は思った。まるでおいとのすべてを知っているかのような描写で気味 が悪いほどだった。むろん市之助がどうやってそこまで見極めたかを考えると気分はよくな かったし、目の前にいる善蔵の薄笑いはさらに不愉快だった。
「どうです、美しいうえにまるで生きているようじゃありませんか、これが市之助さんの才 ですよ」
「さて、わたしにはよく分かりませんが……」
惣兵衛がすぐに絵を畳んで返すのに、善蔵は差し上げますと言った。
「たくさんあるのですよ、何百枚と……」
「いえ、けっこうです」
「遠慮なさらずにどうぞ、そのうち日の目を見ることがあるかも知れません」
善蔵はむりやり惣兵衛の膝口へ押しつけると、故人の形見分けだと思って納めてください と言った。
「わたしもすでに何枚かいただきました、大金を叩いて買ったと思えば見甲斐もあろうとい うものです」

惣兵衛はやむなく受け取りはしたが、同時にはじめて善蔵に殺意に近い憎悪を覚えていた。いまになって考えてみると、もしもそこに刀があったなら斬り捨てとさえ思う。殴ることもせず、どうにか我慢を繋ぎ止めたのは、そこで騒ぎを起こせば騒ぎの原因が世間に知られるだろうと考えたからで、知られて困るのは善蔵ではなくおいとだった。
　そうした絵が大量にあるというのも、市之助の思いを考えれば事実に思えたし、そのうちの一枚でもなくすことができたのは結果としてはよかっただろう。が、そのまま帰るほど惣兵衛は善蔵を許してもいなかった。
「しかし、あまりいい趣味ではありませんな」
　惣兵衛は善蔵の眼をまっすぐに見つめて言った。
「市之助さんの奇才はともかく、勝田屋さんともあろう人が楽しみに眺めるものでしょう、市之助さんの供養にもならぬと思いますがね」
　物静かな口調だったが、いきなり対等な口を利きはじめた惣兵衛に善蔵は少なからず瞠目したようだった。
「……」
「もっとも、人の痛みなど分からぬからこそ、平然と通夜の席でこんなものを持ち出す、商いも似たようなものので勝田屋の身代は人柱が支えているそうじゃありませんか」

「それほど金が大事なら……」
　惣兵衛はさらにぎらりとした眼光を向けると、周囲には分からぬように声を低くした。
「いっそのこと金の心配をしなくて済むようにする方法もあるのですよ」
　露にした殺気は伝わったはずだが、果たして善蔵が心底怯えたかどうかは分からなかった。
　ただ視線を落とし黙り込んだ善蔵へ、
「どうやら、お互い酔いが回ったようですな」
　惣兵衛は今度は周囲にもはっきりと聞こえる声で言って辞去した。そのときは分別がなかったとは思わなかったし、案の定、その背へ善蔵は厭味な言葉を投げかけてきた。
「伜もたいそうお世話になりましたが、やはりご縁がございますな、どうぞお気を付けて」
　意気がりとも脅しとも取れたが、惣兵衛は振り向かなかった。善蔵にしてはひどく滑りの悪い口調で、却って殺気が和らぐのを感じたほどである。
「下衆め」
　かわりに惣兵衛は口の中で呟いた。あの善蔵がひとことも口を挟まず、自分が背を向けるまで黙っていたのだ、別れ際の台詞も負け惜しみだろうと思った。市之助が描いたおいとの絵は、角屋の寮を出て間もなく、石を包み夜の大川へ投げ捨てた。そうすることで気分もいくらかはすっきりとした。

ところが、善蔵の言葉にはやはり脅しが込められていたのである。そのことに惣兵衛が気付いたのは、隅田堤を吾妻橋へ向かいはじめて間もなくだった。葉も色褪せたであろう桜並木に挟まれた暗い道を長命寺の近くまできたときには、惣兵衛は跡をつけてくる人の気配をはっきりと感じていた。はじめは自分と同じように家路を急ぐ者だろうと思ったが、じきに前方の桜木の陰にも二、三人潜んでいるのに気付き、間違いないと思った。

（なるほど、そういうことか……）

しかし、そうと分かっても、惣兵衛は意外なほど落ち着いていた。善蔵が取り繕っていた怒りが見えてくるのと同時に、そのために人まで雇ったらしい善蔵が急に取るに足らぬ男に思え、むしろさっぱりとしたくらいだった。五感を澄ますと、跡をつけてきたのは二人らしく、まだ惣兵衛との距離を十分に保っていた。まず襲ってくるのは前方の男たちだろうとみて惣兵衛は彼らの動きに集中したが、あと数間というところまできたとき、意外にも男たちはぞろぞろと姿を現わした。

三人の男はそれぞれに木剣を手にしていたが、いずれも町人らしかった。惣兵衛が近付いて提灯を向けると、そのうちのひとりが声をかけてきた。

「紅屋さんだね」

惣兵衛は黙っていた。顔を確かめるために出てきたらしいが、だったら背後の二人は惣兵衛と知らずにつけてきたことになる。少し間が抜けているなと思ったが、善蔵が差し向けた

ものなら相手になるつもりだった。

「勝田屋に頼まれたのかえ」

と惣兵衛は逆に男へ訊ねた。表情も声も穏やかだったが、治まりかけていた憤怒は、遣いようによっては自分を殺すであろう木剣を見た途端に甦っていた。

「訊いたことに答えないか」

「…………」

「答えぬと怪我をするぞ」

言いながら、惣兵衛はさらに歩み寄り、

「紅屋だ、やっちまえ!」

そう男が叫んだときには左の男へ提灯を投げつけていた。と同時に正面の男へ体当たりをしながら当て身を入れて奪った木剣で、棒立ちになっていた右の男の鳩尾を突き、振り向きざまに、ようやく木剣を振りかぶった左の男の手首と膝頭を打ち砕いた。まさに一瞬の早業で、背後の二人に詰め寄る暇すら与えなかったのである。

振り返り構え直した惣兵衛へ、用心深く近付いてきた二人は侍だった。

「油断するな、こやつ剣術を使うぞ」

片割れが片割れへ言うのが聞こえたが、惣兵衛は木剣をぴたりと正眼に構えて動かなかった。果たして久し振りに握った木剣は重いとも感じず、体も自然に動いていた。侍はいずれ

「武士なら名乗られよ」

やがて惣兵衛が言うと、侍は答えずにひとりが前へ出た。そして打ち合いの間合いに入るや、容赦なく真剣を振るってきた。が、暗闇にもかかわらずその太刀筋はよく見え、惣兵衛は木剣を合わすことなく軽々と攻撃を躱した。二度躱し、三度目に斬りつけてきたとき、惣兵衛は大きく退いて見せて相手を呼び込み、逆に喉元へ突きを入れた。真剣であればむろん命取りだが、侍はもんどり打って倒れた。

惣兵衛はすぐに構え直して、もうひとりの侍のほうを見たが、

「いかん、こやつ侍だ、引きあげるぞ」

侍はほとんど惣兵衛に向かって叫ぶと、転倒した仲間へ駆け寄り、どうにか抱きかかえて後退りした。

（それでも武士か……）

二人が這う這うの体で逃げてゆくのを見届けてから、惣兵衛は当て身で倒しておいた男へ近付いた。片膝をつき、男の胸倉と手首を取ってぐいと引き起こすと、男はようやく気が付いて眼を開けた。

「誰に頼まれた？　言わぬと腕を折るぞ」

惣兵衛が言ったが、男は黙っていた。
「そうか、おまえのような男でも義理は立てるか」
そう言うと、惣兵衛は立てているほうの膝を使い男の腕をねじ曲げた。男は呻き声は上げたが、やはり口は割らなかった。
「ぎりぎりのところだが、どうする」
「い、言うまい！」
「では、やむを得まい」
惣兵衛はさらに力を込めようとしたが、そのとき背後からこっそりと近付いてくる人の気配を感じて首だけ回した。
「だ、誰だ、そこで何をしている」
その声は、まだかなり離れたところから提灯をかざして男の声が言い、無頼の輩を懲らしめているところだと惣兵衛は応えた。
するといくらか近付いてきた男が、
「その声は、もしや紅屋さんですか」
と言った。男は神田の春日堂だった。
「お怪我はありませんか」
春日堂は惣兵衛と分かってからも、しばらくは用心深く辺りをきょろきょろと見回してい

「大事ありません、それより灯を近付けてもらえませんか」

惣兵衛は言いながら、男の手首を握った手にさらに力を加えた。ようやく歩み寄った春日堂が提灯をかざすと、我慢も限界に近いのだろう、三十前と思われる目付きの悪い男は苦痛に顔を歪め、額に脂汗を浮かべていた。

「いま一度だけ訊ねる、誰に頼まれた？」

惣兵衛は努めて穏やかに言った。

「腕のかわりに首を折られたいのか」

すると男はがっくりとうなだれた。

「に、日本橋の……」

「聞こえぬ」

「日本橋室町の、か、勝田屋だ」

男は今度ははっきりと言い、惣兵衛と春日堂は顔を見合わせた。春日堂は目を丸くして、まるで鯉のようにぱくぱくと口を開け閉めしていたが、惣兵衛は男へ視線を戻すや、じっとその眼を見つめて言った。

「このまま奉行所へゆくか、それとも腕を折るか、どちらか選べ」

「……」

「早くしろ」
男は一瞬すがるような眼をして惣兵衛を見上げたが、やはり駄目らしいと分かると、唇を震わせ、ようやく聞き取れる声で言った。
「う、腕だ」

　　　三

（あのとき……）
春日堂に見られたのはまずかったと惣兵衛は思っている。できれば来合わせたのが別人であってくれたらと思うのだが、物事がうまくゆかぬときの巡り合わせとは得てしてそういうものだろう。
　春日堂は善蔵がごろつきを雇って惣兵衛を襲わせた事件の証人ではあるが、惜しむらくは生来、口の軽い男だった。あの夜目にしたことをどうにも胸の奥へ仕舞い切れず、三日もすると世間へ吹聴しはじめたのである。さすがに勝田屋の名こそ出さなかったが、惣兵衛の武勇はたちまち仲間にも知れ渡り、やはり根は侍だという認識を改めて人々の心に植え付けたようなものだった。
　そのことは、その後、惣兵衛を見る仲間の視線でも分かった。これまでになく一目も二目

も置いた眼差しをくれるのとは裏腹に、一線は画したいという気持ちがその眼に表われるのである。言い換えれば本来住むべき世界が違う男への畏怖であり、と同時にできれば排斥したいという意志の表われでもあった。

惣兵衛が男の腕を折ったのは、言ってみれば見逃してやるためのけじめだったが、話を聞いただけの人々の心には恐ろしい男としか映らなかったのかも知れない。なぜ男がそう望んだかを考えれば、それが情けであったことも分かるのだが、聞き伝えでそこまで考えてくれる人は少ないだろう。そして上辺だけの話は誰からともなくおいとの耳へも入ったのかも知れなかった。

それでも市之助の絵のことが知れるよりは遥かにましだった。もしも善蔵が世間へばらまくようなまねをしたら、春日堂を連れて町奉行所へ訴え出ればよい。例の男たちの名も居所も分かっている。そのことは、当然のことながら善蔵も考えにあるだろう。どちらかが裏切れば互いに痛い目を見るはずで、惣兵衛と善蔵は図らずも黙契したのだった。

しかし、それをおいとへ打ち明けるわけにもいかなかった。絵のことが知れれば、それでなくともぎこちない夫婦の仲にさらに大きなひびが入るのは見えている。そして、おいとは苦しむだけだろう。とどのつまり、市之助のことはすべて三右衛門が言ったように忘れるしかないのかも知れぬが、そうできるまでには自分もおいとも長い時がいるだろうし、果たしてそれまで持つだろうかという不安のほうが大きかった。

惣兵衛は、いつの間にか綿雲の消えた空を見上げた。空はまだ青く、日はますます澄んだ光を大川へそそいでいたが、川面を渡る風は心なしか冷気を含みはじめていた。眼下には蔵前で荷を下ろしたのだろうか、空荷の舟が軽々と川を遡ってゆくのが見える。その櫓が水を切ったあとの川面が陽を照り返し、惣兵衛のいるところからは白くゆらゆらと揺れて見えた。

夕暮れはしかし、それからすぐに来た。雲の消えた空はにわかに薄鼠色に変わり、西の空には落ちてゆく日輪が赤い姿を見せた。日差しは遮るもののない吾妻橋からも遠ざかり、かわりに淡い夕闇を運んできた。

結局、何ひとつ考えのまとまらぬまま、惣兵衛はまた歩き出した。日が暮れかけて却って人出の増した吾妻橋を渡りながら、皮肉なことに商いの先行きだけはよく見えているように思った。

市之助の葬儀から一月半ほどして、益蔵は紅屋へ最上産だという紅餅を納めたが、果たして量は例年の二割足らず、質も悪く、惣兵衛は先手を打って翌年以降の取引をこちらから断わっている。益蔵は惣兵衛にあっさり切られたことにかなり驚いたようだったが、角屋の後押しを信じていたから、それでもすぐに気を取り直してみせた。が、それも長くは続かず、角屋は紅屋とのことが終わったいま、敢えて益蔵を使う気はなかったのである。やがて当てにしていた角屋の態度が変わり、益蔵は慌てたが、紅屋に切られたわけはすで

に仲間うちに知れ渡っていたから、どこにも相手にされず、いまでは同業の誰かに利権を譲り廃業するよりほか仕方がないところまで追い込まれている。惣兵衛に吐いた虚言が現実となってしまったわけで、甥の房次とやらが顔を出す幕もなかった。

その益蔵にかわり、惣兵衛はいっそのこと八十八に投資してみようかと考えていた。益蔵の利権を買ってやるのもいいが、人手を増やし久留里との取引も含めて紅屋のために働いてもらえれば、仕入れの心配はなくなるだろう。そして本当に新しい紅餅を作る試みをはじめてもいい。最上の紅花は商人が群がりすぎて質が落ちてきているというし、種だけ入れて小規模にやるほうが、案外上質の餅ができるかも知れない。そういう試案や算段は不思議とすぐに思い付くようになっていた。

この夏の間に、巴屋十三郎にも会った。

一家はいまも市ヶ谷田町の笹屋という小間物屋に身を寄せているが、それもあと僅かのことで、十三郎が新たに作った白玉散という生白粉を笹屋が売り出すころには、それを置き土産に市ヶ谷を離れ、勝田屋から取り戻した五百両を元手にまたどこかで店を構えるらしい。その店にはいずれ湯島の勝田屋からも多くの人が流れるだろう。そして白玉散に次ぐ白粉が売り出されれば、早晩、勝田屋の歌舞伎香の売り上げは頭打ちになるか、あるいは食われるかも知れない。

が、それよりも、今度のことで十三郎は商いの考え方を変えたらしく、仲間と共栄するた

めには家伝の製法をある程度まで提供することも考えているというから、もしも実現すれば不振に喘ぐ仲間にとっては回生の力となるはずである。

惣兵衛が市ヶ谷に訪ねたとき、十三郎は興奮気味に幾度となく礼を述べたが、しばらくして落ち着くと、こんなことも言った。

「三河をはじめ、京、大坂の商人が江戸へ出てきた当初は、日本橋や常盤橋、そこここの橋詰めで立ち売りからはじめたそうです、いまでは立派な呉服屋や小間物問屋も父祖の代にはそんなものだったのでしょう、畳一帖の場所の取り合いで喧嘩もされた、握り飯を分け合いながら雨がやむのを眺めていたこともあったそうです、考えようによっては、そのころのほうが商人にはずっと夢があったかも知れません」

惣兵衛にも十三郎の言いたいことは分かるような気がした。いまとなってはそうしたやり方で商いをはじめるのはむつかしく、しかも喧嘩は喧嘩で終わってしまうようなところがある。互いの気迫に触発されたり、ときには相手を殴りながらこちらが痛みを感じるようなことが、なぜか少なくなりつつあるようにも思う。

そんなふうに思うのは重ねた齢のせいかとも思うが、一方では善蔵のように父祖のころなど忘れてしまったような人間もいる。それが現実だが、その勝田屋でさえこれからどこまで続くか分からぬのも現実だろう。一年さきはどうにか見えても、そのさきは分からぬのが商いである。そう考えると、いま自分が見ているつもりの末もたしかなものではないような気

がした。うまく立ち回ったはずの益蔵が自滅し、十三郎がどん底から甦ったように、見ているようで誰も末のことなど見えぬのかも知れない。

だが夫婦のことは別だと思った。たしかな末は見えずとも夫婦はどうにかやってゆけるが、互いが見えぬようでは長くは続かぬだろう。巴屋十三郎は妻子とともに苦難を乗り切ったが、自分とおいとはこれからどうなるのだろうか。そう思うと急に足が重くなり、惣兵衛はまた立ち止まって大川を見た。ちょうど足下の橋杭の間を高瀬舟がすり抜けてきたところで、荷を積まぬ舟は見る見るうちに暗い川面を滑るように去っていった。遠ざかる舟を見送りながら、おいとは市之助のことを忘れてくれるだろうかと惣兵衛は思った。舟が荷を下ろすように過ぎたことを忘れられたら、どんなに楽になるだろうか。

答えは遠い闇の中にあるようだった。

　　　　四

日も暮れて店へ戻ると、ちょうど番頭の茂兵衛が帰るところで、

「お帰りなさいまし」

土間で惣兵衛に挨拶をしてから、少し早いが用事があるので今日はこれで帰らせてもらいたいと言った。今日明日にも初孫が産まれそうなのである。

「帳面のほうは？」
「大方済みました、残りも明日中には片が付くかと思います」
「それならいいでしょう」
ごくろうさま、と言って惣兵衛は店へ上がりかけたが、
「あ、番頭さん」
ふと思い付き、潜り戸に手をかけた茂兵衛を呼び止めた。
「紅売りのことだがね」
「はい……」
「いや、それも明日にしよう」
惣兵衛は茂兵衛の落ち着かぬ顔を見て言い直した。急ぎというほどの用事でもなかったが、しばらく茂兵衛がいてくれれば何となく家の中の空気が和らぐような気がしたのである。
茂兵衛はしかし、ではごめんなさいましと言ってそそくさと帰っていった。
惣兵衛は潜り戸のさるを下ろした。振り返り店の中を見回すと、暗く、がらんとしていた。たったいま惣兵衛が戻り、茂兵衛が出ていった外の夕闇よりも物淋しい気がした。いつもなら灯が灯り人声もするのだが、職人とおもんは早くに帰るし、直吉と竹造は今日は近くに開業した算者指南へ行っているはずだった。
二人には帰りは勝手口から入るように言ってあるし、おいとも台所にいるのだろうと思

い、母屋の廊下を歩いてゆくと、人のいないはずの客間で何かが動く気配がした。
「おいとか」
と惣兵衛は声をかけたが返事はなかった。しかしそっと障子を開けると、やはりおいとが背を丸めてうずくまっていた。
「どうした、灯もつけずにそんなところで何をしている」
「何でもありません、ごめんなさい、すぐに行きますから……」
「具合でも悪いのか」
「いいえ、違います、すぐに行きますから」
そう繰り返したおいとの声には、頼むからいまは来ないでくれという切実な願いが込められているようだった。
「じゃあ、茶の間にいるよ」
と言って惣兵衛は障子を閉めた。妙だとは思ったが、無理に入ってゆくのはためらわれた。ひょっとして月虫（生理痛）だろうかという気もしていた。おいとはときおり早く来ることがあり、そういうときは男には決して分からぬひどい痛みが起こるらしく、しかも突然襲ってくると聞いている。さっきまで茂兵衛が店にいたし、たまさか見えるところで痛みに襲われ、咄嗟に客間へ入ったのかも知れない。いずれにしろ、月虫ならしばらくじっとしていれば痛みは和らぐはずだった。

ところが、遅くなってごめんなさいと言って、おいとが茶の間へ顔を見せたのは、それから大分してからだった。
「お酒にしますか、それとも……?」
「うん、酒をもらおうか、じきに直吉たちも腹を空かせて帰ってくるだろうから、飯は落ち着いてからでいい」
と惣兵衛は言った。おいとはまだ少しつらいようで、心なしか青白い顔でうなずくとさっと台所へ立っていったが、今度はすぐに戻ってきた。
惣兵衛は何となく月の物かと訊きづらくなっていた。もっとも察していながら訊ねることでもないのだが、頰を染めてうなずくおいとを見てみたいような気もしていた。ためらっているうちに、
「お留守の間に志保さまという御方がお見えになりました、お手紙をお預かりしたのですが、大切なもののようなので寝間の簞笥に仕舞っておきました、いま取ってきます」
とおいとが言った。
「そうですわ」
「いや、いい」
あとでいい、と惣兵衛は言った。秋には帰国すると言っていたから、その挨拶だろうと思った。

「急ぐ用ではないだろう、それよりいつごろ見えられた、おひとりだったか」
「はい、おひとりでございました、一刻ほど前だったと思います、まだ外も明るかったですから」
 おいとは浮かせた腰を下ろして言った。
「はじめ、おもんさんがお相手したのですが、志保さまはあたしと間違えられたようで、しばらくおもんさんと話していました、人違いと気付いてあたしを呼ぶと……その、一関の田村さまのご家中だとおっしゃり、江坂さまはいらっしゃるかと……」
「それで？」
「留守だと申し上げると手紙をくだされ、それから紅と紅板をお求めになりました、紅は多めに塗って差し上げたのですが、お代をいただいていいものかどうか迷いました、何も聞いていなかったものですから……」
「それはすまなかった、だが心配するようなことは何もない、志保どのは江戸詰の祐筆頭でな、それは長く江戸におられたのだが、今度帰国することになり土産を買いにきていただけだ、以前、日本橋でばったりお会いしてな、わたしの遠戚にあたるお人だ」
「そうですか、でしたら、やはりお代をいただくのではありませんでした、向こうさまも何もおっしゃらなかったものですから……」
 おいとは残念そうに言ったが、それでは女房の立場がないと言っているようでもあった。

「無理にでもお引き留めして、奥でお待ちいただくのでした」
「気にすることはない、本当に遠い縁なのだ」
平然と偽りを言っていることに、惣兵衛は少し後ろめたさを感じたが、同時に別の思案もしていた。いまならひょっとして壊れかけた夫婦の仲を修復できるのではないかと思ったのである。おいとはいつもより感情を露にしているし、それは微妙な体調のせいかも知れなかったが、きっかけを与えれば胸の底で鬱蒼としている思いを吐き出すかも知れないと思った。
「そういえば松葉屋さんがね……」
惣兵衛は思い切って切り出したが、ほぼ同時においとの口から洩れた呟きに、あっけなく二の句を遮られてしまった。
「落ち着いていて、とてもきれいな御方でした」
「え……」
「志保さまです、お武家さまの女子はみなあのように落ち着いておられるのですか」
「いや、人にもよるだろう、武家だから落ち着いているというわけではない、長らく祐筆頭として勤めてきた、そうした経験もあるだろう」
「祐筆って何ですの」
「御上や奥方さまのお側近くに仕えて物を書くお役目だ、志保どのは奥向きの祐筆頭ゆえ奥

方さまに仕えている、いずれにしろ学問の素養がないと勤まらぬお役目だ」
「そうですか……」
「もうその話はいいだろう、それより松葉屋さんがね……」
惣兵衛が話を戻そうとしたとき、今度は台所のほうから直吉と竹造が帰宅を告げる声がして、さっとおいとが腰を上げた。
「さきにご飯を食べさせてきます」
「うむ、そうしておやり」

惣兵衛は笑みを拵えて言ったが、内心、話の嚙み合わぬところまできた心のずれと、たやすく直吉らに機を奪われた間の悪さに落胆していた。ああしておいとは恐れから身を守っているのだという気もした。話がほんの少しでも夫婦のことや市之助のほうへ向かいそうになると、不思議なほど敏感に感じとって守りに入る。市之助が描いた絵を見たりしたら、どうなるのだろうかと惣兵衛は思った。

おいとは自分が市之助のことを打ち明けなければ市之助は死ななかったと思っているに違いない。そして死なせたのは夫だとも思っているだろう。だが、そうさせたのは武家の夫であって商人の夫ではないとも思っているはずである。そもそもおいとの生きてきた小さな世間に、武家ほど野蛮で冷酷な人間は見当たらない。が、その一方で、武家にもいろいろいることもおいとは知っている。そのむかし浅草田圃でおいとを襲った暴漢も武家だったが、助

けた惣兵衛も武家だった。市之助のことや向島でのことがあって、おいとは夫の本当の姿が分からなくなっているのではないだろうか。

（しかしこのままでは……）

惣兵衛は口へ運びかけた盃をとめて溜息をついた。二人とも市之助のことを忘れられぬだろうと思う一方で、このまま眼を背けながら、いったいおいとはどうやって夫の本性を見極めるつもりなのだろうかと思った。

夜がすすみ、おいとが明日の支度やら片付けものをしている間に、惣兵衛は吉山志保の手紙を手にした。文机に向かい封書を開くと中には二通の手紙があり、短い切り紙のほうに志保の署名がしてあった。達筆で歯切れのよい文章はさすがに祐筆頭だと思ったが、読みはじめてすぐにそれが別辞を述べたものではないことも分かった。

春先にお目にかかったおりに申し忘れたことがございます。伯母のふみがご尊父を死なせ、江坂家の命運を変えてしまったことにつき、あなたさまにご意志あれば果たし合いを所望していたことです。今日までの経緯は伯母の筆にあり、ここに申し上げるまでもないが、伯母は変わらぬ覚悟にて、いま江戸へ出てきております。自分は明朝には国許へ向けて旅立つが、伯母に万一のことあれば最期の様子なりとお知らせいただきたい、とあり、末尾には一関での寄寓先となる義兄の名と役職が記されていた。

まさかと思いながら、惣兵衛はもう一方の手紙を開いた。

奥津ふみの手紙には惣兵衛の父への積年の想いと詫びが綴られてい、末筆には天地神明に誓って自分がまことの仇であること、そしていまでも仇を討つ意志があるなら、当月二十五日、明けの七ツ半（午前五時頃）、吾妻橋にて待つので御足労願いたいと書かれていた。

二十五日といえば明後日のことだった。

（なぜいまさら⋯⋯）

気は動転したが、十七年間ひたすらひとりの男を思い続けてきたふみにとり、決していまさらではないことは、その文面から容易に察せられた。死を望んでいることも明らかである。それも男の息子に斬られて死にたいと願っているのだと思った。手紙の最後にはそこから切り取れるように、果たし合いの趣意書が書かれていたから、仮に惣兵衛がふみを討ち果たしたとしても、そのまま役人に見せれば重い罪には問われぬはずであった。

それにしても、ふみはもう五十に近いはずである。その歳になってまで父を思う気持ちがあるのなら、なぜああなる前にひとこと父に相談できなかったものか。いまさら立ち合うといっても女子がまともに戦える齢でもあるまいと思っていたとき、不意においとの声がした。

「おまえさん、入りますよ」

障子を開けたおいとは、茶を運んできた盆を下へ置くと、惣兵衛の背後から文机を覗き込むようにして言った。

「お手紙、何とございました?」

五

「やはり近々帰国なされるそうだ、遅くなると一関への道は寒くなるだろうと……」

そう振り向かずに答えた惣兵衛の背へ、

「それだけですか」

とおいとは言った。厚い封書の中身がそれだけとは思えなかったし、そもそも別れの挨拶を述べにきたにしては、志保の様子にも不審なところがあった。待たせてくれとも言わなかったのは、惣兵衛が留守であろうとなかろうと、はじめから手紙を届けるつもりだったからだろう。その中身が惣兵衛が言うように簡単な挨拶とは思えない。

「まあ、ひとことで言えばそういうことになるだろう」

惣兵衛は穏やかに言ったが、おいとは冷たく突き放されたような気がした。夫の口から聞きたかったのはそんなことではなく、本当にもう田村家とは関わりがないのか、そしてないと言うのであれば、なぜ志保が訪ねてきたのかだった。惣兵衛は遠縁の者だと言ったが、江戸にいながら一度の往き来もなかった者が、別れの挨拶にだけ訪ねてくるというのはおかしい。志保が帰国するのは事実としても、それよりも遥かに大事なことを夫は隠しているので

はないかと思った。

市之助の通夜の晩、向島で起きたことも惣兵衛はとうとう言わなかった。おいとは人伝に聞いただけでも体が震えたが、本当に恐ろしく思ったのは惣兵衛がいまでも平気で人を傷付けられるということだった。身を守るにしても限度を越えていると思った。刀を帯びていないだけで、いざとなればいつでも人を斬れる、そういう夫を垣間見たような気がした。

市之助のことは仕方がなかったのかも知れないと思う。事情はどうあれ結果として胸にこびりついた染みは、時をかけて徐々に薄めてゆくよりほか消しようはないだろう。そう思うのは、もしも惣兵衛が勝田屋との勝負に敗れ、自分が市之助のものになるような破目になっていたら、逆に自分が死を選んでいただろうと思うからで、そのことで惣兵衛を咎めようとは思わない。だが棒切れのように人の腕を折ったり、歩けなくなるほど傷付けておいて平然としていられる男を頼もしいとも愛しいとも思わぬのである。そんなことができるのは、七年前にきっぱりと身分も刀も捨てたはずが、結局心までは捨て切れずにいるからだろう。あの穏やかな眼差しの奥にも冷酷な光を隠しているのかと思うと、以前のようにまっすぐには見つめられぬのである。

おいとが心からもたれかけていた男は、商いのことは分からずとも必死で町人になろうとしていた惣兵衛だった。また、そうできる人だと信じていた。それなのに、いまの惣兵衛は別の男のような気がしてならない。

それもこれも、心のどこかで未だに武家に未練があるからではないだろうか。たまさか自分と出会わなければ、刀を支えに生きてゆけた人ではなかったろうか。一度そう思いはじめると、自分が惣兵衛の足枷になっているようにも、惣兵衛がその足枷を外しにかかったようにも思われた。いずれにしろ平凡な町人の夫婦としてでなければ、おいとは惣兵衛についてゆくことはできぬだろうと思っている。しかし自分が武家にはなれぬように、あるいは惣兵衛が町人になり切れぬのは当然のことかも知れなかった。ただ何とかしてそうなってほしいと、いまもおいとは祈るような気持ちでいる。

「おまえさん、あたしに何か隠してはいませんか」
おいとは文机の隅に茶を出すと、勇気を振り絞って言った。
「市之助さんが死んでからというもの、何だかおまえさんが違う人になったみたいで、あたし恐いんです」
そう言って見つめたが、惣兵衛は振り向かず、少し間を置いてから答えた。
「わたしは何も隠してなどいない、そんなふうに思うのは、おまえが、わたしを見る眼が変わったからじゃないのか」
「……」
「わたしはおまえに隠さなければならないようなことは何もしていないつもりだ」
「ほんとうに?」

すると惣兵衛はようやく首を回して、おいとを凝視した。
「亭主の言うことが信じられないのか」
「だって……」
と言いかけて、おいとは絶句した。向島のことだって隠しているじゃない、と言いたかったが、惣兵衛の視線は威圧的で口まで塞がれたような気がした。うつむき、泣きたい思いを堪（こら）えていると、惣兵衛が言った。
「変わったのはおまえのほうじゃないか、いったいわたしが何を隠すというんだ」
「……」
「妙なことを言うもんじゃない」
「だったら、その手紙、読んで聞かせてくれませんか」
「今日は疲れている、またにしてくれ」
　ほかに言いようもなく、惣兵衛は手紙を畳みはじめたが、そのときおいとが向けてきた険しい視線に片側の頬だけが熱くなるのを感じていた。さっきは自分が、今度はおいとが必死で歩み寄ろうとしてきたというのに、頭の中はすでに奥津ふみとの果たし合いのことでいっぱいだった。それでもふみとのことを終えなければ、自分はもちろん、もう何も変わらぬような気がしていたのである。
（どうすればいいの……）

おいとは途方に暮れて口をつぐんだが、
「お布団、敷いてきます」
やがて静かに立ってゆくと、惣兵衛は冷めた茶をすすった。ただ冷たいだけの塊が胃の腑へ落ちるのが分かり、薄ら寒い気がしたが、それからしばらくして寝間へゆき、夜具へもぐり込むと、胸に満ちてきたのはさらに荒涼とした思いだった。それは隣の床で息を潜めているおいとも同じかも知れず、もう二人はそんなものしか分かち合えなくなっているのかも知れなかった。

　　　　六

　納戸の行李を開けて大刀を取り出すと、惣兵衛は七年振りに鯉口を切った。傷付き古びた鞘を離れた刀身には、それでも錆ひとつなく、闇の中から微かな光を集め冷たく輝いている。そういう不思議な力が、柄を握る手にも伝わってくるようだった。
　刀は、十九のときに、仇討ちの旅に出る朝、兄が持っていけと言ってくれた父の差料である。長身の惣兵衛にはやや短めだが、重く強靭な蛤刃で扱うには却って無理がない。
　惣兵衛は客間で着替えをし、刀は釣りの継ぎ竿入れに入れて家を出た。約束の時刻まで優に小半刻はあっただろう、たっつけに草鞋掛け、菅笠の装いは傍目には太公望である。

台所から一歩外へ出ると、まだ暗い庭には霧が立ちこめてい、夜気とも朝露を置きにきた使いともつかぬ冷気が漂っていた。霧は深く、提灯もさしていては役には立たぬように思われたが、木戸番に怪しまれぬように持って出た。

探るようにして裏庭から狭い路地へ出ると、霧はさらに濃い表通りから微かな風に流されてきているのが分かった。家を出てすぐ左手の塀際に天水桶があり、二間もゆくと右手には雨ざらしで朽ちかけた縁台があるはずだった。あることを知っていなければぶつかりそうな霧の中を歩きながら、きのう一日、おいとは無口だったなと惣兵衛は思った。夕餉のときに少し口は利いたが、そのあとしばらくは台所で片付けをし、寝間へきてからはまた無口になった。前夜のことを怒っているようにも、またぞろ市之助のことを思い出し、鬱いでいるようにも見えた。

惣兵衛が行灯を消そうかと言うと、

「ええ、そうしてください」

と言って、すぐに夜具に入った。

あるいは、おいとは心が冷めてきたのではないかという気もした。市之助のことはただのきっかけで、夫の中に流れる武家の血が厭になったのではないだろうか。夜具に入ってからもすぐに背を向けて、ひとことも口を利かなかった。

惣兵衛は町木戸の潜りを抜けて広小路へ出た。木戸の番太には前日のうちに鱸釣りへゆく

と知らせてあったから難なく通してもらえたが、どうせ狙うなら鱸か黒鯛にしたらどうかと冷やかされた。

「もっとも、その竿じゃねえ……」

「釣れたら、差し上げますよ」

「そうですかい、しかしこの霧だ、足下には気を付けてくださいよ、ま、当てにしないで待ってますから」

これから奥津ふみに会い、どうするかは決めていなかった。訊ねたいこともあるし、言いたいこともある。まがりなりにも父が愛した女が、その後どうなっているかをこの眼で確かめたい気もしている。しかと確かめたうえで、それが情けと思えば望み通り立ち合うかも知れぬし、あるいはその前にこちらから斬りたくなるかも知れない。

十七年前に一度会ったきりの顔は、やはり朧げにも思い出せなかった。会ったときは小料理屋の女将だと信じていたし、武家とは思えぬ取り乱しようだった。ましてやその女が父といい仲にあったなどとは、十九の惣兵衛には想像もつかなかったのである。

あのとき仔細を知っていたなら、女でも斬っていただろうかと惣兵衛は思った。父はまさか知友の林房之助に斬られるとは思ってもいなかっただろう、また林も父を斬ることになろうとは思わなかったはずである。すべては領外追放となった身でありながら、大胆にも藩まで騙しての遺恨を晴らすために帰国したふみの周到な企てだった。そのふみが、まんまと亡父

て生き延びている。
(父はそのことをどう思うだろうか……)
生き延びてくれたことを嬉しく思うだろうか、それとも裏切られたと思うだろうか。
 惣兵衛は身も心も闇路をさまようかのように吾妻橋へ向かった。田原町から吾妻橋までは広小路をゆけば目と鼻の先だったが、道は微かに雷門の屋根が見えたほかは何も見えぬほどの霧に覆われている。早目に家を出てよかったと思う一方で、いま眼にしている光景は、まるでこれまでの自分の一生のようだとも思った。
 小藩の武家の次男に生まれ、ようやく進むべき道を見つけかけたときになって父が死に、それから十年の歳月をかけて仇討ちを果たし、国へ帰ってみれば兄までが切腹して果ていた。部屋住みとして人を頼らずにはいられぬ身でありながら、頼るべき人はみな死んでいった。見ようとしても、先にはもう何も見えなかった。
 ただひとつの望みであった剣術の才も、一関ではそれなりに開花したかも知れぬが、諸国には自分よりも優れた剣客がごろごろとしていた。それが現実だった。そして本当の現実はさらに深い闇の底にあった。
 落とし入れたのは奥津ふみである。ふみさえ現われなければ父は生き、兄も死ぬことはなく、自分も一関で平穏に暮らしていただろう。
(あの女さえいなければ……)

一向に見えてこない吾妻橋へ向かいながら、惣兵衛は刀を持つ手を握り締めた。なぜおいとにも打ち明けず、吾妻橋へ向かっているのか、いまはっきりと分かったような気がしていた。ふみのしたことはやはり許せることではない。そのことは、ほかでもないふみが最もよく知っている。父を愛し父が愛したことを除けば、討たれて当然の女ではないか。その胸ににわかに込み上げてきたのは、長く殺伐とした歳月とその後のささやかな幸福に埋もれていた怒りであり、暮らしのために誤魔化してきた武家の誇りだった。

惣兵衛はようやく吾妻橋の袂へ着いた。田原町からは僅かな道程であるのに、現実にそこにあるものとは思えぬほどにすっぽりと霧に包まれている。目の前にあるはずの橋も、その下を流れる大川も、という感じだった。

あたりを見回したが何も見えず、ややあって惣兵衛は吾妻橋を渡りはじめた。そこから灯らしいものは見えなかったが、奥津ふみはすでに橋のどこかにいるように思った。時刻もじきに七ツ半になるだろう。聞こえてくるのは、どこにいるのか微かな虫の音と、ときおり橋板の軋む音だけである。霧はひどくゆっくりとだが、大川の川面を川下へ向かって流れているらしく、橋を上るにつれてときおり太い欄干が姿を見せたが、足下はまるで雲の中にあるようだった。

やがて橋も半ばに差しかかるころになって、惣兵衛は前方に浮かんでいる仄かな灯に気付いた。いまにも消えてしまいそうな灯は提灯のものらしく、しかと見えたときには三間と離

れていなかった。惣兵衛は一度立ち止まったが、すぐにまた歩き出した。
「江坂与惣次さまでございますか」
そう女の声が言ったのは、さらに一間も近付いたときだった。思っていたよりも若々しい声はよく聞こえたが、姿は霧でぼんやりとも見えなかった。
「奥津ふみどのか」
と惣兵衛も言った。
「はい、ようお出でくださいました」
ふみはそう言うと、すぐに支度をするので少々お待ちくださいと言った。そして提灯の灯を吹き消した。惣兵衛も灯を消して釣竿の袋から大刀を取り出したが、そのまま左手に持ち腰には帯びなかった。
「お待たせいたしました、いざ」
ややあって、ふみが言った。もう何も言い残すことはないのか、そう言うと同時に身構えたようだった。
「潔いことでけっこうですが……」
惣兵衛はまったく感情のない声で言った。
「その前に、わたくしにも言いたいこと、訊きたいことがございます」
するとふみは構えを解いたらしく、気合いを緩めた声で応えた。

「何でございましょう」
　そう言った声の響きには一関の小料理屋で会ったときとはまるで違う、武家の女のたしなみや気品といったものが感じられた。その後は武家として齢いを重ねてきたのだろう。だがそれも欺罔であるような気がした。思いを遂げるためなら町人にも武家にもなれる姦黠な女だと思った。惣兵衛は一目その顔を見たいと思ったが、濃い霧を見つめ、前々から気にかかっていたことを訊ねた。
「あなたは父が死ぬ以前から、本当に父を慕っていたのですか」
　父を慕っていたと言いながら、あの日、ふみは伊舟という男と同衾している。そのことを父にどう言いわけするつもりだったのだろうかと思った。
「もちろんです」
　とふみは言った。
「すべては仇を討つためにいたしました、手紙に認めたことに偽りはございません」
「しかし、あなたはあの日……」
「いずれはそれまでの過去のことをも含め、すべてお話しするつもりでおりました、それでお父上とのことは何もかもが終わるだろうと……でもお父上が亡くなられて、自分の気持ちがそれほど軽いものではなかったことにはじめて気付きました、あのときお父上がなぜわたくしを庇ってくださったのか、そのことを思うと、いまでも気が狂いそうになります」

「ならば、なぜすぐに父の跡を追わなかったのです」
「それは……仇がまだおりましたし、何よりお父上が御身を捨てて助けてくださった命だからです、あなたさま以外の手で絶つことは許されぬと思いました」
ふみは話が惣兵衛の父のことに及ぶと、にわかに息を乱し、気持ちの昂ぶりを抑え切れなくなったようだった。心なしか擦れはじめた声は、死ぬことよりも話すことのほうがつらいようにさえ聞こえた。
「そもそもかつての主家の裁きは受けたくなかったのでございます、父の仇を討ったこともまちがっていたとは思いません、ですが、お父上はもとより、あなたさまの一生をも変えてしまいました、そのことについては一命をもってお詫びしなければなりません」
「当然のことです」
惣兵衛はしかし、冷ややかに言って姿の見えぬふみを睨め付けた。その後自分が辿ってきた道を思えば当然のことだった。ほかに罪を償う方法などありえぬし、情けをかけるような相手でもない。そう思いながら、我知らず刀の鍔に母指をかけていた。
「できれば、もっと早くそうしていただきたかった……」
「申しわけございません」
「取り返しのつかぬことばかりですな」
「……」

「何もかも……」

だがそう言ったとき、惣兵衛の脳裡に卒然と甦ってきたものがあった。まったく不意に三右衛門の声が聞こえ、怯えたおいとの顔が浮かんだのである。どういうわけかまた、誤魔化し宥め続けてきた憤懣の捌け口をようやく見つけたというのに、

（まずはあなたが忘れなくちゃいけない）

そういう声がはっきりと聞こえた。まるで側にいるような近い声だった。と同時に、いまの自分に果たして人が斬れるのだろうかと思った。おいとの怯えた顔がちらつき、おいとが見ている前で、たとえ相手が仇でも、むかしのようにためらわずに斬れるかどうか怪しい気がした。斬れば、またひとつ重荷を背負うだけのようにも、何もかも失うようにも思われ、いまのいままで意地と憎悪で固まっていた心が情けないほどに動揺した。ここでふみを斬れば、少なくともおいとの心は二度と手の届かぬところへと離れてゆくだろう。そして、それこそ取り返しがつかぬのではないかと思った。

（しかし……）

父がいま目の前にいる女のために死んだことに間違いはない。ふみが奥津佐久次郎を殺害した刺客ではなく首謀者らを仇と見なしたように、ふみを仇と考えても少しもおかしくはない。そのことはいまさら考えるまでもなかった。ならば斬るのが武士として当然のことではないか、ふみもそれを望んでいるではないか。たまさか十年で林房之助は討ち果たしたが、

何も知らずに生涯を費やしていたかも知れぬのだぞ。
惣兵衛は思い付く限りの言葉を並べて反論した。そして、いまさらためらうことなどないと言い聞かせてもみたが、それからしばらくして口を衝いて出た言葉は、自分でも驚くほど意外なものだった。

　　　　七

「しかし、あなたはひとつ大事なことを忘れていらっしゃる」
「……」
「あなたは、わたくしの継母になっていたかも知れないのですよ」
と惣兵衛は言った。
「父が二十年近く後添いをもらわずにやってきたのは、あなたのような人と出会う日を待っていたからだと思います、おそらくそれは間違いないでしょう、しかし、だからといって父は子のことを忘れていたわけではありません、息子の眼から見れば冷たいほど厳しい父ではありましたが、決して忘れるような人ではありませんでした、その父があなたを選び、あなたも父を慕っていたというのであれば、心の片隅であなたもわたくしの継母になる日のことを少しは考えたことがあったのではありませんか」

「……」
「父の中では、あなたは妻も同然だったはずだ、そのことはあなたもはっきりと感じていたのではありませんか」
「それは……」
「だとしたら、妻として母として夫や子の心中を察して然るべきでしょう」
「……」
「父はあなたを庇って死んだことを後悔してはいないと思います、むしろあなたを守り切って安堵したはずです、いまのわたくしにはそう思われてなりません」
「しかし、わたくしはお父上を欺きました」
「そしてご自身をも欺いてきた」
「……」
「違いますか……違うというのであれば、なぜここにおられるのです、自裁することが父の心に最も背くことになるのは、あなたが一番よく知っていることではありませんか、それともわたくしの手にかかれば父が喜ぶとでもお思いですか」
「ですが、このままでは……」
「父にとっては今日まであなたが忘れずにいてくれたことが何よりでしょう」

そこまで言うと、惣兵衛はもう意外なことを口走っているとは思わなかった。いま話しか

けているのが継母で、あるいは父や兄、そして兄嫁や自分とともに暮らすこともできたのではないかと思うと、取り返しのつかぬ夢ではあるが、ひどく幸福な光景が脳裡に浮かんできた。仮に何事も起こらず、一関の屋敷にふみが来てくれていたなら、どれほど明るい家になっていたか知れぬのである。

だが、そんなはかない物思いから覚めると、惣兵衛の胸に残ったのは、大切なものをことごとく失い、ただひとり生きてきた女への哀憫だった。思えば二人は同じような道を歩んできたのだった。ただひとつ違うのは、ふみがいまも孤独なことだろう。

「考えてもみてください」

惣兵衛は、いつしか身も心も平常に返った自分を感じながら言った。

「夫が妻を守るのは当然のことで、その結果たとえ命を失ったとしても妻に死なれるよりはましだということです、父に限らず男とはそういうものではないでしょうか、父にしろ決して相手が知友であったから斬るのをためらい死を選んだわけではありません、あの場合、あなたと二人して生き残る道がなかっただけです」

そこへ来るまでの間、心を悩ませていた煩わしい感情や迷いは不思議と影を潜め、死ぬために生きてきたようなふみだけが惣兵衛には見えていた。なぜそうなったのかは分からなかったが、口にしていることが間違いでないことだけは明らかだった。

「万一、今日ここであなたが死ぬようなことがあれば、それこそ父は無駄死にしたことには

なりませんか、あなたが自裁できなかったのと同じ理由で、わたくしもあなたを斬ることはできません、どうかわたくしの言うことを聞き分け、父のためにも強く生きることを考えてはいただけませんか」

ふみはしばらく黙っていたが、

「何ということでしょう」

やがてぽつりと言った。そのとき不意に霧が途切れ、惣兵衛の眼に放心しているふみの顔が見えた。まるで絶望し、どうしてよいのか分からぬというようすだった。空はいつの間にか白みはじめたらしく、どこからともなく淡い光が差している。ふみのうつむいた顔には声ほどの若さはなかったが、決して若さには表われぬ幽婉な美しさがあり、惣兵衛はじっとその白い顔を見つめた。

やがて惣兵衛の視線に気付いたふみが面を上げると、二人は静かに眼を見合わせた。愁いを湛えたその瞳に、惣兵衛はふみが背負ってきた重い不幸を感じたが、ふみは薄く口を開き、惣兵衛の長身に少し驚いているようにも、込み上げてくる涙を堪えているようにも見えた。

その顔へ、また白い霧が差してきたとき、

「江坂さまはお父上にそっくりですわ」

ふみはそう言うと、長い溜息をついた。死ぬことを諦めたようでもあり、最後の最後まで

江坂家とは嚙み合わぬ運命を嘆いているようでもあった。
「ですが、お父上はもそっと太っておられました」
「ええ……」
「力も強くて……あるときなどは御酒を過ごされ、戯れに駕籠を呼び、乗らずに担いで帰られたことがございました」
　そう言ったふみの声は、惣兵衛の父の姿をまざまざと思い出し、束の間の懐かしさに弾んでいるようだった。
「それでも、もう与惣次には力も剣もかなわぬとよくおっしゃっておられました、あれはいずれ御家の剣術師範になるだろうとも……」
「父がそのようなことを……」
　当然のことながら、父にも別の顔があったのだと惣兵衛は思った。そしてふみはそういう父のほうをよく知っているはずであった。
「与惣次さまが独り立ちなされたら、隠居でもして町家に暮らそうかなどとか真顔でそう言われたときには驚きましたが、内心とてもうれしゅうございました、正直に申し上げて何もかも忘れてお慈悲におすがりしようかとも思いました」
「そうすべきでした」
「ええ、でも、できませんでした」

「……」
「あのとき、わたくしにもう少し勇気があって、父のことや汚れた身のことも忘れ、素直にお父上のお気持ちに甘えていたら、何もかもがいまとは違っていたでしょうに……」
「……」
「きっと、何もかもが……」
まるで魂までが消え入るような声で呟き、ふみは沈黙した。惣兵衛はじっと霧を見つめていたが、やがて朧げに見えてきたふみの黒い影へ、
「ここに父の刀があります」
と言った。
「商人のわたくしにはもう用のないものです、ここへ置いてゆきますので、父と思い、どうかあなたの側へ置いてあげてください、そのほうが父も喜ぶでしょう」
そして静かに刀を置くと、これでお別れいたしますと言った。それでいいと思った。もう二度と刀を取ることはないだろうと思う一方で、どうしても捨てられずにいた過去の置き所がようやく見つかったような気がしていた。
「江坂さま」
ふみはほとんど反射的に呼び止めると、必死に何かを言おうとしたが、声がくぐもり聞き取れなかった。が、それから間もなく、霧がひときわ白く明るく見えて夜が明けるかと思わ

れたとき、にわかに増してゆく光の中で、ふみは卒然と勇気を奮ったようだった。
「勝手を申しますが、心の中で、あなたさまを我が子と思ってもよろしいでしょうか」
「⋯⋯」
「お許しいただければ、わたくし⋯⋯」
ふみの言い分は唐突だったが、その声には僅かながら生きてゆこうとする息吹のようなものが感じられた。
「かまいません」
と惣兵衛は言った。ためらいは少しもなかった。それでふみが生きてゆけるのであれば断わる理由はないし、こののち会うこともないだろうと思った。
「では、ご機嫌よう」
怒りも憎しみも失せたことを伝えるように、惣兵衛はゆっくりと言って踵を返した。
これでよかったのだと思いながら、深々と吐息した惣兵衛の中で何かが永遠に去っていったように思われた。武家というだけでどこか傲慢だった自分、過剰なまでの警戒心、一振りの刀より頼れるもののなかった日々、そして重荷だった市之助のこと、そういうものが見る見るうちに消えてゆくような気がした。だが、どれも未練を誘うものではなかった。
ひょっとしてふみを助けたのではなく、ふみが自分を助けてくれたのではないかとさえ思った。あるいはそのために、死んだ父がふみを連れてきてくれたような気もした。

（あの父が……）

家では寡黙で厳格なだけだった父が、いまになり助けてくれたのかも知れまい。

ふみと別れ、深い霧の中を戻りかけて間もなく、不意に力強い日の光が差してきた。日は惣兵衛の背後から霧を射るかのように照らしていて、夜が明けたらしかった。何気なしに空を仰ごうとして、惣兵衛はそこから二間と離れていない先に仄かな人影が浮かんでいるのに気付いた。目を凝らすと、人影は橋の欄干に寄り添うように立ち、やはりこちらの気配を窺っているようだった。

少しの間、惣兵衛は立ち止まり人影に見入っていた。咄嗟に感じたのは驚駭に近いものであったが、霧に濡れ、朝の光を浴びながら身じろぎもしないその姿は、まるで幻を見ているように美しかった。

やがて日が昇り切り、瞬く間に空を青くすると、人影はさらにはっきりと見えた。薄い寝間着の上に赤い綿入れを羽織り、足下は裸足だった。胸の前で祈るように組んだ手を握りしめ、凍え切った顔でこちらを見つめている。

惣兵衛は堪りかねて歩き出した。

もう案ずることはない、わたしが馬鹿だったよ。歩むごとに胸が軋み、いまにも手足が震え出しそうだった。橋板が鳴り、霧が大きく揺れた。それでも人影はじっと佇み黙っていたが、近付くにつれ、声にならぬ声でおまえさんと言っているのが分かった。

その眼差しにはもう恐れの色はなく、
「おいと」
惣兵衛がひとこと呼びかけると、涙が垂れのように零れ落ちた。

（了）

解説

北上次郎

　再読して気がつくとはまったくうかつだが、本書は冒頭からラストまで、物語の背後にずっと緊迫感が漲っている。そのために一気に読まされる。初読のときはラストの感銘に圧倒されて(これは後述する)、その緊迫感に気が付かなかった。
　では、その緊迫感とは何か。それを説明する前に、この長編小説の内容について少しだけ触れておきたい。主人公は紅屋惣兵衛。この名前からわかるように、白粉も髪油も売らず、紅だけを売る小店の主人である。とはいっても元は武士で、その事情は冒頭の挿話で語られる。それは次のようなものだ。
　紅屋惣兵衛の本名は江坂与惣次。その父親江坂惣兵衛が同僚の林房之助に斬られ、足が不自由な兄に代わり、次男の与惣次が父の仇を討つべく放浪の旅に出て、十年後にようやく本懐を遂げる。ところが、帰郷すると兄は公金横領の罪で切腹、江坂家は廃絶。与惣次は領外追放となる。仕方なくふたたび江戸に戻った与惣次は紅屋清右衛門の娘おいとを暴漢から救

ったのが縁で紅屋に養子に入ることになり、それから六年、清右衛門の死後は紅屋の主人として商いに専念している——というのが、本書が始まるまでの設定である。江坂惣兵衛が同僚の林房之助に斬られる挿話がプロローグとして冒頭にあるものの、本書の真の始まりはそれから十六年後の現在、日本橋の小間物問屋の主人勝田屋善蔵に呼ばれるところから幕が開く。

緊迫感はここからすでに始まっている。紅屋惣兵衛となった与惣次はいまの生活に何の不満もない。奉公人が数人しかいない小店ではあるが、気心の知れた人間ばかりで、しかもおいとは気立てのいい女房である。その小さな幸せを守っていきたいと彼は考えている。とろが、勝田屋善蔵は紅屋の紅をまとめて仕入れたいと商談をもちかけてくる。その裏に、紅屋の製法を盗んで乗っ取りたいという勝田屋の策謀があることは承知しているので、惣兵衛はその申し出を飲み込むものの、勝田屋善蔵に不気味なものを感じるのだ。何か手を打たなければ、大間屋に飲み込まれてしまうという不安が、かくて行間から立ち上がってくる。

たとえば惣兵衛は次のように述懐する。

「商人には惣兵衛が考えていたよりも遥かに欲深い連中が多く、おのれの身代を増やすためなら仲間を蹴落としてでも伸し上がろうとする。もちろん武家の社会にも似たようなことはあったが、武家が決められた役職を争うのに対し、商人は金と知恵で自らの地位を築いてゆく。それが商人の面白みと言えぬこともないが、寄合では親しく酒を酌み交わし歓談する仲

間が、陰では平然と足の引っ張り合いをしているのかと思うと、ひどく陰湿な世界へ飛び込んだような気もする」

 そういうふうに江戸の商人の世界が、まず展開するのである。江戸の紅がどうやって作られ、どういうふうに流通しているのか。その仕組みが語られ、勝田屋の策謀と、それに対抗すべき手段を持たない小店の主人たちのディテールが克明に描かれていく。登場人物の個性がきっちりと描きわけられているので、紅屋は果して生き残れるのか、というサスペンスがリアリティをともなって迫ってくる。

 しかし、真のサスペンスはその表面上のストーリーの中にあるのではない。もしそれだけのことなら、大問屋の謀略をめぐる駆け引きを描く小説であり、珍しくはない。紅屋惣兵衛は武士の意識を捨てて、本当に商人に成りうるのかというもう一つのサスペンスをそこに重ねているから、緊迫感が生じるのだ。この物語構造こそ本書の白眉といっていい。紅屋惣兵衛がいつか武士に戻っていくのではないかというおいとの不安もそのためだ。大問屋の圧力に抗して商売を続けることは可能なのかとのサスペンスは、家庭が崩壊せずにこの夫婦が小さな幸せを保ち得るのかというサスペンスでもあるのである。つまり本書は、商売小説であると同時に、夫婦小説でもある。その二重構造の不安を巧みなストーリーの中に描いているのが本書のミソ。

 それはたとえば、松葉屋三右衛門の台詞にも明らかである。長い台詞なのでまとめて三つ

を引く。

「若いころは商いに夢中で、それが生き甲斐でした、しかしそろそろ死ぬときのことを考えるようになって、歩いてきた道を振り返ってみると、わたしがしてきたことは間違いじゃないが、それ以上のものではないと思いました」

「ところが猫と付き合ううちに不思議と気分が晴れるようになりました、ちっぽけな人生かも知れないが無駄じゃなかったと思えるようになったのです、もしかすると人間なんてみんなそんなものじゃないかと」

「老いて一生を振り返ったときに、諸手を挙げて喜べる人などいないのじゃないですかね、必ずひとつやふたつの不幸に出会い不運にも巡り合う、その中にはうまく乗り越えられないものもあって、いつまでもしつこく心に残る、ですが、結局人間はいまの自分に満足がいくかどうかではないでしょうか」

紅屋惣兵衛がいまの自分に満足できるかという本書のモチーフを託したこの三右衛門の台詞に留意したい。

もう一つ再読して気がついたのは、次のような描写だ。惣兵衛が台所を覗いたときに、おいと菜を刻んでいるシーンである。その包丁の音を聞きながら、彼が述懐するくだりを引く。

「惣兵衛はその場に佇み、まるで不思議なものでも見るようにじっと眺めた。竈の上の鍋か

ら湯気が立ち、きりりと襷をかけたおいとが菜を加えてゆく。おいとが動く度に仄かな灯が揺れて、何とも言えぬ心地よい物音がする。その眼に映るのはこのうえなく平穏で罪のかけらもない光景だったが、惣兵衛にはひどく大切なものであるように思われた」

静かな夕べの佇まいが目に浮かんでくるようだ。こういう細部がとにかくうまいのである。小さな幸せを守りたいと願う惣兵衛の心情が巧みに集約されて活写されている。

すなわち、人物造形がよく、台詞がよく、描写がよく、さらに物語を貫く緊迫感にもただならぬものがある。だからこそ、ラストに感銘するのだろう。本書はディテール満点の商売小説であり、同時に絶妙な夫婦小説でもあるのだが、なんとそれだけではなく、ラストに父の仇と対面する趣向が待っているのである。引用ばかりしているようで気がひけるものの、あまりいいのでここに引いておきたい。

「夫が妻を守るのは当然のことで、その結果たとえ命を失ったとしても妻に死なれるよりはましだということです。父に限らず男とはそういうものではないでしょうか」

霧にけむる橋の上で対決した相手に、惣兵衛が言う台詞だが、ここで目頭が熱くなるのは、それまでの大問屋との対決、先行きが見えない不安、妻おいととの微妙なずれ、そういう幾つものドラマの積み重ねがあるからだ。結局自分は武士たる自己を捨てきれないのではないかという惣兵衛の迷いがあるからだ。自分は意外なことを言っていると惣兵衛自身が驚くというのもうまい。

ちなみに本書は第七回の時代小説大賞の受賞作だが、この賞は大きな作家を世に送りだしたと思う。

この作品は一九九七年三月、小社より単行本として刊行されました。

| 著者 | 乙川優三郎 1953年東京都生まれ。千葉県立国府台高校卒業後、国内外のホテルに勤務。1996年「藪燕」でオール讀物新人賞受賞、1997年、本作品で第7回時代小説大賞受賞。1998年には『喜知次』(講談社)が直木賞候補となる。著書に『椿山』(文藝春秋)、『屋烏』(講談社)などがある。

きり はし
霧の橋

おとかわゆうざぶろう
乙川優三郎
© Yuzaburo Otokawa 2000

2000年3月15日第1刷発行
2002年11月29日第10刷発行

発行者──野間佐和子
発行所──株式会社 講談社
東京都文京区音羽2-12-21 〒112-8001

電話 出版部 (03) 5395-3510
　　 販売部 (03) 5395-5817
　　 業務部 (03) 5395-3615
Printed in Japan

落丁本・乱丁本は購入書店名を明記のうえ、小社書籍業務部あてにお送りください。送料は小社負担にてお取替えします。なお、この本の内容についてのお問い合わせは文庫出版部あてにお願いいたします。

講談社文庫
定価はカバーに表示してあります

デザイン──菊地信義
製版────豊国印刷株式会社
印刷────豊国印刷株式会社
製本────株式会社若林製本工場

ISBN4-06-264820-2

本書の無断複写(コピー)は著作権法上での例外を除き、禁じられています。

講談社文庫刊行の辞

二十一世紀の到来を目睫に望みながら、われわれはいま、人類史上かつて例を見ない巨大な転換期をむかえようとしている。

世界も、日本も、激動の予兆に対する期待とおののきを内に蔵して、未知の時代に歩み入ろうとしている。このときにあたり、創業の人野間清治の「ナショナル・エデュケイター」への志を現代に甦らせようと意図して、われわれはここに古今の文芸作品はいうまでもなく、ひろく人文・社会・自然の諸科学から東西の名著を網羅する、新しい綜合文庫の発刊を決意した。

激動の転換期はまた断絶の時代である。われわれは戦後二十五年間の出版文化のありかたへの深い反省をこめて、この断絶の時代にあえて人間的な持続を求めようとする。いたずらに浮薄な商業主義のあだ花を追い求めることなく、長期にわたって良書に生命をあたえようとつとめると ころにしか、今後の出版文化の真の繁栄はあり得ないと信じるからである。

同時にわれわれはこの綜合文庫の刊行を通じて、人文・社会・自然の諸科学が、結局人間の学にほかならないことを立証しようと願っている。かつて知識とは、「汝自身を知る」ことにつきていた。現代社会の瑣末な情報の氾濫のなかから、力強い知識の源泉を掘り起し、技術文明のただなかに、生きた人間の姿を復活させること。それこそわれわれの切なる希求である。

われわれは権威に盲従せず、俗流に媚びることなく、渾然一体となって日本の「草の根」をかたちづくる若く新しい世代の人々に、心をこめてこの新しい綜合文庫をおくり届けたい。それは知識の泉であるとともに感受性のふるさとであり、もっとも有機的に組織され、社会に開かれた万人のための大学をめざしている。大方の支援と協力を衷心より切望してやまない。

一九七一年七月

野間省一

講談社文庫　目録

太田忠司　僕の殺人
太田忠司　美奈の殺人
太田忠司　刑事失格
太田忠司　新宿少年探偵団〈新宿少年探偵団〉
太田忠司　怪人大鴉博士〈新宿少年探偵団〉
太田忠司　楼〈新宿少年探偵団夢〉
太田忠司　摩天蛾〈新宿少年探偵団〉
太田忠司　紅
おおつきひろスペインの食卓から
大竹昭子　バリの魂、バリの夢
大久保智弘　水〈砦〉
尾崎秀樹編　徹底検証・忠臣蔵の謎〈福島正則 最後の闘い〉
小川洋子　密やかな結晶
小野不由美　月の影　影の海〈十二国記〉(上)(下)
小野不由美　風の海　迷宮の岸〈十二国記〉(上)(下)
小野不由美　東の海神　西の滄海〈十二国記〉
小野不由美　風の万里　黎明の空〈十二国記〉(上)(下)
小野不由美　図南の翼〈十二国記〉
小野不由美　黄昏の岸　暁の天〈十二国記〉
小野不由美　華胥の幽夢〈十二国記〉

乙川優三郎　霧の橋
乙川優三郎　喜知次
乙川優三郎　屋おく
奥田英朗　ウランバーナの森
奥田英朗　最悪
乙武洋匡　五体不満足〈完全版〉
小野一光　セックス・ワーカー〈女たちの「東京」二重生活〉
大石静　ねこの恋
大崎善生　聖の青春
恩田陸　三月は深き紅の淵を
海音寺潮五郎　孫子
勝目梓　悪女軍団
勝目梓　殺し屋
勝目梓　肉狩り
勝目梓　引き裂かれた夏
勝目梓　炸裂
勝目梓　みだし者
勝目梓　はみだし者
勝目梓　女豹たちの宴
勝目梓　狼たちの宴

勝目梓　禁断の宴
勝目梓　15年目の処刑
勝目梓　火刑の朝
勝目梓　わが胸に冥き海あり
勝目梓　蒼い牙
勝目梓　淫夜
勝目梓　濡れる殺意
勝目梓　逃亡
勝目梓　あやしい叢くさむら
勝目梓　滴り
勝目梓　歯科医
勝目梓　耽溺
勝目梓　暗黒の狩人
勝目梓　悪党図鑑
勝目梓　闇に光る肌
勝目梓　処刑猟区
勝目梓　獣たちの熱い眠り
勝目梓　昏き処刑台
勝目梓　眠れない

講談社文庫　目録

勝目梓　処刑
勝目梓　生贄
勝目梓　幻花祭
勝目梓　けものの道に罠を張れ
勝目梓　あられもなく
勝目梓　復讐回廊
勝目梓　剝がし屋
勝目梓　娼婦の朝
勝目梓　地獄の狩人
勝目梓　夢追い肌
鎌田慧　自動車絶望工場〈ある季節工の日記〉
鎌田慧　日本の兵器工場
鎌田慧　教育工場の子どもたち
鎌田慧　アジア絶望工場
鎌田慧　「東大経済卒」の十八年
鎌田慧　トヨタと日産〈自動車王国の暗部〉
鎌田慧　ルポ大事故！その傷痕
鎌田慧　六ヶ所村の記録〈核燃料サイクル基地の素顔〉
鎌田慧　いじめ社会の子どもたち

鎌田慧　壊滅　日本〈17の致命傷〉
鎌田慧　家族が自殺に追い込まれるとき
桂米朝　米朝ばなし〈上方落語地図〉
門田泰明　暗闇館くらやかた
河原敏明　美智子さまのおことば〈愛の喜び・苦悩の日々〉
加藤仁　〈50歳からが〉ゴールを決める
加藤仁　〈50歳からが〉人生を楽しむ
川田弥一郎　白く長い廊下
川田弥一郎　白い狂気の島
加来耕三　信長の謎〈徹底検証〉
加来耕三　龍馬の謎〈徹底検証〉
加来耕三　三国志の謎〈諸葛孔明の真実〉
門野晴子　老親を棄てられますか
神田憲行　ハノイの純情、サイゴンの夢
加納喜光　知ってるようで知らない日本語辞典〈目から鱗が落ちる言葉の蘊蓄〉
河上和雄　知らないと危ない犯罪捜査・裁判基礎知識
河上和雄　好き嫌いで決めろ
加藤万里　ガーデン・ダイアリー〈カリフォルニア花と暮らす12ヶ月〉
加納諒一　梟の拳
加納諒一　雨のなかの犬

笠井潔　三匹の猿〈私立探偵飛鳥井の事件簿〉
笠井潔　梟の巨きな黄昏
笠井潔　梟の悪魔
笠井潔　梟群衆〈デュパン第四の事件〉
笠井潔　熾天使の夏
鏡リュウジ　2000年運命の占星術
神崎京介　女薫の旅
神崎京介　女薫の旅　灼熱つづく
神崎京介　女薫の旅　激情たぎる
神崎京介　女薫の旅　奔流あふれ
神崎京介　女薫の旅　陶酔めぐる
神崎京介　女薫の旅　衝動はぜて
神崎京介　滴。
神崎京介　イントロ
神崎京介　イントロ　もっとやさしく
神崎京介　愛技
金谷多一郎　食意〈ゴルフ・ティーチングプロ〉
金丸弘美　産地直送おいしいものガイド
加納朋子　ガラスの麒麟
勝谷誠彦　いつか旅するひとへ

2002年9月15日現在